DERNIÈRES NOTES

Tamas Dobozy

DERNIÈRES NOTES

Nouvelles

Traduit de l'anglais (Canada) par
Lori Saint-Martin et Paul Gagné

LES ALLUSIFS

Les éditions Les Allusifs bénéficient du Programme de crédit d'impôt pour l'édition de livres du gouvernement du Québec géré par la SODEC.

La traduction de cet ouvrage a été rendue possible grâce à une aide financière du Conseil des Arts du Canada et du ministère du Patrimoine canadien par l'entremise du Programme d'aide au développement de l'industrie de l'édition.

Les éditions Les Allusifs remercient de son soutien financier le Conseil des Arts du Canada.

Titre original : *Last Notes and Other Stories*
© Tamas Dobozy, 2005
Avec l'autorisation de HarperCollins Publishers Ltd,
Toronto, Canada
© Les éditions Les Allusifs pour la traduction française, 2006
www.lesallusifs.com

ISBN 10 : 2-922868-43-5
ISBN 13 : 978-2-9228-6843-2
Bibliothèque et Archives nationales du Québec, 2006
Bibliothèque et Archives nationales du Canada, 2006

Diffusion et distribution
En France : Harmonia Mundi
Au Canada : Gallimard ltée - SOCADIS

Design graphique : Lyne Lefebvre, lynel@vl.videotron.ca
Maquette de la couverture : Lyne Lefebvre
Photographie de la couverture : Serge Clément

Pour tous mes seconds chez-moi :

Éva Cserei
Gigi et Ildi Galter
Bea et Laci Korányi
Kati Csizér
Bandi Dobozy

Et en mémoire de :

Gábor Galter (1909-2004)
Endre Dobozy (1899-1946)
Piroska Dobozy (1910-1962)

Récits de la Résistance hongroise

Des agents du Parti des croix fléchées ont arrêté mon grand-père le 25 octobre 1944. Ils l'ont trouvé au *Turul*, boucherie ayant la particularité d'être sans adresse fixe. Surgie de nulle part, elle restait ouverte pendant quelques semaines avant de disparaître et de rouvrir dans un district épargné par les attaques, suivant une série d'adresses que tous convoitaient, mais que seule connaissait une clientèle extrêmement exclusive, violente et fasciste. On y trouvait des côtelettes de porc, des steaks et même, pour peu qu'on arrivât au bon moment, des filets mignons — rien à voir avec ce dont les autres devaient se contenter, c'est-à-dire de la chair gris-vert, reliquat de régiments de cavalerie décimés, si truffée de balles et d'éclats de shrapnel qu'on parlait de «viande de métal». Dans la version de mon grand-père, il inspectait un collier de saucisson quand des SS ont fait irruption dans l'échoppe et l'ont amené à la prison d'Andrássy út, où il est resté jusqu'au jour où l'imminence de la défaite de la Hongrie lui a permis d'échapper à ses geôliers distraits et de traîner son corps — brisé par six mois d'interrogatoires — dans les rues ravagées jusqu'à l'endroit où vivait ma grand-mère.

À partir de ce moment, un autre récit débute — celui des épreuves subies par ma famille aux mains du régime communiste —, mais ce n'est pas celui qui m'intéresse aujourd'hui. Le moment qui touche mon grand-père et qui, par son entremise, me concerne, moi, ce sont les six mois qu'il a passés derrière une épaisse porte en bois, entouré de murs de pierres, au milieu de clôtures et de barbelés, tandis que des tortionnaires nazis le cuisinaient dans l'espoir de recueillir des renseignements sur le *Titkos Magyar Szövetség* — l'Union hongroise secrète —, groupe de partisans inventé par mon grand-père ou imaginé par les nazis, je n'en sais rien. Pour les fins de mon récit, je parlerai simplement de la « Résistance hongroise ».

Nous connaissons tous la Résistance française. Des films, des livres d'histoire et des romans en célèbrent les héros. Nous connaissons aussi l'État polonais secret et l'Armée intérieure polonaise, que Staline et les forces soviétiques ont ignominieusement trahis au moment de l'insurrection de Varsovie en 1944. L'un des avantages de la notoriété et du respect dont bénéficient ces hommes et ces femmes, grâce à leurs sacrifices et à leurs sabotages, est qu'il reste un peu moins de place dans les livres d'histoire pour certains aspects plus ambigus de la Deuxième Guerre mondiale, par exemple les relations opportunistes entretenues par la Hongrie avec les nazis, que ce soit entre 1920 et 1944, sous la dictature nationaliste de Miklós Horthy, qui a accepté d'adopter des lois antisémites en retour de la restitution de territoires perdus à la faveur du traité de Trianon, ou sous le régime de Ferenc Szálasi et du Parti des croix fléchées, que les nazis ont imposé au pays vers la fin de la guerre. Il est vrai que, dans les derniers mois de 1944, quelques militaires mécontents ont formé une organisation illicite appelée le Comité de libération, lequel a agi dans l'ombre pendant peut-être deux mois. Ensuite, ses membres ont été emprisonnés, torturés et exécutés. Il est vrai aussi que, à la même époque, une organisation connexe, connue sous le nom de Front d'indépendance, a vu le jour dans l'est de la Hongrie, alliance improbable de survivants de l'administration de Horthy, de communistes et de sociaux-démocrates, que seule unissait leur haine pour le Parti des croix fléchées. Il n'y a toutefois pas eu d'opposition précoce et rigoureuse à l'alliance de la Hongrie avec l'Allemagne nazie. Une telle opposition, lorsqu'elle a enfin pris forme, a été le fruit moins de l'hostilité envers le chauvinisme national et racial de Horthy et de Szálasi que celui du simple désir des Hongrois de se soustraire à une guerre que leur pays était en voie de perdre. Si mon récit à moi soulève une question, c'est donc celle-ci : les récits de la Résistance hongroise de mon grand-père visaient-ils à oblitérer ce «fait troublant» — au nom d'une sorte de révisionnisme patriotique — ou plutôt à proposer une nouvelle version des faits ?

À en croire ma grand-mère, qui a vécu encore dix ans après la mort de son mari, les récits de ce dernier étaient de la foutaise, de la foutaise absolue, du début à la fin. Je sais ce que mon grand-père répondrait s'il pouvait se relever de son cercueil et sortir les vers de sa bouche : il dirait que les subtilités de la résistance échappaient à sa femme qui, étant donné son éducation et son tempérament germaniques, n'appréciait que les agressions armées en bonne et due forme. Mais elle lui a survécu, ce qui, je suppose, est en soi une victoire, laquelle a eu l'avantage de lui donner le dernier mot. En fin de compte, elle en sait pas mal plus que lui sur la résistance.

À propos du contexte, vous n'avez pas besoin de beaucoup de renseignements. En 1943, l'amiral Horthy, témoin des terribles pertes infligées à ses armées par les Russes au cours de la bataille du Don, a entrepris de «rajuster» ses relations avec son «allié», l'Allemagne, et ses «ennemis», les Puissances alliées — rééquilibrages dont a eu vent Adolf Hitler et qui, en 1944, ont entraîné le remplacement de Horthy par Szálasi et le Parti des croix fléchées, ardents pronazis qui, pour corriger la décision prise par Horthy le 7 juillet de mettre un terme aux déportations de Juifs hongrois, se sont empressés d'expédier à Auschwitz un contingent supplémentaire de trente mille âmes. Ma grand-mère se souvient du sort réservé aux Juifs qui ont échappé à la déportation: réunis en troupeau, ils ont été précipités dans les eaux du Danube et criblés de balles. Emportés par le courant, ils se sont empêtrés dans les ponts reliant Buda à Pest. Les passants voyaient les cadavres tourbillonner dans les remous, la plupart sur le dos. Le trou de projectile dans leur front faisait penser à un œil singulier, cyclopéen — seul regard capable de contempler un ciel d'où pleuvaient des balles et du feu.

Szálasi avait à sa solde un dénommé Ákos Mennyászky, tortionnaire chevronné qui a été le visiteur le plus assidu de mon grand-père dans sa prison d'Andrássy út.

Encore aujourd'hui, j'éprouve de la compassion pour Mennyászky, que je surprends en train de m'épier dans des vitrines de boutique, des flaques d'eau et des miroirs — silhouette spectrale qui hante mon cerveau et qui fouille les souvenirs de mon grand-père à la recherche de compartiments secrets, de renseignements vérifiables grâce auxquels il pourra clore le dossier et rentrer chez lui. Mais il n'y a aucune affirmation inattaquable, aucun souvenir au-dessus de tout soupçon. Après tout ce que nous avons vécu, mon grand-père et moi, après les interminables rondes d'explications et d'accusations qui nous ont opposés, le seul héritage qu'il me reste est cette compassion pour un nazi affamé comme moi de connaissances, avide de preuves, perdu dans la quête d'une validation qui ne viendra jamais. Je suis hanté par Mennyászky parce que son obsession est la mienne : comme lui, je juge suspects les renseignements que je glane et je suis devenu le tortionnaire de mon grand-père.

À propos de son travail, Mennyászky était désabusé, d'où la haine que lui vouaient ses collègues. Des tortionnaires, ils en avaient vu de tous les genres : des salauds brutaux comme Klaus Barbie, que les techniques enthousiasmaient davantage que les renseignements eux-mêmes, et des hommes tranquilles comme Hans Scharff, qui s'est lié d'amitié avec tous les prisonniers qu'il a interrogés. Mennyászky n'appartenait ni à l'une ni à l'autre des deux catégories. Ni psychotique ni sympathique, il n'a jamais considéré son travail — d'un point de vue métaphysique — comme une vocation supérieure. En fait, la plupart du temps, il semblait aussi fatigué et maussade que s'il avait passé les dix dernières années à classer des documents dans une quelconque bureaucratie intermédiaire. Pendant qu'un prisonnier se faisait casser les doigts ou rôtir la peau par une torche, Mennyászky affichait l'air ennuyé et absent d'un commis copiant des chiffres dans un grand livre. Il lui arrivait souvent de quitter le travail en douce avant la fin de son quart. Pris en fragrant délit, il prenait des airs de chien battu.

— Bon, d'accord, je vous accorde encore dix minutes, disait-il.

Dans la cellule, les cris reprenaient de plus belle. À cinq heures pile, Mennyászky émergeait de nouveau. Il interrompait le prisonnier au milieu d'une phrase, au moment où ce dernier allait révéler le renseignement qu'on s'employait à lui arracher depuis des semaines, voire des mois. Aux réprimandes du commandant, Mennyászky répondait :

— Quand c'est fini, c'est fini.

N'eût été le don qu'il avait d'arracher des aveux aux plus récalcitrants, on l'aurait expédié au front des années auparavant. Ses rêves, disaient les collègues de Mennyászky, étaient poussiéreux et défraîchis comme de vieilles pantoufles faites à son pied.

Avant d'aller plus loin, je devrais sans doute fournir une précision de plus au sujet du récit. Pour l'essentiel, je l'ai entendu en été. Mon grand-père émergeait alors de ses dépressions hivernales et recommençait à parler. Il m'emmenait dans le jardin de l'immeuble de Budapest où nous habitions. Assis sur une chaise pliante, à l'ombre d'un sureau, moi en tailleur à ses pieds, il reprenait son récit aux circonvolutions complexes en l'arrosant de cinq ou six bouteilles de bière. Ma grand-mère venait parfois ponctuer les monologues de mon grand-père de commentaires — de notes dans les marges. En réaction à la description qu'il faisait de son retour de la prison d'Andrássy út, le corps brisé, les pieds nus et sanguinolents, le crâne tondu —, ma grand-mère disait :

— Tu étais gras comme un porc mûr pour l'abattoir.

Quand il se souvenait de la kyrielle de fausses informations qu'il avait transmises aux nazis, elle se retournait et déclarait :

— Tu t'es mis à table dès le début. Alors ils t'ont donné des pantoufles propres, de la dinde rôtie et toutes les pommes de terre que tu pouvais engranger dans ta panse.

Et quand il répétait, pour la énième fois, qu'il avait déjoué le plus habile interrogateur de l'histoire de la Hongrie, elle se détournait en hochant la tête :

— Tu es devenu son meilleur ami.

Le problème de ma grand-mère, évidemment, c'est qu'elle n'avait pas d'histoire bien à elle à raconter. Sa participation se limitait à des commentaires. Sans mon grand-père et ses récits, elle n'avait rien à dire. Et, si elle s'en tenait aux insinuations perfides, sans aller jusqu'à affirmer catégoriquement la culpabilité de mon grand-père, en dépit de la pluie d'accusations qui s'était abattue sur lui entre 1945 et 1990 — période au cours de laquelle il avait été brièvement emprisonné dans un goulag, privé de statut sous le régime soviétique, interdit de travail et exclu du parti —, c'est en partie parce qu'il avait toujours clamé son innocence et en partie parce qu'elle voulait croire, tenait absolument à croire que les années de sacrifice qu'elle s'était imposées en travaillant comme une mule n'avaient pas été vouées à un traître.

Entre-temps, mon grand-père, à partir du jour où j'ai été assez vieux pour suivre ses phrases, a eu droit à toute mon attention. Ce n'est que plus tard, à la suite de l'incident survenu dans le cabinet du médecin, que des fissures ont commencé à apparaître dans son récit et que les jérémiades de ma grand-mère, qui avaient jusque-là servi de vague bruit de fond, se sont intimement mêlées au récit, me laissant en proie aux doutes qui rongeaient probablement Mennyászky quand il rentrait chez lui après une longue séance dans la salle des tortures.

Le récit va comme suit. Selon mon grand-père, les SS l'ont suivi pendant des jours — depuis, en fait, son dernier contact avec la Résistance (les nazis avaient été mis au courant par un informateur) — avant de l'appréhender dans la boucherie (ma grand-mère soutenait au contraire qu'il s'est trouvé au mauvais endroit au mauvais moment et que les nazis ont joué de chance). Comprenant que les SS l'amenaient à la prison d'Andrássy út, où ils essaieraient de lui faire cracher le morceau, mon grand-père a arrêté une stratégie unique en son genre : au lieu de leur opposer une résistance héroïque et de maintenir un silence obstiné, nonobstant les passages à tabac, les décharges électriques et les ongles arrachés, au lieu aussi de leur dire d'emblée tout ce qu'ils voulaient savoir, il a décidé de leur fournir plus de renseignements qu'ils n'en pouvaient traiter.

J'imagine Mennyászky sortir du lit en ce matin d'avril, ayant attendu jusqu'à la dernière minute pour s'arracher aux couvertures, passer rapidement sous la douche et avaler son café en se disant qu'une autre banale journée de torture l'attendait. Il était plutôt tombé sur la plus grande commère que la terre ait jamais portée.

La première séance devait se dérouler en silence. Mennyászky entreprenait toujours les nouveaux interrogatoires de la même façon : il entrait dans la pièce en compagnie d'une cohorte de cinq chemises noires, s'assoyait à la table, face au prisonnier, et le fixait dans les yeux pendant six ou sept heures avant de se lever et de sortir. Il en résultait une nuit de terreur et d'appréhension au cours de laquelle le prisonnier sentait le regard du tortionnaire peser sur lui dans le noir. Le lendemain, il arrivait parfois que Mennyászky ait terminé son travail dès le lever du soleil. Lorsque le bourreau a pris place devant lui, mon grand-père a plutôt déclaré :

— Bonjour. Je m'appelle en réalité Sándor Balázs. Voici le nom de certains de mes complices de la Résistance : Györffy Pál, Kovács Ferenc, Horváth Géza et Mester Anikó. J'aimerais également vous fournir une série d'adresses. Ouvrez grand vos oreilles et prenez bonne note…

Il n'a même pas donné à Mennyászky l'occasion de le fusiller du regard.

Mon grand-père a donc lâché le morceau, tout le morceau, inventé d'interminables chaînes d'informations qu'il a étirées à loisir, tout le jour, sans jamais se fatiguer. Mennyászky restait assis, impassible. Il avait déjà été témoin du phénomène des conteurs moins effrayés par la perspective de la torture qu'heureux d'avoir enfin un public. Ces derniers vouaient à l'interrogateur une reconnaissance pathologique. Entre-temps, le sténographe assis de l'autre côté du mur, percé de trous pour faciliter la transmission du son, tapait fébrilement sur sa machine, convertissait la logorrhée des aveux en signes sur une feuille. De quoi rendre perplexes les spécialistes du renseignement.

Perplexes, ils l'ont été. Dès la fin de la première journée, mon grand-père avait battu tous les records, à plate couture, qui plus est, exploit d'autant plus exceptionnel qu'on n'avait fait appel à aucun instrument de torture, même pas à la menace. Cette journée — où personne d'autre que mon grand-père, qui s'arrêtait de loin en loin pour s'humecter les lèvres, n'avait ouvert la bouche — avait donné un résultat sans précédent : cent pages de renseignements.

Mennyászky était incrédule. S'il n'avait jamais été témoin d'un tel déballage d'informations, il avait été confronté (du moins le pensait-il) à bon nombre de prisonniers de ce genre. En fait, il était si peu impressionné qu'il ne s'est même pas donné la peine de relire les renseignements fournis par mon grand-père. À dix-sept heures, il a plié bagage, comme à son habitude. À ses yeux, la journée n'avait été qu'un prélude insatisfaisant à l'obtention d'une véritable confession.

Le lendemain, il a donc été surpris d'apprendre par la bouche du commandant, Hans Liebing, que, après son départ, un autre interrogateur avait pris la relève et que la confession s'était poursuivie jusqu'au matin. Une équipe double de spécialistes avait passé la nuit à vérifier les renseignements et avait constaté, au milieu du flot d'absurdités — des fragments, des propositions inoffensives —, quelques « anomalies » qui, vérification faite, s'étaient révélées véridiques, par exemple l'emplacement, dans un appartement du neuvième district, d'une porte dérobée ouvrant sur une pièce remplie de matériel de communication et de rapports des Alliés, une cache d'armes dans une remise à outils désaffectée des égouts de Budapest ou encore le domicile d'une femme de quatre-vingts ans, déjà décédée à l'époque, qui abritait une malle remplie d'objets servant à la fabrication de fausses cartes d'identité. Après les premières découvertes, on avait confié à des agents le mandat de vérifier les « tuyaux » de mon grand-père. Dans quatre-vingt-dix-neuf pour cent des cas, les rapports étaient négatifs, mais, toutes les deux heures ou presque, on arrivait à confirmer telle ou telle bribe d'information.

Liebing n'avait jamais obtenu grand-chose de Mennyászky, faute de saisir la psychologie de l'homme. Il était si banal. Ce matin-là, l'officier a exposé clairement ses attentes.

— Écoutez-moi bien, Mennyászky. Ce type sait manifestement des choses, mais je ne peux pas paralyser le service en faisant vérifier la moindre petite remarque. Arrangez-vous pour qu'il nous épargne les inventions et s'en tienne à la vérité.

Le service était bel et bien paralysé. Mennyászky l'a compris en voyant les yeux cernés de ses collègues, les gardiens et les agents agités et impatients à cause du manque de sommeil, le marc de café qui s'accumulait dans les poubelles de la cafétéria. On avait délaissé tous les autres prisonniers politiques au profit de mon grand-père.

Mennyászky n'avait jamais fait face à un tel phénomène. Selon son expérience, il existait deux types de prisonniers : d'un côté, ceux qui débitaient des faussetés jusqu'à ce que, soumis à la pression, ils crient la vérité ; de l'autre, les silencieux qui mouraient avant d'avoir révélé quoi que ce fût ou devenaient des légumes disposés à vous débiter, d'une voix douce et monotone, tous les aveux que vous souhaitiez entendre. Et Mennyászky avait l'habitude des deux — la fiction et son contraire —, son travail consistant précisément à obliger le prisonnier à passer d'un genre à l'autre. Malgré ses années dans la salle des tortures, jamais encore n'avait-il rencontré une intelligence hybride semblable, une fugue mêlant si allègrement l'imagination et la réalité. Mennyászky possédait l'art de faire parler un homme ou de le zigouiller, mais pas celui de le forcer à choisir entre le vrai et le faux.

Je l'imagine encore en train d'arpenter les rues de la capitale éventrée, un œil tourné vers le ciel, guettant le prochain bombardement, et une main sur le ventre, comme si un éclat de shrapnel s'y logeait. Peut-être même, pour la première fois, un début d'obsession prenait-il naissance en lui, tandis que lui venait l'envie d'effectuer enfin quelques heures supplémentaires. Il n'arrivait plus à quitter la prison, même quand le commandant lui ordonnait de rentrer se reposer.

Selon mon grand-père, Mennyászky avait obtenu une exclusivité, c'est-à-dire qu'aucun autre interrogateur n'avait accès à lui. Pendant les quelques mois de leurs « relations » — à la manière d'amoureux, ils essayèrent de se sonder mutuellement sans trop se révéler eux-mêmes —, Mennyászky a fait l'essai d'un certain nombre de stratégies pour obliger mon grand-père à passer aux aveux. À titre d'exemple, il l'obligeait à s'interrompre après chacune de ses révélations et à garder le silence le temps que ses sbires effectuent les vérifications d'usage. Si les renseignements étaient faux, il imposait au prisonnier quelques minutes de douleur extrême. Alors seulement posait-il la question suivante, dans l'espoir que mon grand-père lui épargnerait les incohérences, les digressions, les histoires en somme, et s'en tiendrait à la vérité. Le seul problème, évidemment, c'est que mon grand-père, pendant qu'on le torturait, fournissait en hurlant une dizaine d'autres bribes d'information — lesquelles devaient toutes être vérifiées. De loin en loin, en effet, l'une d'elles se révélait d'une importance capitale pour les forces de l'Axe.

Puis Mennyászky a essayé lui-même de séparer le bon grain de l'ivraie. Il passait de longues nuits à étudier le compte rendu de séances de torture, à la recherche d'indices, par exemple de tics stylistiques susceptibles de l'aider à distinguer un mensonge d'une confession. Mais le style de mon grand-père était trop métissé, et Mennyászky s'est rendu compte, non sans une certaine joie amère, que son prisonnier avait beaucoup lu, car toutes sortes de formes littéraires, masquées par le débit rapide et les quasi-cris, transparaissaient dans ses récits. Ainsi Mennyászky avait-il observé que certaines informations au sujet d'un supposé journal clandestin lui avaient été communiquées au moyen d'allitérations brillantes. Il avait aussi relevé des paragraphes entiers en pentamètres iambiques irréprochables. Or ce rythme ne venait pas spontanément à un Hongrois. Dans un discours solennel sur les modes de sabotage auxquels avait recours la Résistance hongroise, Mennyászky a reconnu le pastiche d'une allocution de Szálasi. Quant à la qualité des renseignements, elle était follement inégale, et une bribe de vérité présentée un jour en style soutenu se dissimulait le lendemain dans une expression populaire. On raconte que Mennyászky, à peu près à cette époque, a commencé à perdre ses cheveux.

Selon mon grand-père, le manège a duré six mois, tant que sa langue, occupée à d'incessants monologues, a fini par creuser un sillon dans son palais. Il pimentait ses récits de brins de vérité, sans jamais rien révéler — sur ce point, il demeure catégorique — qui fût de nature à porter un véritable préjudice à la Résistance hongroise : il parlait d'entrepôts dont les partisans avaient déjà été coupés par des bombardements, des immeubles effondrés ou des cordons policiers dressés par les Croix fléchées ; il leur révélait l'existence de caches déjà découvertes, détruites ou abandonnées ; il leur livrait le nom de partisans morts, arrêtés ou ayant changé de camp. Aucune des tactiques de Mennyászky n'a jamais réussi à faire cracher à son prisonnier des renseignements privilégiés, rien qui fût vraiment incriminant.

Voilà, en gros, le récit de mon grand-père, même si, bien entendu, j'ai omis les passages où il m'étourdissait en répétant, parfois pendant des heures, ses soliloques d'antan, évocations débitées à toute vitesse de lieux et de visages — presque trop riches et trop baroques pour être crédibles —, le tout entrecoupé d'inventaires de matériel et de nourriture, de digressions sur l'idéologie et les rivalités entre partisans, d'anecdotes sur le courage et le sacrifice de soi. C'était comme un feuilleton dont mon grand-père retrouvait la trame à tout instant : trois douzaines de personnages entretenaient entre eux et avec l'ennemi des relations qui semblaient les conduire vers quelque terrible dénouement, toujours repoussé. Parfois, je me plantais devant la glace et je faisais comme si, face à Mennyászky, je monologuais de la même façon. Au bout de cinq ou six phrases, je me mettais à bafouiller, comme si la distance entre mon imagination et ma bouche était trop grande pour que les récits fissent le saut de l'une à l'autre. En fin de compte, je me suis montré incapable de me mettre à la place de mon grand-père.

J'ai fini par grandir et par y voir plus clair, et c'étaient les commentaires de ma grand-mère qui m'intéressaient désormais. Parfois, elle laissait entendre que les SS avaient arrêté mon grand-père uniquement parce qu'il avait eu la malchance de se trouver dans la boucherie que fréquentaient les huiles de Horthy (qui, à l'époque des Croix fléchées, se faisaient coffrer pour cause de sédition). Peut-être quelqu'un lui avait-il parlé de la boucherie et avait-il simplement choisi le mauvais jour. Peut-être était-ce un pur hasard.

Avant et pendant la guerre, voyez-vous, mon grand-père — comme mon père, du reste — avait travaillé pour l'administration Horthy, et ma grand-mère, qui allait être confortée dans son opinion par des rapports officiels publiés après coup par les Soviétiques, soupçonnait grand-papa d'avoir trahi d'autres partisans, Bajcsy-Zsilinszky et le général Kiss, en échange de certaines «commodités domestiques». Ainsi, il est tout à fait possible que des renseignements fournis par mon grand-père fussent à l'origine de l'assassinat de mon père, de la disparition de ma mère et de la liquidation d'autres chefs du Comité de libération — auquel cas il aurait accepté de m'élever par culpabilité tout autant que par amour.

Mon grand-père, naturellement, niait tout en bloc. Il jurait n'avoir jamais rien eu à faire avec le comité, ne jamais avoir comploté dans l'intention de le trahir. Ses activités, disait-il, se limitaient à la Résistance hongroise (groupe si nébuleux et si soucieux de ne laisser ni documents ni témoins que je n'ai toujours pas réussi à en confirmer l'existence). Par moments, toutefois, le récit de mon grand-père diffusait une sorte de chatoiement implicite, une lumière discrète brillant sous la surface trouble — et troublante — des eaux, un indice, une simple allusion laissant croire qu'il avait peut-être inventé la Résistance de toutes pièces, à seule fin de grever d'un échec le dossier par ailleurs sans tache de Mennyászky, de se donner de quoi se confesser pendant six mois ou encore (et c'était la plus noble des insinuations de mon grand-père) de donner un coup de pouce au Comité de libération en éloignant les nazis de la piste de l'organisation qui avait recruté sa fille et son gendre. Il ne l'a cependant jamais affirmé en toutes lettres.

L'homme que j'ai rêvé de retrouver pendant des années, à l'époque où j'étais encore avide de certitudes, était donc Mennyászky. Lui seul aurait su me dire si mon grand-père avait passé six mois à faire de faux témoignages, en proie à des souffrances atroces, ou s'il avait vécu cette période à titre d'invité choyé des SS, gavé de mets délicats et de vin en échange d'une liste de noms qui, s'allongeant sans cesse, avait fini par comprendre ceux de mon père et de ma mère.

Je crois que c'est au cours de l'après-midi d'automne où j'ai accompagné mon grand-père à l'hôpital que la voix de ma grand-mère, de vague bruit de fond qu'elle était, s'est mêlée intimement à ma conscience. J'avais alors douze ans.

Nous avons attendu longtemps, comme toujours, dans la salle d'attente défraîchie de l'infirmerie Saint-Jean, où nous avons vu déambuler des patients en pyjama rayé — détenus d'un autre établissement. Une infirmière est enfin venue nous chercher et nous a fait entrer dans une petite pièce équipée d'un lit, d'une armoire et de récipients remplis de fournitures médicales. Quelques minutes plus tard, le spécialiste, un homme dont le corps semblait beaucoup plus vieux que les yeux et qui donnait d'incessantes secousses, comme pour se débarrasser d'un poids accroché à son dos, est entré. Il a commencé par prendre la tension artérielle de mon grand-père, puis il a écrit quelques mots, a palpé ses veines et a vérifié ses réflexes.

C'est en demandant à mon grand-père d'ouvrir la bouche et de dire « ah » que le médecin l'a reconnu. Il s'est arrêté aussi sec. Puis, prenant un peu de recul, il a craché au visage de mon grand-père.

De la suite, je garde un souvenir confus — j'avais été choqué par le traitement réservé à un homme pour lequel j'éprouvais le plus grand respect. Le docteur a laissé échapper une pluie d'injures. L'homme de science, qui avait reconnu mon grand-père à partir d'articles de journaux récents, avait lui-même été victime des Croix fléchées, qui l'avaient casé dans un ghetto, déporté dans un camp de concentration ou soupçonné d'appartenir à un complot antinazi et torturé.

— Vous êtes un lâche et un traître non seulement à votre pays, mais aussi à votre famille. Et vous ne valez même pas les cinq minutes que je vous ai consacrées.

Avant de sortir, le docteur a craché une fois de plus sur mon grand-père.

Nous avons fini par rentrer, mais je me souviens que nous étions tous deux si sonnés que nous avons eu toutes les peines du monde à établir quels autobus prendre, pour quel tramway changer. Sur les joues de mon grand-père, qui, pendant que le médecin l'invectivait, avait gardé les yeux baissés, la bave luisait toujours. En nous ouvrant la porte, ma grand-mère a tout de suite compris que quelque chose clochait. Décidant de nous séparer, elle m'a envoyé dans ma chambre, où, allongé, j'ai contemplé la photo de mes parents accrochée au-dessus de mon lit. Les propos que ma grand-mère tenait à mi-voix, depuis des années, se sont enfin gravés dans ma conscience. *Mon grand-père était un menteur.* Un conteur.

Elle a malgré tout tenté d'amortir le choc. Le lendemain, elle m'a pris à part et m'a dit que des tas de gens avaient des idées confuses au sujet de mon grand-père et que je ne devais pas les prendre au sérieux puisque personne, elle y comprise, ne savait ce qui s'était vraiment passé à la prison d'Andrássy út. Mes soupçons, cependant, avaient été éveillés, et je n'arrivais pas à décider quelle innocence elle cherchait à préserver — celle de mon grand-père ou la mienne.

Pendant des années — près de deux décennies, en réalité —, j'ai fait l'impossible pour découvrir la vérité. J'ai eu quelques confrontations mémorables avec mon grand-père, qui s'en tenait à sa version, ce qui a fini par envenimer notre relation. Je lui en voulais de me cacher des choses. Lui ne comprenait pas pourquoi je ne le laissais pas en paix puisque, à mon insistance, il m'avait dit la vérité. À l'université, j'ai étudié les sciences politiques et l'histoire ; j'ai fait mes études supérieures en Occident ; j'ai eu accès à certains documents des archives du KGB. Rien toutefois qui jette un éclairage sur cette période de la vie de mon grand-père.

J'ai essayé de remonter jusqu'à Mennyászky, mais, de ce côté, je n'ai rencontré que du vide. Après la guerre, on l'a expédié dans un goulag ; réhabilité, il est devenu «un camarade précieux, mais peu loquace» au service d'une entreprise minière de Miskolc. Plus jamais il n'a exploité son talent particulier. À croire qu'il avait fini par accéder à la banalité qu'il avait tant convoitée. Les quelques voisins et proches toujours disposés à parler de Mennyászky m'ont confirmé qu'une sorte de calme surnaturel s'était abattu sur lui. Ils le voyaient souvent marcher pour se rendre au travail et en revenir ou, les jours de congé, raser les clôtures et les jardins bordant la rue. Il évitait le regard des passants, les yeux rivés au sol, inspectant attentivement tout ce qu'il foulait aux pieds, à la manière d'un homme qui aurait un trou dans sa poche ou qui aurait perdu une lettre ou un bijou et qui, sans cet objet, ne peut ni rester tranquille, ni s'asseoir pour manger, ni dormir. Je me plais à imaginer Mennyászky toujours obsédé par la Résistance hongroise, toujours à se demander si elle était un mythe ou non. Il était plus probablement désorienté, incapable de comprendre comment sa place dans l'histoire avait pu se transformer en si peu de temps.

Au bout d'un moment, j'ai cessé d'y penser. Ou plutôt, ma perception a changé : des impondérables entourant mon grand-père, je suis passé à ce dont je peux être sûr, à ce qui fait l'objet d'un certain consensus, soit ma grand-mère et les souffrances qu'elle a endurées : les triples quarts de travail, le déshonneur et l'ostracisme, les efforts humiliants qu'elle a dû déployer pour redorer son blason, les sous-fifres du parti qu'elle a dû courtiser pour que ses enfants et ses petits-enfants trouvent du travail et puissent peut-être même aller à l'université. Des faits fiables, non pas parce qu'il y avait des documents officiels, des empreintes digitales ou d'autres preuves conventionnelles, mais bien parce que ma grand-mère prenait ses responsabilités, accueillait les reproches comme les éloges — sans chercher d'excuses. Et c'est cette volonté d'assumer le passé que j'en suis venu à assimiler à l'Histoire.

Quoique, je l'avoue, il m'arrive encore de me réveiller la nuit en pensant aux événements de 1944 dans toute leur ambiguïté. Parfois, je suis tenté de considérer mon grand-père comme un assassin, d'autres fois comme un sauveur. Le plus souvent, toutefois, je ne pense qu'à ma grand-mère, femme ayant accepté de sacrifier sa vie à l'illusion dont le vieil homme avait besoin, sourde à sa dure solitude et aux appels de ceux qui l'encourageaient à le quitter, à changer de nom, à refaire sa vie. Sa résistance à elle, en quelque sorte, non moins héroïque que tout ce qu'on a pu inventer dans le maquis. Ces nuits-là, je me lève pour aller boire un verre d'eau, pisser ou laver mon corps en sueur.

Puis je m'assois un moment devant la glace en songeant aux terribles après-midi passés dans le jardin, à l'ombre du sureau, à l'époque où le monde n'était encore à mes yeux qu'un récit éminemment crédible. Et je me demande laquelle des deux éventualités est la plus terrible : assumer l'Histoire et admettre qu'on a commis des erreurs tout en sachant qu'il est impossible de se racheter ou encore avoir si peur de ce qui se tapit là, dans l'ombre, qu'on se coupe de l'Histoire à seule fin de voir comment on se tirera d'affaire en apesanteur, affranchi, à flotter dans une légèreté spectrale, sans points de repère ni rapports avec le passé ou l'avenir, là où tout passe à travers soi comme le vent dans les cavités du cœur.

Je reste là à réfléchir pendant un certain temps, puis je vais me recoucher.

Lettres mortes

Mon premier réflexe fut de prévenir Oscar qu'il risquait la prison. Mon second, naturellement, fut de jeter un coup d'œil à la marchandise qu'il proposait. Et Oscar, qui prenait le soleil sur ma petite terrasse en sirotant une bière, tira de son sac de facteur une pile de cartes postales retenues par des bandes élastiques. Avant de me les tendre, il me posa une question :

— Tu n'es pas croyant, au moins ?

Naturellement, je mentis. Mon père, jurai-je, était un ardent socialiste, et ma mère, issue d'une longue lignée de ce qu'on appelait autrefois des libres-penseurs. À ces mots, Oscar réfléchit un moment et me considéra comme si j'étais un nigaud. Puis il haussa les épaules et me tendit le paquet.

Je retirai les bandes élastiques et commençai à examiner les cartes postales. Mon rythme ralentit au fur et à mesure. Je m'arrêtai à la douzième, sur laquelle on voyait le Christ, les bras tendus, doulou-reusement suspendu à une croix. C'était une repré-sentation conventionnelle, à ceci près qu'un type avait substitué son visage à celui du Sauveur. Ce visage, manifestement découpé dans un instantané, léchait un cornet de glace. Je repris la pile depuis le début en me demandant comment un tel détail avait pu m'échapper : sur chacune des quatorze cartes, le même visage apparaissait. Au lieu d'essuyer le visage de Jésus, Véronique pressait son voile contre celui d'un homme qui suçait le goulot d'une bouteille de bière. Plutôt que de cingler le dos de Jésus, le légionnaire romain tapait sur un type coiffé d'un chapeau mou. Au Christ traditionnel de la *Pietà*, tout mou et brisé, la bouche grande ouverte, on avait substitué un homme souriant qui tétait un énorme cigare.

— Ce sont les stations du chemin de la Croix, dis-je en essayant de dissimuler ma surprise.

Oscar haussa les épaules et revint à sa bière. Sous le soleil de midi, les boutons et les épaulettes de son uniforme de facteur luisaient. Je prenais un café car, pour moi, il était encore tôt. Oscar, qui se levait à trois heures du matin pour distribuer le courrier, en était à ce qu'il appelait sa « soirée diurne ». Pour lui, en effet, la soirée commençait dès l'instant où il avait livré sa dernière lettre. Dans cinq heures, il serait au lit.

Je remarquai que les cartes postales, signées par un certain Robert, étaient toutes destinées à un dénommé Roger. Dans tous les cas, il s'agissait du déballage habituel d'inepties : « Jérusalem est délicieuse à cette époque de l'année » ; « Tu sais quoi ? Je commence à apprécier la cuisine juive » ; « Si tu voyais les femmes qu'il y a ici, mon vieux », et ainsi de suite.

— Combien touches-tu pour un paquet comme celui-là ? demandai-je à Oscar.

Il haussa les épaules et prit une longue gorgée de bière. Tout dépendait de son contact, dit-il, qui ferait circuler la nouvelle parmi les collectionneurs et lui présenterait un certain nombre d'offres. Par la suite, Oscar accepterait l'une des offres ou, dans l'espoir de déclencher une surenchère, laisserait savoir à son contact qu'elles étaient toutes trop basses. J'examinai à nouveau les cartes en me demandant qui pouvait bien avoir de l'argent à consacrer à des insanités pareilles. Oscar répondit qu'il était rare que de tels «articles» soulèvent les passions. La plupart des collectionneurs de lettres mortes préféraient les enveloppes et les paquets scellés. C'était le frisson de l'inconnu qui en faisait des «objets fétiches».

— Tu veux dire qu'il y a des gens prêts à payer pour avoir le plaisir d'ouvrir le courrier d'autrui?

Je rendis les cartes postales à Oscar, qui remit les bandes élastiques en place et laissa tomber le tout dans son sac. Il tira une autre bière de la glacière de camping que je garde sur ma terrasse. Le frisson venait non pas du simple fait d'ouvrir le courrier d'autrui, dit-il, mais bien plutôt de l'idée d'ouvrir des lettres désormais sans propriétaires, des lettres qui ne pouvaient être livrées parce qu'on n'avait réussi à retrouver ni l'expéditeur ni le destinataire, de telle sorte qu'elles étaient coincées entre la livraison et le retour. Les collectionneurs étaient motivés moins par le voyeurisme, par les révélations sur la vie d'un étranger, que par l'envie de jouer le rôle d'un autre, de vivre sa vie, de devenir carrément le destinataire de la lettre.

— Je ne comprends pas, dis-je. Quel plaisir y prennent-ils?

— C'est la nature même du fétichisme, non? répondit Oscar. S'il s'agissait d'un comportement normal, tu en aurais probablement déjà entendu parler.

Difficile de contredire la logique d'Oscar, même si elle ne m'éclairait pas du tout.

— C'est comme sauver quelqu'un de l'extinction, ajouta-t-il. L'information demeure vivante.

Je haussai les épaules.

— Laisse tomber, fit-il.

Oscar finit par faire dix mois de prison. Après sa confession, je faillis moi-même être cité à comparaître comme témoin important et inculpé comme complice. En conséquence, je fus remercié de mes services de préposé au tri du courrier. Quatre semaines avant qu'Oscar ne sorte de prison, mes prestations d'assurance-emploi prirent fin.

Je lui avais rendu visite une seule fois, le temps de lui dire ce que je pensais de sa conception de l'amitié. Pour toute réponse, il avait fait l'éloge circonstancié de la prison, qu'il décrivit comme plutôt pépère : il y avait des tables de billard, un court de tennis, un centre d'art et d'artisanat. Malgré ces « petits luxes », avait dit Oscar, il faisait de terribles cauchemars : au fond, la prison était identique au bureau des lettres mortes d'un entrepôt de la poste, où d'innombrables sacs de lettres et de colis mal adressés accumulaient la poussière dans l'attente de l'expiration du délai prévu par les lois de la prescription. Ensuite, le courrier devenait propriété de l'État, ce qui, dans la plupart des cas, signifiait l'incinération immédiate.

— Qu'est-ce que je vais faire à la sortie ? avait demandé Oscar. Toute ma vie, je n'ai fait que distribuer le courrier.

J'avais raccroché le combiné après lui avoir rappelé que j'étais bien plus en droit que lui de poser la question.

Ma mère, naturellement, avait une explication toute trouvée. Mise au courant des circonstances, y compris le moment où j'avais regardé les cartes postales, elle m'avait bombardé de questions. M'étais-je «attardé» sur elles? Avais-je ri? Avais-je tenté, ne serait-ce que pour la forme, de décoller le visage du blasphémateur qui s'était arrogé la place de Notre Seigneur? Avais-je, ne serait-ce qu'un instant, envisagé de «faire ce qu'il fallait» en dénonçant Oscar aux «autorités compétentes»? Avais-je depuis repensé aux cartes postales? Le cas échéant, avais-je été tenté de sourire, de rire ou, à Dieu ne plaise, de me livrer à mon tour à de telles «facéties blasphématoires»?

— Mère, répondis-je, les yeux rivés au sol, je viens de perdre mon emploi. Dites-moi, au nom du ciel, ce que les cartes postales viennent faire là-dedans?

Elle secoua la tête et se mit à me cuisiner. À quand remontait ma dernière visite à l'église? M'acquittais-je de mon «obligation minimale» en assistant à la messe de Pâques et en y communiant? Et quelles relations entretenais-je, au juste, avec Oscar, ce «bon à rien doublé d'un pervers»?

— Comment ça, «quelles relations»? Nous sommes amis, mère. Simplement amis. Enfin, nous l'étions.

Ma réponse la laissa sur son appétit. Aussi continua-t-elle de me sonder, à la manière du médecin qui, pendant une chirurgie exploratoire, repousse des membranes et des organes, dans l'espoir de découvrir la grosse tumeur cancéreuse qu'elle savait être en moi. Depuis la mort de mon père et mon départ de la maison (les deux événements qui délimitaient son univers moral), c'était du reste son occupation principale — même si, à l'entendre, elle appliquait simplement la méthode de saint Augustin.

— Expliquez-moi, mère, pourquoi les événements heureux qui m'arrivent sont l'œuvre de la Providence, tandis que je suis seul responsable de mes revers de fortune ? Avez-vous déjà songé que c'est peut-être exactement le contraire ? Pourquoi ne serais-je pas le responsable du bien et Dieu celui du mal ?

— En plein le genre de raisonnement que m'aurait tenu ton père, répliqua-t-elle.

Son expression me fit penser à un sourire inversé plutôt qu'à une véritable grimace. Bref, c'était un déplaisir qui la rendait heureuse.

Naturellement, mon père n'assistait pas à la messe. Je me souviens d'avoir franchi la porte en compagnie de ma mère, le dimanche matin, et, en me retournant, de l'avoir vu dans la cuisine. À ces occasions seulement, il portait un tablier. Brandissant une spatule géante, il criait, au profit de ma mère plus qu'au mien — même s'il faisait toujours semblant de s'adresser à moi —, l'excuse qu'il invoquait toujours pour ne pas nous accompagner :

— Qu'est-ce que tu veux, mon bonhomme, il faut bien que quelqu'un fasse la popote.

Chaque semaine, je l'entendais rire de sa plaisanterie. Le son s'étirait jusqu'à ce que retentissent les cloches de l'église Saint-Patrick.

Après la messe — après ce qui, à mes oreilles d'enfant, semblait un sermon répétitif, suivi de l'interminable queue au terme de laquelle je recevais une hostie si peu appétissante que ma mère devait faire miroiter les médailles que j'allais recevoir à seule fin de préserver mon intérêt pour la sainte communion, suivie des longues palabres auxquelles elle participait sur le parvis de l'église —, après tout cela, nous trouvions père debout devant une table recouverte de saucisses, de gaufres, d'œufs, de bacon au maïs, de pommes de terre rissolées, de salade de fruits et de jus d'orange fraîchement pressé. Bref, le festin dont l'idée m'avait fait saliver pendant toute la messe.

Je courais à la cuisine, dénouais ma cravate et ôtais le veston en polyester serré choisi par ma mère et qui me grattait, puis je sautais sur ma chaise. Si je suis le premier à croiser les doigts pour le bénédicité, raisonnais-je, je serai aussi le premier à les désunir et à m'emparer de ma fourchette et de mon couteau.

Après la prière, que mon père observait avec un détachement amusé, nous attaquions le repas. Père harponnait d'énormes saucisses bien grasses, remplissait son assiette de pommes de terre qu'il arrosait généreusement de ketchup et piquait subrepticement des morceaux de fraises dans la salade de fruits (pratique appelée « écrémage » qu'il condamnait vertement chez les autres). Et tout le temps qu'il se goinfrait et qu'il nous servait et resservait, il se tournait vers ma mère — chaque fois qu'il soulevait sa cuillère ou sa fourchette ou qu'il revenait de la cuisinière avec de nouvelles provisions — et s'excusait de sa « terrible gourmandise », jusqu'à ce que, suffoquée enfin, bien après moi, par la joie qu'il ressentait à l'idée du festin qu'il nous offrait, elle se fende d'un sourire et, en fin de compte, éclate de rire. Au bout du compte, elle se contentait de secouer la tête, hilare.

— Quel imbécile tu fais, Henry.

Mon père renonçait alors à son air grave et lui rendait son sourire. Son intention — tous les dimanches, j'avais l'impression de m'en rendre compte pour la première fois — était non pas de faire concurrence à l'église ou à sa femme, ni de lui disputer mon affection, mais au contraire de célébrer le moment que nous passions ensemble.

Puisqu'il était déjà mort à l'époque où je perdis mon emploi à la Société canadienne des postes, ma mère accepta de me «donner un coup de main». Hélas, il fallut pour cela que je rentre au bercail et que, par conséquent, je me conforme aux règles du foyer. Autrement dit, je devais suivre un calendrier tournant, fait de messes et de prières obscures, arrêté au Moyen Âge et qui, pour peu qu'on le respecte fidèlement et qu'on ne soit pas en état de péché mortel, garantit toutes sortes de grâces, d'indulgences et de faveurs divines après la mort — bref, la voie rapide vers le paradis. (Naturellement, je ne compris jamais à quoi tout cela pouvait servir si, de toute façon, on n'était pas en état de péché mortel.)

Toutes ces règles compliquaient considérablement ma recherche d'emploi. Chaque fois que je le faisais remarquer à ma mère, elle répondait que je devais «faire des sacrifices» et peut-être me lever une heure ou deux plus tôt pour lire les petites annonces, peaufiner mon curriculum vitæ et mes lettres de présentation, m'informer sur les écoles de formation professionnelle et les universités offrant des cours de recyclage. C'est à cette époque que je me rendis compte que nous étions, Oscar et moi, tous les deux en prison, chacun à sa manière.

Lorsqu'il sortit enfin et apprit où je vivais, j'étais en gros devenu fou. Je songeais à faire ma valise et à m'enfuir, que j'aie de l'argent ou non, à miser sur le hasard pour me procurer un autre foyer. J'étais si déprimé que je fus heureux de voir Oscar.

— Qu'est-ce que tu vas faire? demanda-t-il en mettant le nez dans le réfrigérateur de ma mère.

Il battit aussitôt en retraite, consterné.

— Tu ne vas tout de même pas rester ici?

Il referma la porte du frigo et s'approcha de la table de la cuisine, où j'étais assis. Il faisait quelque chose de bizarre avec ses mains. Il ne les tordait pas. À la place, il les tenait devant lui en ouvrant et en fermant les doigts.

— Et toi, qu'est-ce que tu vas faire ? lui demandai-je.

Il ne répondit pas. Il resta là à se gratter la tête, geste qui, me sembla-t-il, s'expliquait moins par une démangeaison que par le simple besoin qu'il éprouvait d'occuper ses mains. Il avait des idées, dit-il, sans fournir de détails. En sortant, il tira une enveloppe de la poche de son veston, y écrivit un numéro de téléphone. Si le cœur m'en disait, je pouvais l'y joindre.

— Ah oui, j'oubliais, ajouta-t-il. L'enveloppe est pour toi. Si tu songes sérieusement à partir d'ici, le contenu t'aidera à prendre une décision. Il aidera ta mère aussi, d'ailleurs.

Il me fit un clin d'œil et sortit. Nous ne nous revîmes jamais. Il s'élança sur le trottoir, face au vent, les mains enfoncées si profondément dans les poches de son jean qu'on aurait dit que le pantalon cherchait à monter et qu'il s'employait de son côté à le faire descendre. Deux mois plus tard, j'appris qu'il s'était introduit par effraction dans un bureau des lettres mortes à l'aide de cisailles et qu'un vigile l'avait pris en flagrant délit. Il poussait un chariot rempli à ras bord de lettres et de colis. Pendant la poursuite, arrivé au sommet d'une côte, Oscar avait eu l'idée de sauter dans le chariot. En bas, un mur avait mis fin à son escapade, brusquement et radicalement. Après un bref séjour à l'hôpital, Oscar était retourné en prison.

Je montai dans ma chambre avec les cartes postales, les sortis de l'enveloppe et fis glisser mes doigts sur les visages collés. Puis je les remis à leur place et tentai de les cacher successivement sous mon matelas, sous le papier journal tapissant le fond de mon tiroir à chaussettes, puis dans le vase posé au-dessus de mon téléviseur (je n'ai pas le câble). En fin de compte, j'enveloppai les cartes dans un sac en plastique, auquel j'attachai un bout de ficelle. Après quelques vaines tentatives, je réussis à caser le paquet dans la gouttière au-dessus de la fenêtre de ma chambre. Je laissai la ficelle pendre discrètement sur le mur en stuc, à portée de main.

Je dois avouer que les cartes postales me faisaient un peu l'effet de talismans. Chaque fois que les bondieuseries de ma mère devenaient insupportables, je m'enfermais dans ma chambre, je tirais sur la ficelle et je faisais descendre l'enveloppe.

Comme je verrouillais désormais la porte, ma mère en vint à la conclusion que je me livrais à des activités illicites. Au bout d'une semaine environ, elle commença à faire référence à la pornographie, mais jamais en rapport avec moi. C'étaient plutôt des considérations générales sur la dégradation et l'exploitation des femmes. (Depuis quand — elle qui, depuis vingt-trois ans, répétait *ad nauseam* que la société se porterait beaucoup mieux si les femmes restaient à la maison et s'employaient à faire de leurs enfants des êtres humains dignes de ce nom — avait-elle de la sympathie pour le féminisme ?) Sinon, il s'agissait de déclarations empruntées à d'autres religions (qu'elle aurait vu éradiquer sans sourciller) au sujet de la masturbation, qui « appauvrissait » l'être. L'hindouisme, par exemple, encourageait les hommes à avoir des relations sexuelles, mais à éviter les orgasmes, afin de retenir et d'amplifier leur « énergie vitale ».

— Non pas que j'encourage qui que ce soit à se faire hindou, précisa ma mère, ni à avoir des relations sexuelles sans orgasmes, puisque ce sont les orgasmes qui nous donnent les bébés, si précieux aux yeux du Seigneur. Tout ce que je dis, c'est qu'il faut éviter la masturbation.

Elle n'alla toutefois pas jusqu'à fouiller ma chambre. Du moins à ma connaissance.

Les journées s'écoulaient au compte-gouttes. Je passais beaucoup de temps à arpenter sans but la maison de ma mère, si remplie de peintures et de versets bibliques encadrés que les rouges et les ors de l'art médiéval et byzantin semblaient s'effacer d'eux-mêmes, comme si l'uniformité des thèmes et des motifs, au lieu de vous élever, vous oppressait. Après quelques semaines, ils devinrent si envahissants, si uniformes, qu'ils me firent un peu l'effet d'une couche de peinture blanche. Je me demandai même si ma mère l'avait fait exprès, dans l'intention de se punir. Avait-elle transformé sa maison en lieu de détention, l'art en source de privation ? Quand je n'en pouvais plus, je courais dans ma chambre et faisais descendre les cartes postales du toit. En les admirant, je souriais à la pensée de la réaction de ma mère si elle les trouvait en ma possession. Elle ferait la même tête que celle qu'elle avait quand, au retour de la messe, elle voyait mon père en train de siffler un air de Bud Powell en disposant sur la table le festin du dimanche.

Au cours des semaines que je mis à comprendre que la maison de ma mère était en quelque sorte devenue une prison, je pris aussi conscience du pouvoir magique des cartes : elles me faisaient penser à mon père. Leur dimension blasphématoire était la parfaite illustration de son attitude vis-à-vis de la religion de ma mère. Je songe en particulier au jour où il lui avait suggéré de ne pas aller à l'église pendant le carême. Le raisonnement se tenait : rien de plus facile pour une fervente catholique — convaincue que Dieu exigeait d'elle divers sacrifices — que de renoncer, pendant le carême, à des gratifications banales, comme celle de manger de la viande. Si, au bout du compte, la récompense était l'éternité en compagnie de Dieu, ce n'était même pas un sacrifice. Sur ce plan, même le martyre se révélait insuffisant puisqu'il s'agissait d'échanger un objet circonscrit et périssable contre un objet infini et essentiel. Non, aux yeux de mon père, il n'y avait qu'un sacrifice susceptible de vous valoir la félicité du paradis, et c'était de renoncer non pas à la vie, mais bien plutôt à la vie éternelle, d'aimer Dieu au point de lui sacrifier son âme, par exemple en n'allant pas à la messe et en se vouant à l'enfer.

— Ça, conclut-il, c'est un sacrifice !

J'admirais les cartes postales en me souvenant des raisonnements pseudo-théologiques de mon père. Ma mère, quant à elle, répondit qu'il était « présomptueux » d'imaginer le genre de sacrifice que Dieu attendait et n'attendait pas de nous, que nous devions tous avoir l'humilité de nous conformer aux pratiques sanctionnées par le représentant du Christ, à savoir le pape, et que nous devions éviter de mettre nos efforts sur un pied d'égalité avec ceux de Dieu, puisque, de toute façon, c'était futile. Mon père accueillit le raisonnement de ma mère de son air d'exaspération coutumier, et cette discussion finit de la même manière que les brunchs du dimanche : ils rirent l'un de l'autre, mais aussi d'eux-mêmes.

Bien entendu, après la mort de mon père, plus rien ne fut comme avant. Quand j'étais enfant, la maison n'était pas aussi chargée d'icônes, du moins dans mes souvenirs. Au cours des semaines ayant suivi mon retour au bercail, j'attribuai ce changement à l'absence de mon père, qui n'aurait jamais toléré une uniformité aussi étouffante. Bientôt, cependant, je me rendis compte que c'était précisément à cause de lui que ma mère avait transformé sa maison en temple. Et la mesure n'avait nullement pour but d'obtenir que l'âme de mon père soit libérée du purgatoire.

Tout commença par ma décision de quitter la maison. Ce jour-là, ma mère était assise au salon, où elle écoutait l'une de ces interminables émissions de radio dans lesquelles le pape, depuis la place Saint-Pierre, s'adressait aux célébrants. Après qu'elle m'eut intimé d'un geste de la main l'ordre de ne pas la déranger, je dus attendre pendant quarante minutes. Je restai planté là à écouter le singulier décalage entre les mots prononcés par le pape en italien, en polonais, en latin ou je ne savais trop quelle langue et les mots surimposés de l'interprète.

— Je m'en vais, mère, dis-je dès qu'elle eut enfin fermé la radio.

— Je sais, répondit-elle en secouant la tête pour repousser les cheveux qui lui barraient les yeux.

J'anticipais des questions. Où allais-je trouver l'argent ? Pourquoi sa maison n'était-elle pas assez bien pour moi ?

— Tu vas me manquer, dit-elle plutôt. C'était bon de t'avoir à la maison.

Ses regrets me semblèrent un peu acerbes, comme si je l'avais déçue, comme si elle avait espéré que je ferais autre chose que d'écouter avec elle son émission de radio, suivre ses prières incessantes et l'accompagner dans la ronde hebdomadaire des messes. Sans savoir pourquoi, je pensai aux cartes postales dissimulées dans la gouttière et je me demandai si elle y aurait réagi comme je l'avais prévu.

— Mère, dis-je, je sais que vous préféreriez que je reste. Mais je ne peux pas passer ma vie à vous tenir compagnie.

Elle eut l'air stupéfaite.

— Qu'est-ce qui te fait croire que je veux que tu restes ici, dans cette maison ?

À sa façon de prononcer les mots, je compris qu'elle réfléchissait à ce que je venais de lui dire et que, pour la première fois de sa vie, peut-être, elle admettait à propos d'elle-même des vérités auxquelles elle n'avait jamais songé.

— Eh bien…, fit-elle.

Puis elle s'interrompit, la tête légèrement penchée d'un côté, comme si elle pensait encore à mon affirmation. Quand elle reprit la parole, elle semblait cependant tout à fait perdue.

— À vrai dire, murmura-t-elle, je ne sais pas à quoi je m'attendais. Pas à ça, en tout cas.

Elle se tourna vers la fenêtre.

— Je m'attendais à autre chose.

— Quoi donc ? voulus-je savoir.

— Bah, fit-elle en portant une main à son visage, puis en la laissant tomber.

L'effet d'années de lassitude, d'abnégation et de dévouement tenace se lisait sur son visage.

— Je ne sais pas.

Rapidement, elle porta de nouveau la main à ses yeux.

— Je suppose que je m'attendais… à de la résistance.

Je me penchai vers elle.

— De la résistance ? Mais je m'en vais, mère ! Qu'est-ce qu'il vous faut de plus, comme résistance ?

Quand, détournant les yeux de la fenêtre, elle me regarda enfin, je lus pour la première fois la panique sur son visage.

— Non ! Ce n'est pas ce que je veux dire.

— Que voulez-vous dire, alors ?

Je restai assis patiemment, même si, sans savoir pourquoi, j'avais envie de crier, d'exiger qu'elle tienne des propos sensés. Devant son silence, ma voix s'éleva d'un cran.

— Écoutez-moi bien. Depuis mon retour, nous n'avons pas eu une seule conversation, vous et moi. Pas une ! Quand je vous parle de mes intentions ou de mes projets, vous ne m'écoutez pas. Sinon, vous me servez des phrases toutes faites !

Je me tordis les mains en parcourant la pièce des yeux.

— J'aimerais bien, ne serait-ce qu'une fois, vous parler à vous et non à un automate qui récite des…

J'agitai les mains, furieux.

— … des articles de catéchisme, des truismes et… des foutaises !

— Ce ne sont pas des foutaises, répondit-elle en souriant, le visage soudain lumineux, comme si ma tirade, au lieu de l'obliger à regarder la réalité en face, l'avait confortée dans ses certitudes. C'est la vérité. Seulement, tu refuses de la voir.

— La vérité ?

Je regardai autour de moi, puis je me levai.

— La vérité, mère ? Comme vous voulez. Ne bougez pas. La vérité, je vous l'apporte tout de suite.

En m'attendant, elle avait mis de la musique, *L'Assomption de Marie* de Palestrina, si fort que, en allant baisser le volume, je fis la grimace. Ensuite, je laissai tomber sur ses genoux l'enveloppe contenant les cartes.

Évidemment, il y aurait beaucoup à dire sur la suite : l'expression de ses yeux, ses propos hésitants, le rougissement soudain de ses joues et de son front et, ensuite — fait qui me semble aujourd'hui parfaitement prévisible —, son rire. Elle secoua la tête, la secoua jusqu'à l'apparition des larmes, puis, se levant, elle vint m'embrasser en disant que je ressemblais terriblement à mon père, que j'étais exactement comme lui. Ces mots, elle les répéta sans cesse de rire et de secouer la tête.

Curieusement, je fus moins surpris de la voir si heureuse que de me mettre à rire avec elle et de m'abandonner à cette étreinte, à ce curieux moment de liesse païenne. Car ce rite, cette célébration, ce rituel étaient consacrés non pas au salut de nos âmes — des années durant, j'avais cru que ma mère s'employait à chasser l'esprit de mon père dans l'intention d'assurer son propre salut —, mais bien à la mémoire de cet homme. Enlacés, nous tournâmes sur le parquet du salon, nos rires enterrant la musique de Palestrina. Et je me rendis compte que les mortifications que s'imposait ma mère et la rigidité dont elle faisait preuve depuis le décès de mon père étaient sa façon à elle de lui demeurer fidèle, de se dissocier du profane jusqu'à ce qu'il l'enveloppe, l'étreigne, la caresse de partout — comme si la rigueur avec laquelle elle se défendait contre l'esprit de mon père était seule capable de le garder vivant. Dans les yeux de ma mère, je retrouvai la lueur qui y brillait quand, au retour de la messe, elle le voyait, ceint de son tablier, la spatule à la main. L'assiduité à l'église, la piété et les prières de ma mère n'avaient d'autre but que de laisser à mon père cet instant de moquerie, celui où il était le plus lui-même : l'homme dont nous nous souvenions, encore aujourd'hui, en train de rire avec nous.

Quatre oncles

Krisztina a beau se poser des questions sur mes allégeances, je les ai tous enterrés : l'oncle Gyuri qui, après avoir quitté la Hongrie dans les années cinquante et vu ses impôts affectés aux programmes sociaux de sa nouvelle patrie, disait avoir « quitté un pays communiste pour un autre » et qui, en proie à une crise de rage apoplectique, avait, un soir d'élections, barré le chemin à ses filles avec une carabine parce qu'elles menaçaient de voter à gauche ; l'oncle Pál, qui portait sur le dos les marques des barbelés sous lesquels il s'était glissé pour s'évader d'un camp de prisonniers de guerre en 1946 et qui, pour défendre sa foi catholique romaine et son antisémitisme, réfutait l'argument selon lequel Jésus était juif en soutenant que c'était impossible puisque le père de ce dernier était Dieu — une entité, donc, non raciale — et sa mère, Marie, et que, ayant été conçu sans le péché originel, le Christ n'était pas humain au sens habituel du terme ; l'oncle Ottó qui, garçon, avait piégé des corbeaux pour nourrir sa famille pendant la famine dont s'était accompagnée l'arrivée de l'armée soviétique en Hongrie à la fin de la Deuxième Guerre mondiale, et qui ne voulait rien savoir des Québécois et des Terre-Neuviens en chômage qui refusaient d'aller là où il y avait du travail, alors qu'il avait, lui, quitté non seulement sa région et sa culture, mais aussi son pays, sa langue et sa famille; arrivé au Canada les mains vides, il avait travaillé comme une mule, au mépris d'obstacles considérables et au prix d'innombrables sacrifices et tourments, pour amasser sa fortune — et s'il y était arrivé, lui, les autres, merde, n'avaient qu'à faire pareil.

Je les ai tous enterrés.

J'avais émigré au début de 1958 après avoir passé l'année précédente dans des caves à légumes et des greniers. De loin en loin, des amis m'apportaient des provisions ou l'adresse de ma prochaine cachette, ainsi que le jour et l'heure où je devais courir ma chance. La plupart du temps, cependant, j'étais seul dans des abris sans eau courante, ni électricité, ni chauffage, à la merci de peurs qui me laissaient frissonnant — peur d'être capturé et interrogé, peur aussi d'être déporté dans un camp de travail soviétique. J'entrouvrais les rideaux, je sursautais au moindre craquement de la bâtisse et j'attendais d'être au bord de l'inanition pour m'aventurer dans les rues, au plus sombre de la nuit, pour aller faire les poubelles. Chaque fois, j'avais si peur du bruit que je faisais dans ma hâte de trouver quelque chose de comestible — si peur de me trahir — que je rentrais bredouille. Après deux mois de ce régime, j'avais vingt kilos en moins et les nerfs en boule.

Ainsi seul, j'ai commencé à lire les livres, les magazines et les journaux qui me tombaient sous la main, dont le contenu, au fur et à mesure que ma situation empirait, devenait de moins en moins important, jusqu'au jour où il n'y a plus eu que les mots, l'idée que quelqu'un, quelque part, écrivait pour meubler ma solitude. Pendant que les minutes se transformaient en heures, les heures en journées, les journées en semaines et les semaines en mois, des bruits toujours plus nombreux ont commencé à briser le silence, ou plutôt les bruits — murs qui craquent, voix étouffées venues d'en bas ou d'en haut, tuyaux qui gargouillent — se sont amplifiés, ont formé des rythmes intelligibles, jusqu'au jour où je me suis imaginé que cette intelligence (sur le papier et dans l'air) contenait des messages transmis par de vieilles connaissances. Quand, toutes les six semaines, ils venaient me voir, mes complices me trouvaient en train de manger la pourriture que j'avais glanée à la faveur de mes virées nocturnes, de boire l'eau de pluie que j'avais récoltée dans les seaux que j'accrochais aux fenêtres pendant les orages ou encore tout simplement assis dans ma chambre, un sourire idiot aux lèvres, entouré de documents, comme si j'avais toute la compagnie qu'il me fallait.

Le jour où l'occasion s'est présentée — un ami est arrivé en coup de vent et m'a appris qu'une tempête de neige frappait l'ouest du pays, que je réussirais à franchir la frontière sans me faire remarquer et qu'une voiture m'attendait —, il y avait une seule personne que j'avais envie de voir : ma mère. Pendant ma période de réclusion, j'avais gardé l'œil sur elle par personnes interposées, dans l'espoir de l'emmener avec moi, le moment venu. Après 1956, elle n'avait pas eu la vie facile, pas plus que les proches des autres participants au soulèvement. Privée de l'aide de l'État et sans autres ressources, elle s'était installée chez sa sœur ; c'est là que je suis allé la voir, cette nuit-là, me hâtant par crainte de manquer le rendez-vous avec le chauffeur. Profitant des neiges épaisses qui me dissimulaient à la vue des policiers, aussi maigre qu'un chien errant, je suis entré en douce chez ma tante. Furtif, j'ai parcouru la maison de pièce en pièce, jusqu'à ce que je la découvre enfin dans le minuscule cagibi où elle était alitée.

— Mère ! ai-je sifflé en me penchant sur elle.

Cette scène, je ne l'oublierai jamais. La pièce était si paisible que j'entendais la neige tomber par la fenêtre ouverte et, au loin, le tic-tac d'une horloge. Au lieu des yeux clos et du visage endormi auxquels je m'attendais, j'ai trouvé ma mère en train de me regarder, tout éveillée. En réponse à mon cri étouffé, elle s'est mise à fredonner, à fredonner un air que je n'avais jamais entendu.

— Mère ! ai-je sifflé de nouveau. C'est moi, mère. Je suis vivant.

Elle a continué de fredonner.

Pendant un moment, je suis resté là à la fixer droit dans les yeux, en proie à des rêves insensés : je l'habillerais chaudement, je la guiderais dans la tempête, je la cacherais dans le camion jusqu'à la frontière et je l'obligerais à se taire au milieu des barricades, des chiens et des tireurs embusqués. Puis je lui ai tendrement pris la main, conscient que ce n'était plus la peine, qu'elle s'était déjà enfuie et que, à force de fredonner, elle s'était libérée de l'Histoire. Libérée aussi de la mort de son père au cours de la bataille du Don ; libérée du meurtre de sa mère par les soldats soviétiques qui les avaient découverts, ses enfants et elle, dans une cave de Budapest, et s'étaient octroyé une période de repos et de relaxation que les enfants n'avaient pas trouvée amusante du tout et que seuls les militaires avaient jugée distrayante, eux qui, pendant deux ans, avaient déjoué les projectiles et affronté les hivers russes chaussés de bottes aux semelles décollées ; libérée de la disparition de ses trois frères, dont le sort l'obsédait, elle qui, en dor-

mant ou en laçant ses chaussures, se redressait soudain, comme au sortir d'un cauchemar ; libérée enfin
du décès de son mari et de son unique fils, qui avaient
tous deux pris une part trop active aux événements
de 1956.

Je ne me souviens pas de l'état d'esprit dans lequel
je me trouvais, assis au bord de son lit, cette nuit-là,
mais je me rappelle m'être consolé à la pensée qu'elle
était déjà passée de l'autre côté de la perte. Car elle
n'a rien dit pendant le récit que je lui ai fait de mes
activités au cours de l'année ayant suivi l'insurrection — la crainte que j'avais de la compromettre en
communiquant avec elle (ne serait-ce que pour lui
faire savoir que j'étais encore vivant), les motifs de
ma fuite, l'identité de mes poursuivants, le sort qu'ils
me réserveraient s'ils me mettaient la main dessus.
Elle ne semblait pas m'écouter. Elle ne disait rien, ne
me regardait pas, respirait à peine.

Elle regardait plutôt autour de la pièce, comme si
ses murs définissaient les limites de son monde, au-
delà duquel il n'y avait rien à dire ni à entendre.
Comme si l'année que j'avais moi-même passée dans
un espace confiné exigeait — en vertu d'une logique
inversée — qu'une autre personne, ma mère en
l'occurrence, devienne folle pour des motifs opposés
à ceux qui avaient failli me coûter la raison : la vue
de l'espace — les arbres, les lacs, les montagnes, le
ciel et des nations entières — dans lequel sa famille
avait disparu, l'encombrement des villes où, de foule
en foule, elle avait vu tout le monde, sauf celui qu'elle
avait désespérément besoin de voir, et les mots que
lui enfonçaient dans la gorge et dans les yeux ceux
qui l'obligeaient au dialogue, soit le conseil local des
travailleurs, qui l'a dépossédée de son emploi pour
la punir d'avoir « abrité » (c'est-à-dire enfanté) un

contre-révolutionnaire, les voisins qui lui ont reproché d'avoir élevé un fils à la moralité douteuse, les policiers qui, jour après jour, ont exigé d'elle la liste de mes «amis» et, enfin, son seul soutien, sa sœur aînée, qui l'avait accueillie sous son toit, mais qui passait ses journées à cacher son angoisse sous de longs soupirs. Bref, une cacophonie où seuls manquaient les mots qu'elle avait besoin d'entendre. À la fin, ma mère se battait moins contre ce qu'elle avait perdu que contre le sentiment de perte lui-même. Cette bataille, elle ne l'a gagnée — comme me l'a appris ma tante, cette nuit-là, en me tendant un sac rempli de vêtements et de nourriture pour le voyage — qu'en se détournant des agents qui la suivaient partout où elle allait dans l'espoir qu'elle les conduirait vers d'autres individus dans mon genre, en renonçant à la boîte aux lettres (qui demeurait obstinément muette), en s'installant, une nuit, dans la petite pièce du fond du logement et en évitant tout propos qui exigeait une réponse ou en constituait une. À la place, elle fredonnait des airs doux dans un lieu si petit, déjà si pareil à une prison, que personne ne pourrait jamais le lui enlever.

Ma mère — telle que je l'ai vue, ce soir-là — a donc aiguisé le sentiment de culpabilité abyssal que je ressentais, même si, après tout cela (ou peut-être à cause de tout cela), je me demande encore si elle aurait préféré que je ne me batte pas, que je ne prenne pas part au suicide qu'a été notre octobre 1956. J'ignore si ma fuite de la Hongrie a suffi — a enfin suffi — à la tuer, mais il m'arrive à moi aussi de me réveiller la nuit, recroquevillé sur les draps, et d'imaginer la pièce qu'elle a choisie, au prix de la perte d'elle-même et de l'abandon de tout ce qui la définissait, comme on laisse un manteau élimé dans le vestibule.

La complexité du réseau de réfugiés qui existait dans les années 1950 vous aurait laissé pantois. Il suffisait d'entrer à l'*Arany Tyúk* de Toronto et de glisser à l'oreille de la serveuse le nom d'un proche que vous aviez vu pour la dernière fois en 1944 et qui, croyiez-vous savoir, était venu au Canada (à moins qu'il ne soit parti en Australie) pour que, au bout d'un mois ou deux, elle vous présente un vieux type coiffé d'un chapeau de chasse en cuir (qui, dans la rue, faisait rire tout le monde), lequel vous apprenait qu'il avait, dans un camp de réfugiés autrichien, partagé une cahute branlante avec le proche en question et qu'il venait justement de recevoir de Vancouver une carte postale signée de sa main. À l'époque, nous nous spécialisions dans tout, y compris les coïncidences.

En 1965, soit sept courtes années après mon évasion, j'avais donc rétabli le contact avec mes trois oncles.

Gyuri est mort le premier, par une froide journée de février. Il s'était rendu compte que, en dépit de la corruption qui gangrenait le gouvernement libéral, les conservateurs n'allaient pas gagner les élections. Quelques jours avant sa mort, je me trouvais dans sa chambre — en compagnie de sa femme émigrée et de ses trois filles — quand Gyuri s'était dressé sur son lit d'agonie et avait montré avec insistance le manteau de la cheminée, avait grogné, le doigt tendu, dilapidant ses dernières forces, jusqu'à ce qu'elles se décident enfin à lui apporter tout ce qu'il y avait dessus : un vase, une photo de lui en jeune soldat, une bague ayant appartenu à ma grand-mère et, enfin, l'article qui l'avait apaisé aussitôt : une enveloppe renfermant sa carte de membre du Parti conservateur. Il est mort en serrant le document sur son cœur.

C'est là que mes ennuis ont commencé. Krisztina, l'aînée de Gyuri, de seulement cinq années ma cadette, m'a rappelé une tradition familiale, à propos de laquelle je ne savais pas grand-chose. En effet, j'avais quitté la Hongrie avant d'être initié à toutes les coutumes ancestrales. C'est elle qui est venue me trouver, quelques jours après les moments que nous avions passés autour du lit de Gyuri, à côté du respirateur qui montait et descendait.

Elle avait en main une lettre, vieillie et chiffonnée à force d'être pliée et dépliée, comme si l'expéditeur n'avait pas été certain de ce qu'il fallait y mettre ni de l'identité du destinataire. C'était le testament de Gyuri. « Conformément aux usages de la famille Kassai, je souhaite que ma dépouille soit enterrée par mes plus proches parents de sexe masculin. » Fronçant les sourcils, Krisztina a agité la lettre devant mon visage.

— C'est toi, a-t-elle dit.

J'ai contemplé l'écriture maladroite, les accents oubliés ou mal placés, les mots anglais intercalés dans le texte en hongrois, puis je me suis tourné vers Krisztina. Mon expression traduisait le chemin que nous avions parcouru depuis la Hongrie (Krisztina et ses sœurs n'y avaient même jamais mis les pieds !) et l'obligation que je me sentais envers l'Histoire qui nous avait tant fait souffrir.

— Tu sais, a-t-elle dit doucement en me regardant, je comprendrais que tu décides de ne pas donner suite.

Elle fixait la lettre, comme si elle regrettait de me l'avoir montrée.

— J'aimais mon père, a-t-elle poursuivi sur un ton doux, où perçait une amertume confinant à l'hostilité, mais je ne peux pas dire qu'il me plaisait beaucoup. Il n'a jamais pris le temps de nous écouter, mes sœurs et moi. Nous étions des femmes. Il nous avait cataloguées avant même notre naissance. C'est d'ailleurs la principale leçon de vie qu'il nous a laissée : la loyauté envers les principes passe avant la loyauté envers les personnes.

Krisztina a laissé fuser un petit rire dépourvu d'humour.

— Je me demande ce qu'il penserait s'il savait que, selon mes principes à moi, c'est nous — mes sœurs et moi — qui devrions l'enterrer. Et que ses volontés à lui passent en deuxième.

Elle m'a regardé, puis elle a souri en se frottant les yeux.

— Pourquoi sommes-nous indignes de l'enterrer ? Les femmes sont-elles moins capables que les hommes de manier la pelle ?

J'ai examiné le papier en songeant à la façon dont Gyuri traitait ses filles. C'était un ours mal léché, vêtu d'un pull taché et souffrant d'emphysème. Il avait l'habitude de claquer les portes et de dévisager les garçons que ses filles ramenaient à la maison. Debout devant la table de la cuisine dans un silence de mort, il les fusillait du regard, comme s'ils étaient des étrangers entrés chez lui par effraction. Puis il demandait :

— T'es hongrois ? Allemand, au moins ?

Les pauvres garçons ne l'étaient jamais. Quand sa cadette, Gyöngyi, s'est amourachée d'un étudiant étranger originaire de Chine, Gyuri a une fois de plus sorti l'enveloppe que je tenais entre les mains et y a apporté une énième modification.

— Un Chinetoque! a rugi Gyuri (en hongrois, bien entendu) en faisant irruption dans l'atelier de réparation de transmissions que j'avais réussi à faire surgir de terre au coin de Kingsway. J'ai toujours répété la même chose à mes filles! Toujours! L'une des plus grandes forces de notre monde, ce sont les races qui le composent. Toutes ces races distinctes… c'est une vraie merveille!

Il a agité sous mon nez un doigt menaçant.

— Et nous avons le devoir, a-t-il conclu, de faire en sorte qu'il en reste ainsi!

Tandis qu'il regardait par la fenêtre en fulminant, je lui ai arraché des mains le faire-part envoyé par Gyöngyi et son fiancé.

À ce moment, j'ai essayé très fort de ne pas mal juger Gyuri. Ses doigts, quand je lui ai pris l'invitation, étaient raides et tremblants, comme s'ils avaient laissé échapper quelque chose, même si Gyuri, lui, refusait de le croire. Ce «quelque chose», croyait-il, était juste hors de sa portée, pendait à quelques millimètres au-dessus de sa tête, ce qui ne l'empêchait pas, bien évidemment, de trouver toutes sortes de prétextes pour éviter de lever le bras, car il refusait de croire que ce qui avait défini son existence — et la définissait toujours à ses yeux — était non seulement hors d'atteinte mais aussi éteint.

J'ai attendu sur une chaise (mes mains sentaient l'acide phénique) en cherchant mentalement le moyen de présenter mes réflexions sous forme de louanges, même si, en vérité, je n'avais pas grand-chose à dire. Tout ce que je voulais préciser, c'était que, en faisant de ses filles des souvenirs du pays qu'il avait quitté, mon oncle les avait également transformées en rappels des conséquences de son départ. Chaque fois qu'il posait les yeux sur elles, elles le ramenaient au pays qu'il leur avait donné au péril de sa vie. Il en était fier, certes, mais, en même temps, il n'avait jamais vraiment posé pied sur le sol canadien, comme s'il était isolé par la couche de poussière hongroise qu'il avait soigneusement préservée sous ses semelles. Le moment était peut-être venu pour lui de baisser les yeux.

En fin de compte, cette ambiguïté, ce « peut-être », a été la seule concession que j'ai réussi à faire à Gyuri. Il a réagi exactement comme je m'y attendais. En quittant la fenêtre, il a crié qu'il avait fui la Hongrie, qu'il l'avait fuie vraiment, et que j'étais un *seggfej* de laisser entendre le contraire. En plus, il était « bien assez homme » pour vivre au Canada comme il l'entendait.

Quelques mois plus tard, Gyöngyi et Li Peng se sont mariés au Centre culturel hongrois de Vancouver, aux frais de Gyuri, qui a déambulé au milieu de hordes de Hongrois et d'Asiatiques confus, à la manière d'un fakir marchant sur une planche à clous. Seulement, le sang-froid de Gyuri résultait d'une maîtrise de soi telle qu'elle confinait au fascisme psychologique. Si les fakirs et autres marabouts transcendent le moi et s'élèvent à un niveau de conscience supérieur, Gyuri, lui, avait liquidé le sien et, par conséquent, n'était nulle part. Il marchait de l'air d'un homme dont les entrailles étaient mortes et grises. L'ayant suivi dans le couloir attenant à la salle, je l'ai trouvé appuyé au mur, en train de sangloter.

— Je me suis évadé ! Je te le jure ! a-t-il crié.

Puis il m'a fait signe de retourner auprès des autres.

Krisztina et Cili se sont mieux tirées d'affaire que Gyöngyi, mais, comme elles n'ont ni l'une ni l'autre épousé un Hongrois ou un Allemand, Gyuri n'a pas été tellement plus naturel lors de leurs noces, surtout après qu'il a eu appris que Jason, le fiancé de Cili, avait du sang juif, et qu'Ed, le mari de Krisztina, était issu d'une famille entretenant depuis longtemps des liens avec le mouvement syndical. S'il y avait une tare pire que l'appartenance à la mauvaise race, c'était l'appartenance à la mauvaise allégeance politique.

Les trois filles, il va sans dire, ne prisaient guère la discipline imposée par Gyuri. Elles ne voyaient que les gouttes de sueur qui perlaient à son visage, ses doigts profondément enfouis sous ses aisselles et sa totale absence de grâce. Elles lui en voulaient de ne pas arriver à se détendre en présence de leurs maris et de leurs enfants (ses propres petits-enfants !), qu'il touchait avec précaution, comme s'il y avait sur eux des empreintes de mains lui indiquant les bons endroits. Contrairement à moi, les trois filles n'avaient jamais eu devant les yeux l'image de Gyuri pour les guider, alors que tout semblait perdu. Et je n'arrivais pas à leur expliquer la différence entre cette image et le tyran qui les avait élevées.

À l'époque où j'ai enterré Gyuri, Pál et Ottó étaient déjà devenus des «cas gériatriques» : le premier se déplaçait à l'aide de deux cannes, tandis que le second avait à son service une infirmière qui lui poussait sa tige à soluté. Je les voyais de l'endroit où je creusais la terre, et il a fallu recourir à la force (ce qui n'a pas été très difficile, vu leurs infirmités) pour les empêcher d'attraper une des pelles enfoncées dans la terre près de la fosse et de se mettre au travail. Pál, d'un naturel lymphatique, s'est laissé convaincre facilement, mais Ottó, lui, a fait des histoires. Pendant qu'il cherchait à se défaire de l'infirmière et de moi, son langage est devenu encore plus coloré que d'habitude — en jurant comme un charretier, il nous a rappelé qu'il était « un homme libre », qu'il avait surmonté « des épreuves bien pires » que la vieillesse, un cœur malade et une mortalité envahissante et que, « par Dieu », il ne se trouvait pas un homme, « pas un seul », pour l'empêcher de « préserver la tradition familiale ». Le bras de fer a duré vingt bonnes minutes. Puis Krisztina s'est avancée, a posé la main sur la manche du veston sur mesure du vieil homme et l'a foudroyé du regard. L'intensité des yeux pleins de larmes de Krisztina a contraint le vieil homme à lâcher la pelle et à baisser les yeux, éperdu de honte.

J'ai donc creusé. Malgré les infirmités dont ils souffraient l'un et l'autre, je n'ai pas pu m'empêcher de regarder Pál et Ottó, dont l'évasion, dans le courant de l'été 1954, avait pris des proportions légendaires parce que nous n'avions pas de nouvelles, que leurs lettres ne parvenaient pas jusqu'à nous et qu'aucun des témoins de leur départ n'était revenu pour en parler. L'après-midi où j'ai enterré Gyuri, les deux hommes semblaient si frêles — leurs silhouettes comme des traits de craie sur le jour — que je me suis réjoui d'avoir été jeune à l'époque de ma fuite, non pas pour des raisons de santé, mais bien à cause de l'idéalisme juvénile dont j'avais fait preuve et de l'amnésie qui en avait résulté : si je les avais vraiment connus, mes oncles n'auraient pas été là pour guider mes pas. Car si l'Histoire est façonnée par la qualité des explications que nous fournissons pour rendre compte des événements, la jeunesse a ceci d'heureux qu'elle n'interroge pas trop en profondeur ces explications, même quand elles sanctifient des réactionnaires. Peut-être suis-je seulement en train de chercher des prétextes : même plus tard, quand le caractère véritable de mes oncles a ressorti, j'ai toujours essayé de les soutenir. Mon histoire, à supposer qu'elle rime à quelque chose, est la confession d'un complice qui, bien que conscient de ses péchés, continue de venir en aide aux hommes en compagnie desquels il a été condamné.

Parce qu'ils avaient perdu la vie. Je ne veux pas parler de leur vie biologique, bien sûr, mais à l'automne 1956 déjà, je savais que le fait de rester et de mourir en Hongrie n'avait rien à voir avec la bataille qu'ils avaient eux-mêmes menée, la seule qu'une personne isolée soit en mesure de livrer. En partant, je veux dire. Leur bataille était de celles qui font de vous une victime à tous les coups, une bataille au terme de laquelle, au lieu d'arroser votre pays de votre sang et de le fertiliser par votre martyre, vous l'appauvrissez en le désertant. Tel est le paradoxe de mes oncles : ils ne sont pas partis dans l'espoir d'une vie meilleure. Ils l'ont fait pour marquer leur dissidence. Ils espéraient frapper un grand coup, tout en sachant que l'exil signifiait l'abandon non seulement de leur pays, mais aussi de la seule vie qui valait d'être vécue. Ces réflexions, je me les suis souvent faites au cours de l'année qui a suivi les événements de 1956. Tout ce qui m'avait jusque-là réconforté — mon pays, mon village, ma maison, mes compatriotes — a perdu toute signification dès l'instant où j'ai pris le maquis, dès l'instant où je n'ai plus eu personne avec qui les partager. J'avais beau me concentrer, essayer de me souvenir du moindre détail, tout cela n'avait à mes yeux pas plus de valeur qu'un secret qu'il faut taire, qu'une lettre d'amour sans destinataire.

L'oncle Pál, comme l'oncle Ottó d'ailleurs, n'avait pas d'enfants. Il se faisait un plaisir d'accumuler les boîtes de conserve, d'en constituer de hautes piles dans la cuisine, jusqu'à ce que leur contenu, quel qu'il soit, commence à pourrir, à dégager des gaz qui en faisaient bomber le haut et le bas. Aux yeux de l'oncle Pál, qui les thésaurisait contre toute raison, bien que la nourriture soit gâchée, immangeable, les boîtes devenaient alors encore plus précieuses. Preuve de la toute-puissance de la faim : constituer des réserves de pourriture par crainte d'en souffrir à nouveau. Pál, je l'ai appris après sa mort, a passé le plus clair de sa vie à écrire pour des périodiques de droite publiés par des catholiques orthodoxes, des Hongrois radicaux et d'autres nostalgiques du fascisme vivant en Australie, lesquels lui envoyaient de petites sommes qui s'ajoutaient à ses chèques d'assurance-emploi et d'aide sociale et (quand les choses allaient mal) à l'argent que je lui versais en échange de menus travaux : trier des vis et des boulons, nettoyer des moteurs à la vapeur ou (s'il ne jugeait pas la corvée trop avilissante) préparer le café et descendre Kingsway pour aller chercher le repas de mes mécaniciens.

Pál évoquait souvent les enfants. En de telles occasions, il déplorait non pas son échec personnel, mais le mien.

— Tu as besoin d'une femme, me disait-il. D'une bonne catholique. D'une croyante qui obligera tes enfants à croiser les doigts pour prier.

Les nuits d'insomnie, j'arpentais mon appartement en examinant mon ventre flasque et maigre (l'inappétence n'était qu'une des séquelles de mon séjour dans la clandestinité). Je tournais en rond, constatais la similitude de nos destins respectifs. Nous avions si peur de mettre des enfants au monde, Pál et moi, que nous étions gauches en présence des femmes et qu'à la vue des images de la souffrance, dans des magazines, à la télé ou dans notre imagination, nous détournions instinctivement les yeux, comme si, à cause des épreuves que nous avions subies, nous jugions tous les autres — les enfants, au premier chef — incapables d'en supporter ne serait-ce qu'une fraction. Nous avions perdu foi non seulement dans l'humanité, mais aussi dans le simple fait d'être humain, même si, pour ma part, je n'étais pas, du moins je l'espère, en attente, simplement accroché à mes jours jusqu'à ce que l'un d'eux finisse par m'échapper. Les soirs d'insomnie, je pouvais appeler mon oncle, quelle que soit l'heure, en sachant qu'il serait debout, même si tous les autres dormaient. La conversation avait beau être contrainte et hésitante, j'avais autre chose à écouter que le tic-tac de l'horloge et le tourbillon impitoyable de mes pensées.

Chaque fois qu'il venait au garage, nous nous disputions sans mots. À ces occasions, je lui répondais toujours par le silence. Il lançait une remarque au sujet de la forme du nez d'un des mécaniciens ou d'un client qui avait essayé de me rouler, et je me contentais de le regarder ou de détourner les yeux. À lui de décider si mon apathie était une forme d'assentiment ou de désaccord. Après, il disparaissait pendant des jours, mais il finissait toujours par revenir. Il avait besoin d'argent, disait-il.

Je me souviens de la visite que m'a rendue Krisztina le soir où la police est entrée dans l'appartement de Pál. Il y était mort des jours auparavant dans la solitude, et ce n'est que lorsque l'odeur de son corps a commencé à empester le couloir qu'on s'est inquiété de son sort.

— Un policier est venu chez moi, a dit Krisztina. Il avait une boîte remplie de papiers et de livres. Tu aurais dû voir ça !

Elle a secoué la tête. Je ne lui ai pas demandé de quoi parlaient les écrits de Pál. J'étais déjà au courant. Je n'avais qu'à songer aux nuits au cours desquelles nous nous étions parlé au téléphone, aux histoires qu'il m'avait racontées quand nous étions tous deux enfiévrés par l'insomnie.

— Le policier a songé à entreprendre une enquête, mais Pál n'avait pas de collaborateurs.

— Il n'avait personne, ai-je laissé tomber en réponse à une question différente.

— Tu sais qu'il a fait de mes sœurs et moi ses principales héritières ? Nous ne voulons pas de son sale argent !

— Il n'avait pas d'argent.

— Tu veux rire ? a répondu Krisztina en sortant le dossier préparé par l'avocat de Pál. Il en cachait partout.

J'ai parcouru les carnets de banque, examiné des colonnes de crédit bien nettes. Apparemment, Pál effectuait des dépôts à des dates régulières, y compris les jours où il venait me supplier de lui donner du travail. À ces occasions, je mettais des billets (il insistait pour être payé comptant) dans ses mains en coupe, et il les accueillait comme l'eucharistie. D'où était venu le reste ? (La littérature haineuse n'était tout de même pas si bien payée ?)

— J'ai parlé à Cili et Gyöngyi. Nous ne voulons pas de cet argent. Il y a des organisations, des musées juifs, des centres qui commémorent l'Holocauste. Nous pourrions le donner…

— C'est une bonne idée, ai-je répondu tranquillement.

— Tu n'es pas…

Krisztina a jeté un coup d'œil par la fenêtre.

— Si c'est ce que nous décidons, tu ne vas pas contester ?…

Ébahi, je me suis tourné vers elle.

— Tu crois que ça me dérangerait ?

Je n'avais pas pu m'empêcher de crier.

— Je savais qu'il haïssait les Juifs, mais je ne savais pas qu'il écrivait des ordures pareilles, ai-je dit en agitant la main vers elle, même si elle n'avait sorti que le dossier préparé par l'avocat.

— Tant mieux, a commencé Krisztina en esquissant un sourire de défense plus que de gaieté ou d'amusement. Vu que vous étiez proches, Pál *bácsi* et toi, je me suis dit que…

— Tu as cru que j'avais de la sympathie pour ça ?

Krisztina a baissé les yeux.

— Mon père avait une haute opinion de toi. J'ai du mal à croire qu'il aurait parlé en bien de quelqu'un qui n'aurait pas pensé comme lui. Pál *bácsi* et lui étaient bons amis, tu sais ?

J'ai ouvert la bouche dans la ferme intention de crier encore, mais je l'ai refermée aussitôt. Comment me justifier auprès de Krisztina, comment lui expliquer mon attachement pour son père, Pál et Ottó sans, du même souffle, me laisser contaminer par leur folie ? De toute façon, je n'étais pas certain de ne pas l'avoir été. Il était aussi mien, le traumatisme qui avait perverti et durci leur mentalité, fait d'eux des obsessionnels compulsifs brutaux, même si je me plaisais à penser que je n'étais pas un fasciste et que Krisztina et ses sœurs le savaient. Impossible, par ailleurs, d'expliquer que j'éprouvais pour les trois hommes une affection capable de faire abstraction de presque tout (mais pas tout, car je n'aurais certainement pas donné d'argent à Pál si j'avais su qu'il avait amassé une petite fortune, comme je n'aurais pas toléré la publication de ses diatribes antisémites).

— Ton père t'a donc blessée à ce point? ai-je plutôt demandé.

— Je n'ai pas réellement eu de père, a répondu Krisztina après un silence. Il n'a jamais été ici pour vrai. Je pense que, pour lui, l'Histoire s'est arrêtée le jour où il a quitté la Hongrie. J'ignore à quel genre de vérités il croyait, mais j'ai l'impression qu'il y est resté accroché longtemps après qu'elles sont devenues des mensonges de la pire espèce.

À cela, il n'y avait franchement pas de réponse.

Nous avons enterré Pál, le prêtre et moi. Je suppose que l'abbé Conklin a eu pitié de moi en cette journée couverte. Aussitôt la cérémonie terminée, il s'est emparé d'une pelle, et nous avons travaillé en silence tandis qu'un vent doux venu du large charriait une pluie de printemps si fine que nous avions l'impression de traverser des toiles d'araignée. Personne d'autre n'avait voulu être présent, même pas Ottó, qui avait prétexté une grave maladie, même si je savais de façon certaine que Pál le dégoûtait. Pour Ottó, les funérailles de Gyuri avaient été une occasion heureuse : par la suite, il n'aurait plus à voir Pál ni même à admettre l'existence d'un quelconque lien entre eux. Apprenant que j'allais enterrer Pál, Ottó avait dit :

— J'espère qu'il t'a laissé quelque chose en échange !

En l'occurrence, il m'avait bel et bien laissé quelque chose, même si Ottó et moi savions que ni Gyuri ni Pál (ni Ottó lui-même, du reste) n'étaient disposés à récompenser financièrement la préservation des traditions familiales.

Nous avons mis une vingtaine de minutes, le prêtre et moi, à recouvrir le cercueil de Pál. Pendant environ cinq minutes, il a prononcé des paroles de circonstance.

Et puis tout a été terminé. Une vie écoulée, terminée, et, à part moi, personne pour l'honorer ni la mesurer à l'aune de la condamnation de Krisztina, laquelle, à mes yeux, était juste dans la mesure où elle s'appliquait non seulement à l'incapacité de Gyuri et de Pál à échapper aux vérités de leur temps, à admettre la contradiction entre le christianisme qui l'avait marqué et la haine — exploit dont, avouons-le, peu d'êtres sont capables —, mais aussi à leur incapacité à profiter du recul (ils avaient tous deux survécu à leur époque), à prendre conscience de leurs erreurs et à utiliser le remords qu'ils auraient dû éprouver pour combattre les illusions qui les avaient plutôt confortés et pourris jusqu'à la fin de leurs jours.

À la sortie du cimetière, j'ai cru voir la voiture de Krisztina filer sur l'avenue menant à l'autoroute, mais il y a tellement d'autos rouges que je ne pourrais jurer de rien. Je me faisais sans doute des illusions à mon tour. Peut-être espérais-je que la présence de Krisztina aux funérailles signifiait d'une façon ou d'une autre la reconnaissance de l'échec — le mien, cette fois — qui exigeait que je sois, moi, présent.

Si elle était là, elle ne m'en a jamais rien dit.

Ottó est le seul de mes oncles à être mort en ma présence. Contrairement à Gyuri, qu'il aimait bien, mais avec qui il n'avait pas grand-chose en commun, et à Pál, qu'il détestait, Ottó ne m'avait jamais considéré comme un confident, n'était jamais venu me trouver dans des moments de crise familiale ou financière, même si nous nous voyions assez souvent. Assis sur sa véranda, nous plaisantions, parlions politique et ressassions de vieux souvenirs, l'esprit embué par un trop grand nombre de verres d'alcool de poire. Nous préservions la distance prescrite par les bienséances, à la manière de partenaires de valse résolus à conserver entre eux un décalage de trente centimètres ; lorsque l'un s'avançait (métaphorique-ment, bien sûr, en posant une question trop intime), l'autre faisait un pas en arrière (en répondant par une autre question ou en faisant appel à une référence impersonnelle pour expliquer en termes politiques ou historiques la rupture d'avec telle ou telle femme). Ottó portait toujours un costume, souvent en lin, et ses chemises étaient toujours repassées avec soin. En fait, sa mise était toujours si impeccable qu'elle dominait sa personnalité. Impossible, dans ces condi-tions, de voir en lui le frère de Gyuri et de Pál. Ottó était non seulement membre de la fraternité hon-groise de la ville, mais aussi « ami » (mécène, en somme) de l'orchestre symphonique de Vancouver et d'un grand nombre d'autres institutions cultu-relles. Bref, le genre d'homme qui reçoit des invita-tions à des soirées mondaines et récolte de discrets saluts de la tête dans les couloirs de l'hôtel de ville.

— Tu sais, m'a-t-il dit dans son lit, le soir de sa mort, Pál était un imbécile. Si, c'est vrai ! Je ne devrais pas parler de lui de cette façon, mais…

Sa confession a été interrompue par une longue quinte de toux sifflante. Après, j'ai lu la peur dans ses yeux, comme si, à l'approche de la mort et de ce qui viendrait ensuite, il avait songé qu'il valait mieux ne pas se payer la tête de son frère. Une seconde plus tard, cependant, il a haussé les épaules et repris là où il avait laissé.

— Que faut-il attendre d'un homme qui fume deux paquets de cigarettes par jour, ne fait pas d'exercice, mange de la graisse à la louche et vous raconte, simplement parce qu'il a horreur de se laver, qu'un grand nombre de problèmes de santé d'aujourd'hui s'expliquent par le fait que les gens prennent trop de douches? «Ça élimine les huiles naturelles du corps, disait-il. C'est pour cette raison que nous sommes malades et allergiques à tout.» Tu sais ce que je lui répondais? «Tu pues!» Voilà ce que je lui répondais. «Tu pues!» Lui, il répliquait: «C'est une odeur virile.» Une odeur virile! Tu peux le croire?

Ottó a souri à l'évocation de ce souvenir.

— Et il y avait Gyuri, a-t-il grimacé. Une vraie tête de mule! Sa tête dure aurait pu servir à planter des clous! Je n'arrive pas à comprendre que ses filles ne l'aient pas empoisonné.

Il s'est mis à rire. L'effet conjugué de la douleur causée par le cancer et de l'euphorie engendrée par la morphine enveloppait ses réponses dans une certaine confusion.

— Remarque, elles l'ont peut-être fait. Peut-être bien, a-t-il ajouté, soudain pensif.

Il s'est détourné de moi, puis, par à-coups, il a promené ses yeux sur les photos accrochées aux murs et sur la collection de livres reliés en cuir qui ornait le manteau de la cheminée. Les images, aurait-on dit, vacillaient devant lui. Quand il a recommencé à parler, c'est à ces esprits — et à eux uniquement — qu'il s'adressait.

— Arrêtez! Arrêtez tous les deux! a crié Ottó. Vous ne savez rien, ni l'un ni l'autre! Vous n'avez fait que vous plaindre.

La voix d'Ottó s'est brisée. C'était à peine plus qu'un murmure.

— Vous avez seulement su ce que ça faisait de se réveiller avec des dents dans l'estomac. À regarder dans le noir. Vous avez éprouvé le froid de la pièce, mais vous n'avez pas su ce que c'était que de chausser ces bottes-là. C'était comme mettre les pieds dans des blocs de glace. Puis dehors, dans la nuit noire. Le long des clôtures, sous elles… Toujours la peur de marcher sur un obus qui n'aurait pas explosé. J'avais seulement douze ans ! Ce qui me faisait avancer, c'étaient ces dents qui me rongeaient l'estomac, me brûlaient la gorge. Douze ans : l'aîné, mais pas encore un homme. Sous les clôtures, dans les champs. Quel-quefois, je restais caché pendant des heures sous un pont, dans une soue à cochons ou dans un poulailler, partout où les Russes ne penseraient pas à regarder. La montre de grand-père dans ma poche — quelque chose à leur donner, si jamais ils m'attrapaient. J'avais les doigts tellement raides que j'avais peur de les plier. Puis j'allais visiter les pièges. Les corbeaux, certains gelés, d'autres affaiblis, avaient passé la nuit à croasser, à battre des ailes, à perdre leur chaleur. Je leur tordais le cou de mes mains d'enfant et hop ! dans le sac. J'appâtais les pièges de nouveau, puis je rentrais à la maison après avoir passé des heures dehors en plein hiver. Pourquoi faisait-il si froid, à cette époque ? Je rentrais, les bons jours, avec un ou deux corbeaux dans mon sac. Je restais dans la cuisine, les mains sous les aisselles, tremblant de froid. Après, il fallait que je plume les oiseaux. Mère refusait de le faire. Elle refusait aussi de m'embrasser si je ne plongeais pas mes mains gelées dans l'eau glacée pour les laver. Puis vous vous assoyiez à table tous les deux avec père. Mère servait la soupe. Il y avait juste un peu de gras sur le dessus. Des os fins comme des brindilles flottaient à la surface. Le nez plissé, vous mangiez, uniquement mus par une faim désespérée, et vous vous arrêtiez entre chaque cuillérée pour reprendre votre souffle et me lancer des regards accusateurs. «Tu ne pourrais pas attraper un moineau ? demandait père. Il y a des oiseaux plus appétissants que les corbeaux, tu sais.» «Le corbeau appartient à la famille des oiseaux chanteurs», répliquait invariablement mère. Les corbeaux goûtaient la merde. À cette époque-là, c'est tout ce qu'ils trouvaient à bouffer. Les bouses dans les champs, le fumier, les bestioles, les feuilles pourries qui tombaient des arbres, la boue tassée dans les fossés le long de la route, les miettes de pain que les soldats avaient foulées aux pieds, la viande gâchée des chevaux crevés, les coquilles d'œufs brisées sur le sol des poulaillers, les larves et les tripes oubliées là où on faisait boucherie, dans les cours et ailleurs, là-bas, dans la forêt, où les Allemands avaient emmené des gens de notre village, où nous avions entendu des coups de feu, une salve, le silence, puis une nouvelle salve, à répétition, là-bas dans la forêt où on nous interdisait d'aller. Les corbeaux bouffaient tout, tout ce qu'ils réussissaient à trouver, tout ce qui leur tombait sous le bec, de la crasse au sang, tant qu'ils semblaient constitués de la terre qu'il y avait sous la glace, la neige, la gadoue et nos pieds — constitués du pays lui-même —, miettes arrachées au sol et lancées dans les airs qui finissaient dans mes pièges. Voilà ce que nous mangions. Et vous vous plaigniez, vous vous plaigniez sans fin, vous vous forciez à manger même si vous aviez la gorge serrée. Mère parlait des oiseaux chanteurs.

Ottó, secoué par un spasme, a détourné les yeux des images qu'il projetait dans l'air, voyait dans sa tête. Au prix d'un suprême effort — comme si, par la seule force de sa volonté, il voulait une dernière fois franchir le mur de souffrance qui nous séparait, lui et moi —, il a croisé mon regard avec une intensité telle que j'ai cru que j'allais tomber en bas de ma chaise.

— Et combien de fois, a-t-il dit, presque sur le ton de la conversation, combien de fois, au cours des trente années qui se sont écoulées depuis, aurions-nous tué, tué sans sourciller, trahi tout ce qui nous était cher, juste pour en prendre une cuillérée de plus?

Sur ces mots, il a fermé les yeux et a rendu l'âme.

Krisztina, Cili et Gyöngyi ont assisté aux funérailles d'Ottó, aux côtés de la moitié de la ville. J'avais une drôle d'impression, là, devant au moins cinq cents personnes extrêmement mal à l'aise de me voir creuser tout seul. Elles m'auraient volontiers donné un coup de main si le testament d'Ottó ne l'avait formellement défendu. J'ai planté ma pelle dans la terre et recouvert le cercueil. Les gens ont attendu patiemment. Après, ils sont venus me serrer la main. Certains d'entre eux, ignorant que j'étais de la famille, ont même glissé un billet dans ma poche.

Dans la salle de réception, les trois femmes et moi étions des étrangers. Apparemment, tous les autres se connaissaient, comme si les hommes d'affaires, les politiciens, les avocats, les comptables et les membres de clubs privés constituaient la véritable famille d'Ottó et que nous n'étions, les trois femmes et moi, que des engagés.

— Je me demande si tous ces gens connaissaient les frères d'Ottó, a fait Krisztina en plantant sa fourchette dans une tranche de roast-beef.

Je mangeais ma salade de pommes de terre du bout des dents en songeant à la soupe qu'Ottó avait décrite, puis j'ai repoussé mon assiette. Je suis resté pendant une minute de plus à regarder les filles manger, puis je me suis levé brusquement — un homme qui sursaute, comme si on l'avait mordu — et, en titubant, je suis sorti dans le parking, où j'ai déambulé au hasard entre les rangées d'autos, hébété. Mon veston s'accrochait aux rétroviseurs extérieurs, mon pantalon se frottait aux pneus sales. C'était comme si je cherchais quelque chose, un endroit où je pourrais me consoler du sentiment de perte qui m'habitait ; il n'y avait pourtant que le parking sans fin. Où que j'aille, à gauche ou à droite, je ne m'approchais jamais du bord, comme si les voitures avait été garées là dans le dessein de créer un labyrinthe sans issue.

Quand Krisztina m'a trouvé, j'étais désespéré, au bord des larmes. Elle m'a serré dans ses bras.

— Tu les aimais vraiment, ces vieux bonshommes, a-t-elle murmuré.

Ils avaient beau être empreints de sympathie, son ton et son toucher trahissaient une incompréhension totale. Elle agissait par affection pour moi plus que par respect pour l'objet de mon chagrin, un peu comme on réconforte un enfant qui a perdu son poisson rouge.

Comment lui aurais-je expliqué, à supposer que j'aie réussi à soulever la tête et à prononcer les mots ?

— Ils avaient peur, aurais-je balbutié. Ils ont eu peur toute leur vie.

Mais je ne tenais pas à les défendre, à mettre leurs offenses au compte des épreuves auxquelles ils avaient survécu, comme si ces horreurs leur avaient révélé des aspects de la vie auxquels ils ne feraient plus jamais face de leur plein gré. Car rien ne vaut un traumatisme pour pousser un homme à chercher des certitudes absolues, à embrasser les croyances les plus hideuses — le fascisme et la cupidité — et à prendre ses croyances pour la réalité, quand, à la vérité, il est trop effrayé et trop démoralisé pour se mesurer à un monde sans foi. Avec le recul, je me rends compte que c'est ce que j'aurais dû dire, moins pour ces trois hommes — qui n'avaient plus besoin d'aide, là où ils étaient — que pour celles qui les avaient connus et qui, pendant des années, avaient tenté de les convaincre de nouer avec elles une relation, étant entendu que la négociation de ces rapports, en exigeant des compromis, aurait obligé mes oncles à réintégrer un monde qui leur était insupportable, à sortir du néant statique, prévisible et sans violence qu'ils avaient inventé de toutes pièces pour faciliter leur fuite. Leur principale erreur a été de croire qu'ils étaient en exil alors que, en réalité, ils n'avaient jamais quitté la maison.

En vérité, les seuls mots auxquels j'ai pensé, les seules images qui me sont venues en tête, étaient précisément ceux que Krisztina ne pouvait pas saisir. Sa colère et les souffrances qu'elle avait subies sous la férule de Gyuri étaient trop grandes pour qu'elle comprenne la dette que j'avais contractée envers ces trois hommes. Ou plutôt elle aurait compris, mais sans savoir ce que c'était que de rester en silence pendant des semaines, à écouter les craquements d'une maison et les grommellements de son estomac, à rationner ses réserves en les divisant en portions toujours plus petites, en les coupant en deux, puis encore en deux, et ainsi de suite, jusqu'à ce qu'il ne reste plus que des atomes, à se demander qui frappera à la porte la prochaine fois, l'homme qui vous apporte du pain frais et l'adresse de la prochaine cachette ou des gardes qui se feront une joie de vous détacher de la patte de la table à laquelle vous vous accrochez, un doigt à la fois, avant de vous emmener et, enfin, à risquer la capture en allant faire une dernière visite à votre mère, seule personne au monde que l'absence et l'isolement n'ont pas défigurée, pour vous rendre compte qu'elle vous a dit adieu il y a longtemps déjà, et parce qu'elle n'appartient plus au monde, vous non plus n'y appartenez plus, vous qui, dans ces cagibis, avez tellement perdu que la fuite est non pas un risque, mais un aveu : vous n'en pouvez plus de survivre. Puis, ayant dit adieu, vous vous éloignez sous la neige qui tombe en rafales, vous rampez vers l'ouest jusqu'à une frontière mal protégée, et vous savez que, dans ce voyage dont aucun de nous n'est jamais revenu, vous êtes, avant même le premier pas, déjà beaucoup plus loin que vous le vouliez.

Parce que c'était justement cela le plus triste : pendant cette longue marche forcée en plein hiver, il n'y avait qu'une seule lumière suffisamment vive pour effacer de ma mémoire le visage de ma mère — assez vive pour racheter ce qui nous était arrivé, à elle, à mon père et à moi —, et c'était celle que dégageaient les visages de mes trois oncles qui scintillaient au milieu des arbres et dans la neige, au mépris de la distance devant et de la distance grandissante derrière, lesquels m'assuraient que certains gestes de résistance exigent de vous que vous vous enfuyiez non pas pour sauver votre vie, mais pour la perdre au contraire et, du coup, ajouter un cadavre de plus à la pile qui s'accumule devant la porte des responsables. En un sens, je m'unissais à ma mère et à eux par la seule forme de dissidence qu'il nous restait.

Et je me suis rendu compte que ce que j'avais cherché dans le parking, c'était le pardon — y compris celui de Krisztina —, alors que je n'étais en droit d'attendre que la condamnation. Car si, au moment de la défaite, mes oncles m'avaient attiré comme des phares, il n'en reste pas moins que, après ce terrible hiver de 1958, rien de ce qu'ils avaient dit et fait n'avait réussi à atténuer durablement leur éclat. Voilà, en un mot, à la fois mon échec et mon crime.

Dans le ring

Ma femme et moi regardons la scène de *Snatch :*
tu braques ou tu raques dans laquelle Brad Pitt, après
avoir été roué de coups par un énorme boxeur,
apparemment sans souffrir, fait un pas de côté au
moment où son adversaire se rue sur lui et lui assène
un violent direct au menton qui l'envoie au tapis pour
le compte et l'oblige à porter une prothèse jusqu'à
la fin du film. À cet instant, ma femme se tourne vers
moi et, sur un ton légèrement incrédule, dit :

— On veut nous faire croire qu'un avorton comme
Brad Pitt est capable d'assommer d'un seul coup de
poing un cogneur de cette taille ? Franchement…

C'est de la provocation — car je suis moi-même
un « avorton ». Je lui parle de Floyd Nolan, un vague
ami d'autrefois qui, un soir de beuverie, a atteint
Lenny Robinson, un joueur de rugby géant, d'un
solide uppercut. Résultat ? Lenny a passé trois bonnes
minutes au pays des rêves.

— Floyd mesurait à peine un mètre soixante-
quinze, dis-je. À tout casser, il pesait un peu plus de
soixante-dix kilos. Lenny, lui, faisait au moins un
mètre quatre-vingt-dix et pesait dans les cent kilos.

L'astuce, c'est que Floyd savait frapper. Tout
jeune, il avait eu comme entraîneur un type dont
personne n'avait jamais su le prénom véritable. Le

dimanche après-midi, après la classe de religion, «Bum» Bourdieu offrait aux jeunes des leçons de boxe dans le sous-sol de l'Église unie.

— Bon, dit-elle. Je vais t'en fournir la preuve encore une fois. Va chercher les gants.

C'est reparti comme en quarante.

Ma femme, Smolinka Kafelnikov (je m'appelle William Foresmith), n'a rien d'un «avorton». Si la scène du film et l'anecdote dont je l'ai régalée au sujet de Floyd et de Lenny l'énervent tant, c'est, je crois, parce qu'elle s'identifie aux cogneurs de ce monde. À ses yeux, il est obscène qu'ils finissent toujours au tapis, mis K.-O. par quelque bellâtre qui, dans la vraie vie, n'ose pas s'aventurer hors de Hollywood sans une armée de gardes du corps.

— On nous vend le mythe du petit homme, croit-elle. Comme si, pour survivre, il suffisait d'un peu de cran et de savoir-faire. Dans ce cas, explique-moi pourquoi ces types s'entourent d'armoires à glace? Pourquoi ne font-ils pas appel à des garçons bâtis comme Jackie Chan?

Ma femme soutient que tout le monde, en particulier les bellâtres, sait qu'il est plus difficile de se mesurer à cent quinze kilos de muscles qu'à soixante-quinze. La victoire d'Ali contre Foreman en 1974 est l'exception qui confirme la règle: en l'emportant, Muhammad, plus petit et plus faible, avait causé la surprise et stupéfié les commentateurs sportifs. Cette anecdote et tout autre contre-exemple historique que je lui servirais ne sont, pour Smolinka, qu'une occasion de plus de prouver — à coups de poing — qu'elle a raison.

Nous n'avons pas mis les gants depuis six mois, depuis la faillite de notre entreprise, en fait, et il est dommage de rompre si tard l'égalité entre nous (même si, comme Smolinka s'empresse toujours de me le rappeler, nos fiches sont moins égales qu'il n'y paraît à première vue, étant donné que, malgré nos vingt-cinq victoires respectives, je n'ai à mon actif que huit knock-out, contre dix-sept décisions aux points, tandis qu'elle-même m'a envoyé au tapis à vingt reprises — en plus de me gratifier de deux commotions cérébrales).

Aujourd'hui, elle n'attend même pas que j'aie enfilé mes gants. Pendant que j'essaie d'y glisser mes mains, elle m'assène des coups derrière la tête. Elle a toujours été une tricheuse. Du genre à faire pression sur l'arbitre. Smolinka était une de ces filles qui réussissent mieux que les garçons. Elle était sauteuse en hauteur et en longueur, sprinteuse, marathonienne émérite, nageuse, joueuse de soccer et grande frappeuse de coups de circuit devant l'éternel — une de ces athlètes polyvalentes obsédée par son tonus musculaire depuis l'école secondaire. Évidemment, les jeux de finesse n'étaient pas son fort, et elle n'était douée ni comme lanceuse, ni comme joueuse de tennis, ni comme tireuse à la carabine. C'est d'ailleurs ce qui explique qu'il m'arrive de la dominer dans le ring : je danse autour d'elle, j'esquive ses coups, je lui prouve que la puissance, sans la précision, n'est rien.

Comme elle est enceinte de huit mois, il est plus facile que jamais, ces jours-ci, d'être plus rapide que Smolinka. En revanche, chacun de ses coups est plus lourd. Un moment de distraction, une feinte du mauvais côté, et je risque de tomber au tapis, guidé par la constellation d'étoiles si familière aux victimes de commotions cérébrales et de coups de fouet cervicaux. Je multiplie donc les esquives pendant qu'elle grogne et souffle en maudissant sa capacité pulmonaire réduite. Je prends élan dans les coins et j'essaie de longer les câbles, là où il y a moins de lumière et où il est plus difficile de nous départager, mon ombre et moi. Naturellement, je suis aussi handicapé qu'elle: pour cible je n'ai plus que sa tête, tandis que, pour elle, il suffit de viser au-dessus de la ceinture.

Je n'ai jamais été un athlète particulièrement doué. D'accord, je réussissais à me qualifier pour les équipes, et j'avais ma part de buts et d'aides. Le mieux qu'on puisse dire à mon sujet, c'est que j'étais solide. Bref, j'étais un septième ou un huitième choix potable, incapable de faire la différence entre la victoire et la défaite, mais en mesure de fournir aux ailiers vedettes le soutien dont ils avaient besoin pour briller de tous leurs feux. Lorsque le conseiller matrimonial a proposé la boxe comme moyen de revitaliser une union battant de l'aile, je me suis donc montré plus réservé que Smolinka.

Et pourtant, les résultats sont là. Voilà des années que nous tentions d'avoir un bébé. Nous avions fréquenté des cliniques de fertilité, des conférences sur l'insémination, des ateliers de procréation animés par des voyants et même un type qui recommandait que j'enveloppe ma queue d'une algue particulière pendant le coït. Peine perdue. Et Smolinka était en colère, je crois, parce que son corps lui avait toujours obéi, n'avait jamais présenté d'obstacles pour elle. Soudain, c'était comme si les lois de la physique lui bottaient le cul, lui rappelaient qu'elle avait des limites. Elle avait donc plein d'énergie à consacrer à ses directs au corps, à ses uppercuts et à ses coups de knock-out. Tout plein.

Le jour où nous nous sommes rendu compte que notre incapacité à avoir des enfants avait un «impact négatif» sur notre vie de couple, nous étions à la cuisine. Smolinka — je m'en souviens comme si c'était hier — préparait des laits frappés aux bananes, aux bleuets et aux pommes, tandis que je compulsais un obscur grimoire du dix-neuvième siècle (nous étions tombés bien bas) consacré au «remède indien contre l'infertilité conjugale» du Dr Kolfass, dont la recette comportait des bousiers divers.

— Nous devrions peut-être adopter un enfant, ai-je dit en refermant violemment le livre.

C'est alors que Smolinka, en se retournant, a soulevé le couvercle du mélangeur et en a versé le contenu sur moi.

— Évidemment! a-t-elle crié. C'est bien toi, ça. Au moindre écueil, tu laisses tout tomber, sans faire d'effort.

Le visage dégoulinant de purée de bleuets et de bananes, j'ai pensé: sans faire d'effort? J'étais là, en train de parcourir une recette concoctée par quelque charlatan, d'envisager sérieusement — sérieusement! — la possibilité de tenter le coup, sans parler des mois, des années et des milliers de dollars que nous avions consacrés à des interventions médicales, à des séances d'hypnotisme et à des thérapies dans le cadre desquelles je m'étais fait tâter sous tous les angles, et elle m'accusait de ne pas faire d'effort?

— Écoute, Smolinka. Je sais bien que c'est pénible pour toi. Pour moi aussi, d'ailleurs. Mais on ne peut pas marcher sur l'eau, bon sang. Si nous ne pouvons pas avoir d'enfants, nous ne pouvons pas, c'est tout!

— C'est bien toi, ça, William! Tu n'as pas un tempérament d'athlète! Tu n'as pas la rage de gagner!

Je ne sais pas si je peux rester mariée à un homme comme ça.

Sur ce point au moins, elle avait raison.

Le conseiller matrimonial s'est à son tour longuement étendu sur mon «attitude». Puis il a décrété que nous devions monter dans le ring.

Smolinka décrit des cercles autour de moi. À chacun de ses pas, elle m'accule dans un coin dans l'intention manifeste de limiter mon rayon d'action, mais je parviens à esquiver ses coups, à éviter ses bras qui, au-dessus de ma tête, balaient l'air. Elle n'a pas encore appris à composer avec l'énorme masse qui, au cours des derniers mois, s'est formée autour de sa taille, et le moindre coup qu'elle me destine la fait vaciller. Pas assez toutefois pour que je puisse lui asséner autre chose que des coups faiblards sur le côté de la tête. Je m'esquive, surpris de voir qu'elle n'a pas oublié ses stratégies. Moi-même, je sens quelques notions me revenir. Le seul problème, c'est que je suis en sueur, tandis que Smolinka, en dépit de son gros ventre, n'a même pas commencé à souffler.

À la recommandation du conseiller, nous avons commencé par suivre des leçons. Smolinka, je le répète, avait la boxe dans le sang. Elle assimilait les mouvements et les rythmes presque sans effort; pour ma part, je devais m'astreindre à des journées d'entraînement supplémentaires — souvent en cachette — pour ne pas prendre trop de retard. Le manège s'est poursuivi pendant des mois, et de fait, notre union a semblé prendre du mieux, ne serait-ce que parce que, le soir venu, nous étions tous les deux trop crevés pour nous quereller.

Dès les premiers échanges, nous avons été l'un et l'autre obsédés. Je lisais des livres sur l'histoire de la boxe, des tas de livres, en réalité, et je regardais des matchs sur vidéocassette, des plus anciens aux plus récents, que je me procurais sur Mordusdelaboxe. com. Smolinka, en revanche, s'entraînait au sac, soir après soir, peaufinant le coup sec, foudroyant, assassin, qu'il lui suffirait de porter une fois. Pendant que je devenais «scientifique», elle devenait implacable. Nul besoin de guillemets pour ponctuer les actions de cette femme.

La première fois que nous sommes montés dans le ring, elle m'a servi ma première commotion céré-brale. On vous dit que vous voyez des étoiles. Depuis l'invention de la bande dessinée, c'est même le cliché que les auteurs privilégient pour illustrer le K.-O., à moins qu'ils n'aient recours à des oiseaux tournant autour de la tête du vaincu. Cette iconographie est d'une remarquable exactitude. La première fois, je me suis enfoncé dans l'espace intersidéral, de plus en plus profondément, tandis que le tapis montait vers moi. Le temps, lui, s'épaississait comme de la mélasse, et je me suis enlisé en lui, conscient de ne pas être assez rapide pour prévenir l'inévitable — même si, autour de moi, tout était au ralenti. On m'a fait sentir des sels pour me ramener sur terre.

Après, j'ai fini par comprendre, et Smolinka ne m'a refait le coup qu'une fois. Je me suis pris d'une véritable passion pour la boxe, même si l'intérêt que je portais aux tactiques des professionnels et les efforts que je déployais pour varier mes stratégies étaient une manifestation de mon instinct de survie tout autant que de ma passion.

Nous avons persévéré ainsi pendant un an, et tout allait bien, sauf les soirs où je parvenais de peine et de misère à inscrire une victoire ou, pire, à passer le K.-O. à Smolinka (exploit que je n'accomplissais que grâce au *rope-a-dope* à la Ali, c'est-à-dire en protégeant mon estomac et mon visage, tandis que Smolinka, impatiente comme toujours, me bombardait de coups sur les poings et les biceps, jusqu'à l'épuisement presque total, moment que je choisissais pour prendre position et lui coller un direct bien senti). Ces soirs-là, nous ne parlions pas beaucoup pendant le trajet du retour, et Smolinka montait au maximum le volume de la radio.

Pendant que la boxe affermissait son emprise sur notre vie, nous avons cessé de parler de la possibilité d'avoir des enfants. Nous avions fait d'un coin du sous-sol une salle d'entraînement passable. Nous avions également aménagé, derrière l'abri à voitures, une rallonge où se trouvait le ring que nous nous étions mutuellement offert à Noël. C'était comme si nous canalisions tous nos griefs dans le sport. Nous avions enfin un sujet de conversation constructif, un passe-temps commun. Épuisés par les séances d'entraînement ou préoccupés par la prochaine confrontation, nous en oubliions le reste.

C'est alors que nous avons commis une erreur.

Pour l'instant, ma principale erreur, c'est de ne pas avoir fait un double nœud dans mes lacets. Pendant que je m'interroge sur les moyens de les arranger sans enlever mes gants et surtout sans baisser ma garde, Smolinka m'assène un violent uppercut au menton. Ma tête est projetée vers l'arrière et les ténèbres envahissent ma vision. Trois coups de poing à la poitrine et je tombe dans les câbles, haletant. En essayant de me retourner, je pose le pied sur mon lacet, et je vacille encore plus. Elle en profite pour me marteler les oreilles, une deux, une deux. La cloche automatique sonne au moment où elle s'apprête à me porter le coup de grâce, et je tombe à genoux. J'ai évité le K.-O. de justesse.

— Mes lacets sont défaits, dis-je.

Elle hausse les épaules, rallie son coin en sautillant. Accroupi, je m'émerveille de ses jambes musclées, sans la moindre trace de cellulite, malgré le fœtus de huit mois qu'elle a dans le ventre. Je me demande ce qui me prend de parler de « fœtus », tout d'un coup, de dépersonnaliser le petit être qui était jusque-là « notre bébé ». Pourquoi cette rage subite ? Moi qui croyais avoir dépassé ces sentiments. Je rampe jusqu'à mon coin, retire mes gants et renoue mes lacets. Puis, à l'aide d'une serviette, j'essuie mon nez qui pisse le sang.

Le hic, c'est que la boxe, au lieu d'atténuer la colère de Smolinka à mon endroit, semblait l'attiser. Bien entendu, nous ne nous disputions plus, et je ne me retrouvais plus inondé de lait frappé, de vin rouge ni d'eau de vaisselle, mais elle avait cette intensité sans cesse croissante, cette volonté obsessionnelle et terrifiante de gagner à tout prix — le proverbial instinct de meurtre qui sépare le champion de l'amateur. Je pense que la situation s'est envenimée le jour où je l'ai surprise dans la salle d'entraînement. Elle avait fixé à son punching-ball le portrait d'un homme grandeur nature. Elle le fixait droit dans les yeux.

— Crève, crève, crève ! hurlait-elle en le cognant à mains nues, tant qu'il avait bientôt été réduit en charpie.

J'ai tenté de communiquer avec le conseiller matrimonial, mais, comme nous avions cessé de le payer des mois auparavant, il ne répondait plus à mes questions. Sans doute était-il amer : son idée avait réussi au-delà de ses espérances. À l'autre bout de la ligne, il y a eu un long silence.

— Bon, d'accord. Vous ne pouvez pas m'aider, je suppose.

— Oui, merci, au revoir, a-t-il répondu.

Je n'ai jamais parlé à Smolinka de la scène dont j'avais été témoin, et je ne crois pas qu'elle m'ait vu en train de l'espionner. Elle-même a cependant évoqué une fois ou deux l'invraisemblable soif de sang qui l'habitait chaque fois que nous montions dans le ring. Après, elle se sentait bien, détendue, paisible.

— Ce qui m'inquiète, a-t-elle dit, un soir que nous paressions au lit (la boxe avait fait des merveilles pour notre vie sexuelle), c'est que, un de ces quatre, je vais te tuer dans le ring et que je n'aurai personne avec qui célébrer ma victoire.

Elle a ri, mais j'ai cru déceler en elle un élan de lucidité. Les deux moitiés de sa personnalité devenaient de plus en plus inconciliables, comme si la boxe la poussait dans des directions opposées : plus tendre à la maison, elle devenait plus meurtrière dans le ring. Quant à moi, j'étais l'emblème de cette contradiction. Et je dois avouer que l'idée que ma vie conjugale s'était améliorée du simple fait que je me faisais casser la gueule une fois par semaine me semblait bizarre.

À l'instar de tous ceux que leur passe-temps passionne, Smolinka et moi, à l'occasion de soirées, de repas entre amis ou de pauses-café, parlions sans cesse de la boxe. Au début, tout le monde a eu un choc, en particulier lorsque nous arborions des coupures au-dessus des yeux ou des pansements sur le nez. Il nous arrivait aussi de grimacer en nous assoyant ou d'être incapables de nous tourner de côté pour fermer la portière de la voiture. Autant de signes ostensibles de blessures ou d'élongations musculaires. En fin de compte, nos amis ont bien vu que nous ne nous disputions plus, que les «scènes» que nous faisons parfois chez eux — nous nous engueulions, nous nous lancions des assiettes à la figure, nous demandions à nos hôtes de prendre parti — étaient choses du passé. Ayant eu vent des rumeurs, d'anciennes connaissances ont renoué avec nous, nous ont invités aux soirées d'où nous avions été bannis et ont commencé à nous poser des questions — surtout parce que la plupart de ces gens éprouvaient eux-mêmes des difficultés conjugales. Nous leur parlions alors de la boxe.

Peu de temps après, ne me demandez pas comment, nous organisions des soirées de boxe à l'intention de couples mariés. Bientôt, Smolinka se tapait huit heures de travail par jour à seule fin de garder notre salle d'entraînement en état, au profit de maris et de femmes qui venaient s'entraîner et se battre. Nous avons commencé à engranger des profits et à organiser des tournois. Nous étions à la tête d'une entreprise dont la croissance nous dépassait un peu.

La folle aventure s'est poursuivie pendant deux ans. Smolinka se chargeait de la majorité des séances d'entraînement, des échauffements, des marathons de conditionnement, et je m'efforçais tant bien que mal de tenir les livres, d'envoyer des reçus à tous les abonnés et d'informer notre comptable des nouvelles inscriptions.

Nous nous amusions bien. Toutes les semaines, il y avait des combats, entre Smolinka et moi, bien sûr, mais aussi entre d'autres maris et femmes. Après, c'était la bière, les repas, les nouveaux amis. Smolinka et moi n'avons jamais été plus heureux qu'au cours de ces vingt-quatre mois : dans le ring, nous nous défoncions mutuellement ; après, nous nous passions le peroxyde et les pansements, puis c'était le moment des massages. Le samedi matin, nous allions courir au parc. Nous faisions l'amour au moins une fois par jour. D'où l'âpreté de notre chute. Il est facile d'aller de mal en pis. Le plus dur, c'est de passer de la poisse au paradis et de revenir à la case départ.

Les groupes religieux, évidemment. Tout a commencé par un avis publié dans le bulletin d'une église baptiste. Il y était question d'un « sport sanglant » et du « travestissement du sacrement du mariage ». Ou d'autres fadaises fondamentalistes de la même farine. Pas de problème. Tout le monde se foutait de l'opinion des baptistes et, d'ailleurs, ils ne manifestaient aucune disposition pour le pugilat. Bientôt, les Témoins de Jéhovah se sont mis de la partie, mais leur intervention a été encore plus facile à ignorer. Dès que la majorité morale a eu vent de notre « thérapie par la violence » et que l'Église catholique, l'Église anglicane et l'Église unie ont fourré leur nez dans nos affaires, nous avons compris que notre compte était bon. Le coup de grâce nous a été porté le jour où un supposé ex-membre de notre gymnase a écrit au journal une lettre anonyme. À l'en croire, nous encouragions « la confrontation violente au détriment de la médiation » et nous préconisions « la force brute comme solution temporaire à des problèmes exigeant une approche plus "spirituelle", démarche qui va à l'encontre des enseignements sur le mariage chrétien ». Le fait qu'aucun de nos membres n'ait fait défection minait gravement la crédibilité de cet «ex-membre». Toutefois, mes lettres, dans lesquelles je relevais cette incohérence en plus d'exposer notre philosophie (une «solution temporaire» était parfois la seule avenue qui s'offrait à un couple), ont sans doute été classées d'office dans la corbeille du rédacteur en chef, ce qui tend à confirmer la conviction de Smolinka selon laquelle «le statu quo a une brique dans chacun de ses gants et une autre dans le cul».

Et je dois admettre qu'elle a été la seule à s'élever contre l'injustice le jour où des policiers sont venus vérifier la validité de notre «permis d'exploitation». En l'occurrence, il ne nous manquait qu'une preuve d'assurance dont ils ont fait tout un plat. Par la suite, notre avocat nous a appris que l'exigence en question était parfaitement bidon. Le mal, cependant, était fait: nos clients et amis avaient eu la frousse. Je les revois sortir à la queue leu leu, la tête baissée, les épaules voûtées. Ils n'avaient pas du tout l'air de battants, malgré leur sac de sport et les gants noués l'un à l'autre qui leur pendaient autour du cou, accrochés pour de bon. Pendant ce temps, Smolinka engueulait les policiers et leur montrait les poings en les mettant au défi de monter dans le ring avec elle. Elle a refusé de les laisser s'approcher de nos classeurs et il a fallu que quatre d'entre eux unissent leurs efforts pour l'entraîner de force à l'extérieur.

C'est à ce moment-là que je suis intervenu. Je me faisais du souci, vous comprenez, vu qu'elle était enceinte. Vous avez bien lu: en cours de route, entre deux suées, deux combats, deux courses à pied et deux moments d'intense bonheur, Smolinka et moi (c'est du moins l'assurance qu'elle me donnait) avions réussi à fertiliser un de ses ovules. Au cours des trois premiers mois — période précaire pour le fœtus —, nous avons modéré nos transports : nous avons délaissé les matchs en règle au profit d'échanges légers, nous avons mis un casque, nous avons réduit l'intensité de nos entraînements aux poids et de nos exercices cardiovasculaires et nous avons augmenté notre consommation de glucides et de légumes. Ce soir-là, cependant, lorsque, après le départ des policiers, nous nous sommes retrouvés seuls dans le sous-sol, au milieu des dossiers épars, des haltères et des appareils en désordre, dans l'odeur du ciment moisi et l'écho persistant des grognements et des coups au corps, Smolinka s'est tournée vers moi et a indiqué le ring d'un geste de la tête.

Rien à voir avec nos combats habituels, caractérisés par les fanfaronnades et les gros mots, au milieu des acclamations et des rires de nos amis — ma détermination tranquille, le sens de la mise en scène de Smolinka. Ce combat-là a été sinistre. Il s'est déroulé dans une pénombre granuleuse, sans les lumières qui, en général, embrasaient le ring, comme si, entre nous, il n'y avait rien — ni amitié, ni mariage, ni travail commun —, rien que le lien qui rapproche deux adversaires. C'est du moins ce qu'il m'a semblé dans un premier temps. Sur la pointe des pieds, je dansais autour de Smolinka, qui, après le gong, avait sombré dans un silence inhabituel.

Nous avons disputé un round, puis deux, trois et quatre. Dès le sixième, nous étions tous deux luisants de sueur. Parce que je commençais à me faire du souci pour le bébé, je visais le nez et la poitrine. J'ai interrogé Smolinka du regard, mais elle secouait la tête et fonçait sur moi, large d'épaules, pareille à un bloc de ciment sur pieds. Nous avons franchi les septième, huitième, neuvième et dixième rounds. Repoussant les limites de l'épuisement, nous tournions autour du ring en titubant. Nos coups effleuraient les épaules ou le front de l'adversaire, et les accrochages étaient de plus en plus longs. Entre les rounds, je buvais d'énormes quantités d'eau à seule fin d'empêcher ma bouche de s'empâter, et tout ce liquide me ralentissait, m'obligeait plus que jamais à me concentrer sur l'origine du prochain coup de ma femme et l'endroit où elle le porterait. Smolinka, entre-temps, s'était métamorphosée en char d'assaut. Fini la finesse, la stratégie. Elle comptait sur sa taille et sur son intensité pour m'avoir à l'usure. Elle s'économisait, multipliait les directs, à la manière d'un homme aux yeux bandés.

C'est seulement au douzième round que j'ai compris que je ne voulais pas que le combat prenne fin, que j'étais disposé à danser ainsi jusqu'à ce que mes poumons, mon cœur ou mes os me lâchent. Au contraire de ce j'avais ressenti au départ, il me semblait maintenant que, en nous battant l'un contre l'autre, nous nous battions ensemble, Smolinka et moi — contre le désespoir, la saisie de nos biens, l'impossible —, comme si les coups que nous nous portions s'accumulaient ailleurs et pleuvaient sur un ennemi lointain et invisible dont le corps était la synthèse de celui de Smolinka et du mien.

Évidemment, Smolinka était dans une autre disposition d'esprit. Au quinzième round, alors que nous nous accrochions l'un à l'autre pour la énième fois, elle m'a fait une confidence. C'était la première fois, en dépit de toutes les accusations dont elle m'avait abreuvé au fil des ans.

— Le bébé n'est pas de toi, a-t-elle murmuré à mon oreille.

Elle aurait tout aussi bien pu me faire le coup de Mike Tyson et m'arracher un bout d'oreille avec ses dents. J'étais si sonné que j'ai reculé d'un pas (malgré les prémonitions de mon inconscient) et baissé ma garde pendant une seconde. C'est tout le temps qu'il lui a fallu pour me décocher un solide direct dans les dents.

Ma deuxième commotion cérébrale.

Je me suis réveillé couvert de larmes, et pas uniquement les miennes. Agenouillée près de moi, Smolinka, ses mains toujours gantées glissées sous ma tête, sanglotait.

— C'est pas vrai, c'est pas vrai, c'est pas vrai, répétait-elle sans arrêt.

Je n'ai jamais réussi à me convaincre que le bébé était de moi. Smolinka a tout fait pour me persuader. Elle est même allée chez un médecin subir un test d'ADN. Je suis demeuré sceptique : les résultats qu'elle a ramenés m'ont semblé trafiqués. J'y ai vu l'œuvre de la main minutieuse et précise qui, à l'école secondaire, falsifiait les bulletins de notes.

Oui, c'est vrai : nous sommes ensemble depuis le secondaire. À nous voir nous porter des coups avec une férocité digne de champions, Smolinka enceinte de huit mois par-dessus le marché, on ne nous prendrait pas pour des tourtereaux qui se connaissent depuis toujours, je vous le concède. Pourtant, notre position respective dans le couple n'a pas changé depuis les tout premiers débuts : la fille plus grande et plus forte que la plupart des garçons du quartier, le garçon sans doute le plus banal de l'histoire de la douzième année. Smolinka était moins populaire que crainte, en particulier par les autres filles, mais personne ne se rendait compte que sa colère et sa propension à la violence s'expliquaient par son expérience de vie — l'enfant au nom russe bizarre, aux parents russes pas comme les autres, qui ne comprenait pas pourquoi les autres enfants la fuyaient, jusqu'au jour où elle a été obligée de leur montrer que leurs craintes étaient fondées. C'est ma volonté de monter dans le ring avec elle, d'aller jusqu'au bout sans reculer, qui nous a permis de tenir le coup.

Encore aujourd'hui, au huitième round, tandis que je danse autour d'elle dans l'espoir de m'éviter un vingt et unième K.-O., je me souviens d'elle à cette époque. Je m'avance et je recule. Je n'aboutis à rien.

Puis je me rends compte que, en lui décochant un solide coup à l'estomac, je ferais d'une pierre deux coups : me débarrasser du bébé et, peut-être, me procurer le knock-out dont j'ai le plus grand besoin. Je ne suis pas du tout certain d'où m'est venue cette idée — ni même si elle est venue de moi (de qui d'autre, sinon ?) —, mais voici : elle a surgi de mon inconscient, à la manière d'une injonction tordue, alors que je croyais être revenu de la trahison de Smolinka, alors que j'avais décidé de ne plus me demander si elle avait menti à propos de ma paternité.

Je m'avance donc vers elle sans savoir si j'ai ou non résolu de mener à bien mon projet, mais j'ai envie de voir si elle me laisserait ce genre d'ouverture — de voir si j'arriverais à mettre le bébé K. O. Je commets toutefois deux erreurs : ayant enfin percé sa défense, j'ai un moment d'hésitation à l'instant critique, n'osant pas porter le coup fatidique. Profitant de mon indécision, Smolinka, maternelle à l'excès et toujours disposée à prêter aux autres une sournoiserie égale à la sienne, fait un rapide pas de côté et me plante sa gauche assassine en plein sur le menton.

Et il n'y a plus que des étoiles. J'ai conscience d'être étendu au tapis, de lutter pour me mettre à quatre pattes, tandis que Smolinka me regarde de haut (hébété, je me rends compte qu'elle a cessé de sautiller autour de moi et je me demande pourquoi elle ne se prépare pas à me porter le coup de grâce). Et je regarde dans le lointain chatoyant, entre les aiguilles de lumière qui tourbillonnent dans mon crâne, en songeant qu'il est terrible que les ténèbres monopolisent une si grande partie de l'univers. Tant d'espace et à peine quelques étoiles pour rompre la monotonie. La constatation est trop facile, toutefois, et je me relève en me tournant de côté pour éviter un éventuel moulinet (le coup favori de Smolinka).

Mais elle reste là, le dos droit, les bras ballants. Elle me suit des yeux, tandis que je sautille, les poings relevés, en me demandant à quelle nouvelle tactique diabolique j'ai affaire.

— Vas-y, dit-elle en frottant mollement ses poings contre ses cuisses.

— De quoi tu parles ?

— Cogne !

Je sautille avec de moins en moins d'allant, puis je m'immobilise à mon tour, à court d'énergie, tandis que la lumière sombre du ring déferle sur nous, et je me rends compte soudain qu'il s'agit de l'ultime offensive dans une guerre dont la signification va bien au-delà du ring, qui ne sera menée qu'une seule fois, sans reprise ni revanche. Ce combat-là, Smolinka est bien décidée à l'emporter.

— Si ce n'est pas ton bébé, murmure-t-elle, autant en finir.

Levant le poing, je l'examine. Elle-même me regarde. La sueur lui inonde le visage, dégouline presque jusqu'à sur son maillot — comme si son corps tout entier se convulsait, chacun de ses pores exsudant des larmes —, cependant que, le poing droit brandi, je fais un pas vers elle en me protégeant du poing gauche, juste au cas où elle tenterait quelque chose. Smolinka grimace dans l'attente d'un coup, mais sa garde reste baissée.

Nous demeurons là pendant une bonne minute, sans vaciller, puis, des deux poings, je lui frappe les deux épaules en même temps, ce qui l'oblige à se remettre en position. Et je suis soulagé de voir le sourire qui lui illumine soudain les yeux, soulagé de savoir que le bébé est de moi, après tout, et que, d'une façon ou d'une autre, je suis incapable de lui faire du mal, et je ne peux m'empêcher de sentir monter en moi un élan de confiance, lequel se traduit par une poussée d'énergie nerveuse, puis nous sautillons tous les deux en souriant malgré nos protège-dents, à l'affût de l'occasion de marquer juste quelques points de plus.

Radio Blik

Je me plais à croire que Leon Blik, avant sa mort, a perfectionné l'art d'écrire dans les ruines. La vérité, cependant, c'est qu'il n'avait pas d'autre choix que d'écrire comme il l'a fait. La moindre phrase, en effet, lui était imposée par la certitude de sa mort imminente, à cinquante-sept ans. Cancer. Et le besoin que j'éprouve de voir son dernier journal comme une œuvre volontaire — produit d'un effort délibéré — s'explique sans doute par ceci : l'idée de ce qu'il a dû ressentir en voyant le sens se désintégrer au fur et à mesure qu'il griffonnait m'est insupportable.

Voyez-vous, j'ai volé le dernier journal de Blik et l'une de ses radios dans l'atelier qu'il occupait au sous-sol de sa maison. De là, je me suis rendu à Holman's Ridge, où, allongé sur la banquette arrière de ma voiture, je l'ai lu, ce fameux journal. Aujourd'hui, je me sens ridicule à l'idée de m'être caché de la sorte, mais, à l'époque, je craignais qu'Helena, mise au courant de ce que j'avais fait, ne soit fâchée au point de venir ici m'arracher le journal des mains pour le remettre à l'homme à qui Blik le destinait. En l'occurrence, Helena a effectivement découvert que j'étais le coupable, mais seulement beaucoup plus tard. Entre-temps, j'avais passé des semaines à éplucher les dernières phrases de mon ami, la main sur la prise de la dernière radio qu'il avait «rafistolée», que la crainte de l'électrocution m'empêchait de brancher. De toute façon, Helena ne s'est pas mise en colère.

Il est difficile de lire le journal d'un ami décédé, surtout quand il se compose de phrases sans fin, quand les propositions se succèdent jusqu'à ce que vous perdiez complètement le nord, jusqu'à ce que l'auteur lui-même donne des signes d'exaspération. Incapable de communiquer, il est impuissant, en toute bonne foi, à conclure quoi que ce soit. Ayant perdu son chemin ou le fil de sa pensée, Blik changeait de page lorsque la phrase qu'il s'ingéniait à terminer s'enlisait subitement. Il en commençait alors une version entièrement nouvelle. Tout son journal ressemblait à une révision perpétuelle de la même phrase. Mais c'est justement ce qui me tenait en haleine : Blik, à la toute dernière page, irait-il enfin jusqu'au bout de sa pensée ?

Je n'ai jamais refermé le livre. Frustré, je l'ai laissé sur la banquette arrière de ma voiture, ouvert à la dernière page. Les mots contemplaient le plafond, dans l'attente, aurait-on dit, d'une goutte d'encre qui, pour peu que l'angle soit favorable, éclabousserait le papier et mettrait le point final. J'ai eu beau consulter le journal à de nombreuses reprises, examiner les mots, recopier des extraits et même en réciter des passages à voix haute, je laisse chaque fois la reliure spiralée dans l'état où je l'ai trouvée : ouverte, les mots à découvert, au bord d'une dernière idée.

Si je devais traduire l'expérience en mots, je dirais sans doute que lire le dernier journal de Blik, c'est un peu comme si, debout dans un champ de pierres, je remarquais soudain qu'il y a sur chacune un motif fragmentaire — une rose, un poisson, une croix — et que les fragments, avec leurs combinaisons infinies, sont trop nombreux pour qu'on puisse faire les liens entre eux. Si je m'accroche au journal, c'est parce que j'ai l'impression que les mots ont trait moins au père de Blik ou même aux symptômes que les traumatismes font naître en nous qu'au fait que, dans sa volonté de purifier l'écriture, d'en arriver à un message où toutes les traces de l'auteur — ses envies, ses défauts, ses sentiments — ont été gommées, Blik a accompli exactement le contraire. En lisant, vous avez le sentiment non pas de l'oblitération de Blik, mais bien plutôt de la distance qui vous sépare de lui, d'où l'impression que vous avez qu'il est là quelque part, très présent, et qu'il vous incombe de remonter jusqu'à lui. C'est un livre sur la distance et, à ce titre, il appartient à tout le monde.

En plus de l'écriture, Blik était fasciné par la radio, et les deux passions ne s'excluent pas mutuellement, comme il me l'a lui-même expliqué le jour où je lui ai rendu visite pour la première fois dans son sous-sol. Le long de chacun des murs, il y avait de larges établis, sur lesquels s'entassaient des fils, des haut-parleurs, des antennes et des quartz. Les amoncellements étaient tels que je me suis demandé comment Blik faisait pour s'y retrouver, dénicher une surface libre sur laquelle travailler ou même sortir de la pièce quand il avait terminé sa journée. Un grand nombre de radios jonchaient le sol : des appareils portatifs munis d'une dragonne, des postes de cuisine, des antiquités grandes comme un homme de taille moyenne.

Ce jour-là, Blik a grimpé — agilement pour un homme de son âge — jusqu'au seul vide au milieu du fouillis. Là, sur un établi, il y avait un coin libre de trente centimètres carrés, juste ce qu'il fallait. En se dirigeant de ce côté, Blik a allumé tous les postes en état de fonctionner. À destination, il m'a donné l'impression de ne vouloir laisser de place ni à son corps dans le fatras de pièces détachées, ni à sa voix dans la cacophonie où la friture, la musique et les paroles se faisaient concurrence. Il hurlait en dépit du rugissement des fréquences, ouvrait la bouche et répétait les mêmes mots, encore et encore. La main en coupe sur mon oreille, j'ai secoué la tête pour indiquer que je n'entendais rien.

Blik a tendu la main vers l'interrupteur fixé au mur près de lui et a coupé le courant dans toute la pièce. Nous nous sommes retrouvés dans un silence si soudain et si chargé d'obscurité qu'il remplissait tout l'espace. J'ai eu la sensation de ne pas pouvoir bouger, de ne pas pouvoir appeler, d'arriver à peine à respirer. C'était comme si l'air ambiant s'était mué en ambre.

— Quand j'étais petit, a dit Blik d'une voix douce et monotone, mon père m'a montré comment fabriquer une radio à quartz.

Il s'est interrompu. Mes yeux commençaient à distinguer la forme des objets.

— Il est parti, tu sais, a poursuivi Blik, et je me souviens de m'être assis ici — je devais avoir six ou sept ans — et d'avoir tourné le bouton de réglage de cette radio, persuadé que la bonne fréquence m'apprendrait où il était ou encore l'itinéraire à suivre pour le retrouver. Peut-être aussi le moment de son retour. Au bout d'un certain temps, remarque, je me serais contenté des motifs de son départ.

Enfant, Blik, il en convenait volontiers, s'émerveillait sans fin du nombre de sources qui transmettaient de l'information par la voie des ondes. En fait, elles étaient pratiquement infinies. L'espace était si vaste qu'il y avait forcément moyen de syntoniser la voix de son père. Blik a passé des heures auprès de cette radio : il étirait la bobine de fil en l'enroulant autour de la bouteille d'eau de Javel, créait de nouvelles prises pour augmenter le nombre de chaînes qu'il captait et allongeait l'antenne chaque fois qu'il mettait la main sur une pièce convenable.

— Je sais pourquoi il est parti, a dit Blik. Je pense que je le savais même à l'époque. C'était une question de nerfs. Je me souviens de l'avoir surpris en train de soliloquer d'un air furieux. Un grand nombre de personnes — quelques-unes, je veux dire — se laissent enfermer. Elles ne savent plus à quel saint se vouer. Mais je refusais d'admettre que nous avions eu cet effet sur lui, ma mère et nous, ses enfants.

Il faisait encore noir dans l'atelier de Blik, même si je devinais désormais sa silhouette contre un mur tapissé d'outils indéterminés. Il avait la main posée sur l'interrupteur, prêt à rétablir le courant, à noyer sa voix sous la plainte des radios, au cas où ses propos le trahiraient.

Puis il s'est tu et a brusquement changé de sujet.

— Walter Benjamin. Tu as lu *L'œuvre d'art à l'époque de sa reproduction mécanisée* ? Il parle du cinéma, qui, selon lui, produit certains effets fascistes. Et, bien entendu, on a beaucoup parlé de la façon dont Mussolini et Hitler ont utilisé la radio à des fins similaires…

Blik a laissé la phrase s'éteindre tout doucement avant d'éclater de rire au souvenir d'un détail.

— Petit, je parlais à la radio en m'imaginant… que mon père était là, à l'écoute, et qu'il pouvait m'entendre.

Il s'est éclairci la gorge.

— Mais, évidemment, les radios sont à sens unique. Elles n'ont que faire de ce que vous avez à dire, vous. L'information leur appartient. Même quand il n'est rien… leur silence ressemble à une directive, à un ordre. Dans ces cas-là aussi, on vous fournit des informations qui vous obligent à ne pas répondre, à simplement recevoir le message, sans réagir ni poser de questions.

À ces mots, Blik a grimacé. Je voyais la lumière du dehors se réfléchir sur ses dents. Puis il a appuyé sur l'interrupteur et, pendant quelques minutes, j'ai été aveuglé par les plafonniers et rendu sourd par le rugissement des appareils.

Holman's Ridge — plateau d'une dizaine de kilomètres carrés s'élevant à environ trente-cinq mètres au-dessus du niveau de la mer — est à deux heures de route de la ville. De ses bords, on lance des delta-planes et des sondes météorologiques. La pente est à pic. C'est là que je me suis rendu en ce jour de l'Action de grâce pour embrasser du regard les collines vallonnées ponctuées de rouge et d'or, les nuages blancs bien découpés. La lune diurne était moins un point de repère qu'un rappel du sort que l'infini réserve à toutes les mesures. Debout tout au bord, j'ai fait le plein de distance, comme pour me consoler ou me laver de la terrible claustrophobie que nous avons ressentie au chevet de Blik, au service des soins intensifs. Le moindre bruissement des tubes et des fils fixés à son corps nous rappelait les soubre-sauts d'une victime de torture pour laquelle on ne peut rien. Enfin, sa sœur, Helena, s'est penchée sur Blik et lui a dit que tous ses amis étaient là, qu'il luttait depuis assez longtemps et qu'il pouvait partir. Blik a fermé les yeux.

— Merci, merci, a-t-il murmuré.

Ses dernières paroles.

C'est à Holman's Ridge, je l'ai dit, que j'ai parcouru pour la première fois l'ultime journal de Blik. Je l'avais caché sous ma chemise quelques minutes avant l'arrivée des deux neveux de Blik, qui avaient pour mission de récupérer tous les écrits de leur oncle et de les apporter au «parent éloigné» — le père de Blik — qui, à l'occasion des funérailles, était apparu sans crier gare. L'homme avait été aussi surpris de cet héritage que nous avions été irrités d'apprendre que Blik lui léguait tout ce qu'il avait écrit. Geste étrange et sentimental de la part de Blik, que nous avons reçu, Helena, sa famille, ses amis les plus proches et moi, comme un acte de violence, un peu comme s'il nous privait d'un cadeau au profit d'un homme qui ne le méritait nullement. J'ai vu les neveux repousser du bout du pied les radios jonchant le sol pour accéder aux étagères et au bureau, casés dans un coin du sous-sol. Sans ménagement, ils ont jeté les livres dans des boîtes en carton et vidé le classeur avant de s'attaquer aux cahiers identiques, à la tranche reliée en cuir rouge, qui occupaient toute une tablette au-dessus du bureau de Blik. C'est de là que, quelques instants auparavant, j'avais tiré le dernier volume. Je suis resté là à observer les garçons en regrettant de ne pas avoir eu le temps de remplir ma chemise de livres.

La vérité, cependant, c'est que le dernier journal était la seule des œuvres de Blik à laquelle je tenais vraiment. Aux derniers stades de la maladie de son frère, Helena, soir après soir, m'avait répété la même chose au téléphone :

— Leon passe ses nuits devant son journal à toujours récrire la même phrase. Il s'épuise.

Vers la fin, il y a eu des crises, je le sais. Blik s'enfermait dans son atelier pour peaufiner sa phrase en paix, tandis qu'Helena martelait la porte, «au bord de l'hystérie», ainsi qu'elle me l'a elle-même raconté aux funérailles.

— À cause du peu de temps qu'il lui restait et qu'il refusait de partager avec nous.

Plus tard, cependant, quelques mois après l'inhumation de Blik, Helena, pendant que nous buvions du vin dans sa cuisine, est passée aux aveux :

— C'était à cause de la mort, au fond. Je ne voyais pas d'issue, je ne comprenais pas ce dont Leon avait besoin pour faire face à la réalité. C'est curieux, tu sais, ajouta-t-elle en contemplant son verre. Alors que la plupart des gens, à un moment pareil, préfèrent être entourés des leurs, mon frère, lui, aimait mieux être seul en compagnie de sa phrase… et de ses radios. J'ai eu, je suppose, l'égoïsme d'avoir peur, même si c'est lui qui faisait face à la mort.

Elle s'est interrompue, a fait tourner le vin dans son verre.

— Est-ce que j'ai mal fait ? Je me demande parfois si notre mort nous appartient, si nous avons le droit d'en disposer à notre guise ou s'il s'agit au contraire du seul événement que nous avons l'obligation de partager avec les autres.

Je suis resté assis face à elle en silence. La surface de la table était sombre, faute de plafonnier, et comme prête à céder sous le poids de la question qu'Helena avait posée. Je n'avais pas de réponse à lui donner. Rien ne prouve d'ailleurs qu'elle en attendait une. En prononçant les mots — en les proférant dans l'air immobile —, elle se rendait compte qu'il n'y avait pas de réponse possible.

Après le départ des neveux et des livres, des types de la boutique de radios ont fait leur apparition, mais pas avant que j'aie eu le temps de faire un tour dans l'atelier, d'appuyer sur des boutons, de tourner des cadrans, de plier des antennes à gauche et à droite pour obtenir une meilleure réception et de coller mon oreille à des haut-parleurs, comme si Blik m'avait donné pour tâche d'écouter. Helena a conduit les hommes au sous-sol, m'a présenté comme un ami de la famille «venu nous aider à nous défaire des vieilleries de Leon» et leur a fait faire la visite des lieux. Dans un premier temps, ils ont souri en se gardant bien de rire, par respect pour le mort, sans doute, mais, à la fin, ils ont craqué.

— Regarde-moi ça, Theo, chuchota l'un d'eux en rigolant.

Dans le sous-sol débarrassé des livres et des manuscrits de Blik, l'écho amplifiait le moindre rire.

— Non, mais t'as vu ?

Le type montrait un appareil dont Blik avait dû s'occuper peu de temps avant de mourir, puisqu'il trônait sur son plan de travail habituel.

— Qu'est-ce que c'est, à ton avis ?

Theo s'est penché sur la radio, dont le panneau de derrière avait été retiré. Après l'avoir tournée vers la lumière, il s'est mis à triturer les fils à l'aide d'un tournevis.

— On dirait qu'il essayait d'inverser le récepteur, a fait Theo en secouant la tête, d'un air étonné. Tout est à l'envers.

Il a encore remué les entrailles de l'appareil à une ou deux reprises avant de se redresser.

Après leur inspection, les deux hommes sont montés discuter avec Helena. Certains appareils pourraient être remis en état, une fois « corrigées » les « réparations » de Blik, ont-ils dit, mais la plupart d'entre eux n'étaient bons qu'à faire des pièces détachées. Helena a déclaré qu'elle voulait simplement se débarrasser de tout et qu'elle accepterait volontiers ce qu'ils lui offriraient, à condition que le sous-sol soit vidé avant la fin de la semaine. Pendant qu'ils négociaient, je me suis dirigé vers l'établi et j'ai pris la dernière radio de Blik, puis je l'ai glissée dans un sac à ordures. Ensuite, j'ai ouvert une fenêtre sale, percée au sommet du mur. Elle arrivait à ras de sol. J'ai déposé délicatement le paquet dans l'herbe. Une fois dehors, je suis allé le récupérer.

En branchant l'appareil, ce soir-là, j'ai fait sauter tous les plombs de la maison. L'étincelle qui a jailli de la prise murale a été si vive que ma femme et ma cadette (la seule de nos sept enfants qui habite encore à la maison) l'ont aperçue depuis le salon, où elles regardaient la télévision, et sont venues dans mon bureau voir si je n'avais rien. J'étais indemne, évidemment, mais seulement sur le plan physique. Après avoir farfouillé avec la lampe de poche et les disjoncteurs dans mon sous-sol, j'ai posé la main sur l'interrupteur, mais je n'ai pas réussi à rallumer. Ou encore je n'ai pas voulu le faire. À quoi Blik avait-il joué ? En dépit des railleries des réparateurs de la boutique — ruse ayant évidemment pour but de nous convaincre, Helena et moi, que les vieilleries de Blik ne valaient pas un clou —, je savais pertinemment que mon ami possédait à tout le moins des compétences élémentaires dans le domaine. La dernière radio, il l'avait sabotée et non mal réparée. Qui était la cible ? Pour quelle raison ? Blik avait consacré les derniers instants de sa vie à retourner une radio à l'envers, un peu comme il l'aurait fait pour un animal : fourrant le bras dans sa gueule, il aurait agrippé les entrailles et tiré dessus, puis il aurait ouvert les mâchoires jusqu'à ce que la bête soit mauve et rose lustré à l'extérieur et couverte de poils à l'intérieur. Je n'arrivais pas à imaginer le genre d'angoisse — physique et mentale — capable de l'inciter à démolir le travail qu'il aimait tant. C'est pourquoi je me suis dit qu'il y avait sans doute une réponse au-delà de celle qui sautait aux yeux : l'esprit embué par les troubles affectifs qu'engendrait l'imminence de la mort, Blik avait commencé à détraquer ses radios et décidé de léguer ses précieux écrits à la mauvaise personne. Non, décidément, les derniers gestes de Blik, parce qu'ils étaient inexplicables, continuaient de m'apparaître sous forme de questions.

Les réponses, elles, se faisaient attendre. En fait, j'avais l'impression de m'en éloigner un peu plus chaque jour. Plus je m'éternisais dans mon bureau à fixer la radio, à potasser des manuels sur la réparation des appareils ou à lire les phrases sans fin écrites par Blik dans son journal, plus j'avais le sentiment que je n'arriverais à rien en me concentrant sur les reliques qu'il avait abandonnées derrière lui, et plus j'avais envie de sauter dans ma voiture et de rouler jusqu'à Holman's Ridge. Ce n'était que les yeux rivés sur ces panoramas impossibles et leurs distances infinies que je me sentais affranchi des informations que Blik avait laissées (et qu'il continuait de laisser) et des sentiments qu'elles faisaient naître en moi.

Bien sûr, le journal était là, à mes côtés. Dès que je me détendais un peu, je me replongeais dans ma lecture, anéantissant du même coup la paix induite par les lointains.

Helena, c'était couru, allait forcément découvrir mon larcin. Ce n'était qu'une question de temps. J'étais dans mon bureau, au coin nord-ouest du dernier étage de l'immeuble McLaren, quand, un vendredi après-midi à trois heures, elle a fait son apparition.

Il n'est pas facile d'arriver jusqu'à moi. Il faut passer par une armée de secrétaires juste pour arriver devant la porte, habituellement fermée. Les visiteurs doivent répondre à deux questions : « Comment vous appelez-vous ? » et « Avez-vous rendez-vous ? » Refusez de répondre à la première, dites non à la seconde, et ma tranquillité d'esprit est assurée. Si vous avez l'intention de vous faufiler malgré tout, mieux vaut organiser une surveillance de tous les instants (pour avoir la certitude que je suis là), puis lancer une attaque rapide : ouvrir la porte sans avertissement et faire irruption dans la pièce, les secrétaires sur les talons.

C'est précisément ce qu'a fait Helena.

— Tu l'as volé, Owen !

— Vous ne pouvez pas entrer ici, a fait Marilyn d'une voix stridente en arrivant à son tour dans le bureau.

Elle a empoigné Helena par le bras.

— C'est bon, Marilyn.

Abandonnant les prévisions de ventes, je me suis levé doucement, puis je lui ai indiqué la porte d'un geste hésitant. Marilyn a regardé de mon côté, puis de celui d'Helena, avant de se retourner d'un air intrigué. Je lui ai fait un signe de la tête et elle est sortie en refermant la porte avec précaution. Le cliquetis du verrou m'a semblé se prolonger plus que d'habitude.

— Pourquoi? a voulu savoir Helena, qui n'avait pas bougé.

J'ai soulevé mes papiers et j'ai sorti le journal caché dessous.

— Je ne…

J'ai tenu le journal dans mes mains ouvertes pendant un moment, incapable de parler, puis je l'ai refermé et poussé de l'autre côté de la table. Helena n'a pas fait mine de s'en saisir.

J'ai soupiré, toujours debout, puis j'ai porté mes mains à mes joues. Elles y sont restées pendant quelques secondes.

— Tu sais combien de frères et de sœurs j'ai eus, Helena?

Elle m'a regardé, mais j'ai bien vu qu'elle s'était un peu détendue.

— Onze.

J'ai rigolé.

— Dans un de mes souvenirs les plus anciens, je parcours la maison, un livre à la main, en quête d'un endroit où lire, mais toutes les pièces sont occupées. On me toise d'un air hostile. Tous me soupçonnent d'avoir l'intention d'envahir leur royaume, lequel se mesure en centimètres carrés. Tous font comme si les autres n'existaient pas. Et voilà que je m'amène dans l'intention manifeste d'empiéter encore sur leur espace. Nous n'étions pas pauvres, du moins en termes relatifs. Nous étions seulement nombreux. Quel est donc le contraire de la solitude? ai-je demandé à Helena en hochant la tête, les yeux fixés sur le livre. Qu'est-ce que c'est? J'essaie de comprendre…

Je me suis mordu la lèvre.

— Depuis la mort de Blik, j'essaie de comprendre et…

Vive comme l'éclair, Helena, aussi vite qu'elle avait surgi dans la pièce, s'est ruée vers moi et m'a étreint, ses bras enlacés autour des miens, qui ballaient le long de mon corps. Je n'ai mis qu'une seconde à me dégager et à me réfugier à l'autre bout du bureau.

— Non.

J'ai secoué la tête.

— Pas maintenant, ai-je ajouté, troublé par le sentiment que son geste de réconfort ne m'était pas destiné et qu'il visait au contraire Blik, le côté de son frère qu'elle reconnaissait en moi.

— Laisse-moi finir, s'il te plaît. Quand le père Infante nous a mariés, June et moi, je me souviens d'avoir regretté l'absence de mes parents ; je me souviens d'avoir regretté cette famille, dont les membres étaient éparpillés à gauche et à droite, décédés ou en froid. Sept ans et sept enfants plus tard, je me réveille le matin sur la banquette de ma voiture, je rentre chez moi et je trouve June couchée sur le canapé avec Billy. Mary et Louise sont dans notre chambre. Chacun est dans un autre lit que le sien. Je pense que nous avons peut-être réussi à dormir trois heures. Surtout June et moi, parce que nous avons passé tout notre temps dans les chambres des enfants qui pleuraient, dans l'intention de les empêcher de se réveiller les uns les autres. Et puis après il y a le travail, ai-je fait en désignant le mur, c'est-à-dire la vaste salle cachée derrière, où des rédacteurs penchés sur leur ordinateur planchaient sur les fragments de publicité qui leur étaient dévolus. Être assis là, Helena… c'était comme entrer dans une fabrique de rêves. Notre boulot avait cet effet-là sur nous. Nous voulions transformer notre travail, en faire autre chose.

J'ai ri.

— Tu sais que j'ai fait des études en littérature à l'université ? C'est d'ailleurs pour cette raison qu'on m'a embauché. On voulait quelqu'un qui soit capable de pondre des phrases bien tournées. Et c'est ce que j'ai fait, jour après jour. Je polissais mes phrases, je les polissais et je les peaufinais encore, comme s'il était possible de faire de la littérature avec de la copie. C'est ce qui arrive quand on est traumatisé, tu sais. Traumatisé... Le mot n'est pas trop fort. Travailler pendant des heures en faisant comme si le temps n'existait pas. On s'invente des petits rituels, des façons de régenter son univers. Des gestes symboliques, en somme, qui vous évitent de vous appesantir sur ce qui vous contrôle, vous. Il y avait un type ici. Joe Racky. Je ne sais toujours pas si c'était son vrai nom. Un mathématicien. Je le vois en train de contempler des feuilles, de réfléchir au moyen d'établir le nombre de pages qu'il arrivera à pisser en une journée. Louise Morillo. Elle s'évertuait toujours à battre son propre record. Chaque jour, elle travaillait à toute vitesse dans l'espoir de dépasser sa production de la veille. Elle se foutait du boulot. Ce qui la stimulait, c'était le défi. Sa façon à elle de tenir le coup. À l'époque, je travaillais sous les ordres de Blik. Mais il avait dix ans de plus que moi. Excuse-moi, ai-je dit avant de m'interrompre. Je vais trop vite et je mélange tout.

Je me suis dirigé vers l'une des armoires de mon bureau et j'en ai tiré la bouteille que je dissimule derrière une pile de chemises vides, sans oublier deux verres en carton chipés à la distributrice d'eau. J'ai rempli les verres. Helena a décroisé les bras pour prendre le sien, mais elle ne l'a pas porté à ses lèvres. En fin de compte, je n'ai pas bu, moi non plus. Je me suis dirigé vers la fenêtre, et je lui ai tourné le dos.

— J'étais obsédé.

J'ai ri.

— En fait, je le suis encore. À l'époque, je croyais être capable de… me sortir de ma situation. Si je me montrais patient, mes enfants finiraient par pouvoir s'occuper d'eux-mêmes et je réussirais à ajouter quelques heures à mes journées (en sus des vingt-quatre qu'elles comportent déjà) pour remplir des demandes d'inscription à des programmes d'études supérieures, perfectionner mon écriture et même m'asseoir pour lire dix pages de suite. Je croyais sincèrement que ça irait, que cette situation si abrutissante pour l'âme n'était que provisoire. Mais tu sais comme moi que les années filent… Après un certain temps, on ne pense même plus de cette façon. On perd de vue ce qu'on voulait. Ou plutôt la conscience a oublié, et le reste du cerveau se perd dans les rêves. Au bout de trois ans environ, j'ai commencé à écrire des phrases assez particulières. Elles étaient… longues.

J'ai ri.

— Je crois que j'avais lu un article sur Proust. Chaque fois que mes enfants me permettaient de rester aux toilettes pendant plus de dix secondes, je lisais le cahier des livres du *New York Times*. Je m'en souviens, même si ce qui m'est arrivé n'avait en fin de compte pas grand-chose à voir avec Proust. N'importe quoi aurait pu servir de déclencheur. L'auteur de l'article expliquait que Proust n'écrivait pas en séquence — comme la plupart d'entre nous —, c'est-à-dire du début à la fin. Il écrivait plutôt en trois dimensions : une proposition en interrompait une autre, laquelle en interrompait une autre, et le lecteur avait l'impression de tomber dans une série de trappes, un peu comme si, au lieu de parcourir les pages, il s'y enfonçait. Je me suis donc mis à écrire les fameuses phrases au travail. Je ne sais pas pourquoi. C'était ce que faisaient bon nombre d'autres : trouver des moyens de personnaliser le boulot. Je me suis donc mis à allonger les textes, à les compliquer. Le moment venu, je devais soumettre à Racky le fruit de mes efforts. Il était comme le reste d'entre nous, c'est-à-dire doué pour souffrir en silence. Le genre de type incapable de mettre sa rage en mots. Il prenait les feuilles et taillait les phrases en pièces. Entre-temps, elles s'étaient encore allongées. En s'exécutant, il m'étudiait du coin de l'œil. Je ne sais pas… Au début, je me croyais capable de concilier les deux : me réaliser dans l'écriture professionnelle et continuer de faire ce que l'entreprise attendait de moi. Mais plus je travaillais mon écriture, et plus je devenais obsédé : elle a fini par tout envahir.

J'ai ri de nouveau.

— Franchement, je ne sais pas à quoi je pensais. Je ne me souviens pas d'avoir sciemment tenté de changer cette camelote en littérature. Dans les faits, c'est précisément ce que j'essayais de faire.

Je me suis tourné vers Helena. Une pellicule de scotch ornait sa lèvre supérieure.

— Évidemment, tout s'est gâté. Je ne sais pas pourquoi. C'est peut-être à cause des regards incendiaires de Racky, qui étaient devenus relativement insistants, comme s'il avait fini par se découvrir capable de colère, après tout. Un jour, j'ai posé ma tête sur la page. Je n'arrivais pas à terminer ma phrase. J'ai essayé cent fois. Plus je m'obstinais, plus elle s'allongeait. Plus elle s'allongeait, plus il y avait de possibilités. J'étais épuisé.

Helena a posé son verre vide sur mon bureau.

— C'est de cette manière que tu es devenu ami avec Blik.

— Il n'était pas obligé de venir s'asseoir avec les rédacteurs. Il aurait pu avoir son propre bureau.

J'ai une fois de plus indiqué le mur.

— Le directeur actuel a le sien. Blik, lui, tenait à être parmi nous. Pas parce qu'il voulait nous avoir à l'œil. Je pense qu'il travaillait mieux en présence d'autres personnes, avec de la compagnie. Remarque, nous ne le traitions pas comme l'un des nôtres. Être seul mais proche des autres : voilà ce qu'aimait Blik. Quoi qu'il en soit, il m'a vu la tête appuyée sur mon bureau et il m'a pris à part. Blik ne m'a jamais dit pourquoi il s'était intéressé à moi, et j'ai mis pas mal de temps à comprendre. Il nous a simplement invités. Nous tous — June, les enfants et moi. Nous allions chez lui tous les week-ends, me semble-t-il. Au moins un week-end sur deux, en tout cas. Après un certain temps, il a fait installer des balançoires dans sa cour. Puis un bac à sable. Quand les enfants ont été plus vieux, il les a emmenés faire de la luge et nager. Quant à June et à moi, il nous a cédé une chambre au deuxième étage — celle qui allait devenir la tienne. Il a dit que nous pouvions y dormir, y écrire, y faire ce que nous voulions. Je me souviens de la première fois : June et moi étions restés assis tous les deux sur le lit. Nous descendions jeter un coup d'œil aux enfants et Blik nous faisait signe de filer. Nous regagnions notre chambre. Nous avons mis un certain temps à nous habituer. À la longue, June a cessé de venir : elle trouvait autre chose à faire, ailleurs. C'est à ce moment-là que j'ai apporté les livres et le bureau, même si je n'ai jamais accompli grand-chose. Pour l'essentiel, je dormais. Ça m'a aidé à me remettre sur les rails. Même que j'ai obtenu de l'avancement.

D'un geste, j'ai indiqué mon bureau.

— Tu vois…

J'ai quitté la fenêtre pour aller me planter derrière ma chaise. Les mains sur le dossier, je l'ai fait tourner légèrement, à gauche, à droite, comme si j'en étais fier et que je tenais à la faire voir sous son meilleur jour.

— Ce n'est que quand tu as emménagé que j'ai saisi ce que faisait Blik, ai-je expliqué. Dire que je n'ai rien compris lorsqu'il m'a montré les premières radios, pour l'amour du ciel !

— Leon se sentait seul, a répondu Helena. Il a toujours été seul.

— Même avant… euh… avant…

— Avant le départ de notre père ?

Helena fixait le journal posé sur le bureau.

— Quand je pense à Leon aujourd'hui, ou même à l'époque… Dans mes souvenirs les plus anciens, Leon souffre de solitude. La présence de tes enfants l'enchantait. S'il m'a proposé de m'installer chez lui, après mon divorce… je pense que c'est parce qu'ils lui manquaient.

Je n'ai pas bien écouté les dernières phrases d'Helena. À la place, je songeais au terrible temps de verbe qu'elle avait utilisé : « Leon souffre de solitude. » Comme si Blik, de l'autre côté de la vie, était encore assis dans un quelconque sous-sol humide, où, en tournant un bouton, il tentait désespérément de capter un message. Puis je me suis souvenu de Blik tel qu'il était en présence de mes enfants, de l'expression de son visage : il les regardait comme si ses oreilles étaient penchées sur l'une de ses radios, comme s'il était en quête non pas de solitude ni de compagnons, mais simplement d'une affection se mesurant à l'aune de la différence entre les êtres. On aurait dit que la solitude était désormais pour lui synonyme de présence. Privé de son père, il en était peut-être venu à aimer cette situation : la consolation de l'espace, une séparation si vaste qu'il faudrait un million d'antennes pour prendre contact, chacun des mots prononcés dans le micro aussi poignant et vain qu'une prière aux morts. À la blague, je lui ai un jour dit qu'il devrait investir dans une radio amateur, dans un moyen de communication grâce auquel il pourrait transmettre, et il m'a regardé d'un air que je commence à peine à comprendre. C'était celui d'un petit garçon privé de contact depuis si longtemps qu'il en était venu à aimer la seule chose qui le rapprochait de son père : l'autorité des voix qui parlent sans écouter, qui communiquent sans engager le dialogue. La panne d'émission, le silence d'une distance infranchissable. C'est pour cette raison, j'imagine, que Blik semblait soulagé quand nous nous en allions, les enfants et moi. Il ne souhaitait pas notre départ. Seulement, il avait passé trop de temps avec l'attente pour ne pas préférer sa compagnie. C'était une déformation de son caractère, l'endroit où il trouvait refuge et se consolait d'un préjudice considérable. Et je n'ai pas été assez futé pour m'en apercevoir.

— Blik ne m'a jamais dit pourquoi votre père était parti.

— Nous n'en savons rien, a répondu Helena, même si Blik a toujours pensé qu'on nous avait fourni une explication, une fois, mais que nous étions trop jeunes pour comprendre. Depuis, tout le monde a oublié.

— C'est fou.

— Oui, a-t-elle admis en souriant avec indulgence. Mais, tu sais, il n'en a pas beaucoup parlé. Mon frère était un ange. Un ange excentrique, d'accord, mais un ange tout de même.

Elle a posé les yeux sur le journal.

— Qu'as-tu l'intention de faire de ça?

J'ai failli lui dire que j'entendais le remettre à son père, mais quelque chose m'a retenu.

— Le style d'écriture, ai-je plutôt dit, ces phrases. Tu as lu le journal?

Elle a secoué la tête.

— Ces phrases étaient destinées à quelqu'un d'autre.

M'en étais-je rendu compte? Avais-je bien saisi la gravité de mon larcin?

— La radio aussi?

— Oui, je crois, a-t-elle répondu. Mais je ne l'ai compris qu'après avoir parlé à June. Elle m'a dit que tu avais plongé la maison dans le noir en la branchant. C'était une sorte d'emblème. D'une certaine façon, le journal et la radio étaient faits pour aller ensemble. Si les types de la boutique ou toi ne l'aviez pas prise, je l'aurais jetée à la poubelle.

— Blik ne t'a donc jamais rien dit?

— Je pense qu'il en avait l'intention, a-t-elle répondu. Il a dit qu'il avait des «choses importantes» à me confier. Mais tout est arrivé trop vite.

Helena a contemplé son verre vide et je me suis empressé de le remplir.

— Quand je lui ai donné les journaux, mon père s'est contenté de les regarder. En remarquant qu'il en manquait un, il s'est mis à pleurer.

Helena a haussé les épaules.

— Dans un premier temps, elles m'ont semblé appropriées, ces larmes, un peu comme si c'était l'effet que Blik comptait avoir sur lui. Mon père et moi n'avons pas beaucoup parlé. Pour Leon, la piste était encore tiède ; pour moi, elle était froide depuis longtemps.

— Tu veux que je le lui envoie ?

— Je ne sais pas, a-t-elle répondu en haussant les épaules de nouveau. Je n'ai pas noté son adresse. Il y a des trucs intéressants, là-dedans ?

— C'est une sorte d'annonce, un message que Blik cherche à radiodiffuser, ai-je répondu. Dans le journal, il ne fait que récrire ce message sans jamais arriver au bout. Parce qu'il est inachevé, ai-je poursuivi, il me rappelle ma crise à moi. Il me rappelle l'aide de Blik.

— Dans ce cas, a dit Helena, il vaut mieux que tu le gardes. La radio aussi.

Après le travail, cet après-midi-là, j'ai roulé jusqu'à Holman's Ridge. En avalant les virages en lacet, je songeais à un livre que j'avais lu peu de temps auparavant. Selon son auteur, la sentimentalité aurait été le plus grand crime du vingtième siècle. Hitler et ses fidèles auraient ainsi été de grands sentimentaux. L'argument n'était pas nouveau, tant s'en faut, mais le fait de qualifier la sentimentalité de « crime » et de l'associer au nazisme témoigne d'une certaine originalité superficielle. Au sommet, une fois de plus, je contemplais l'horizon lointain et les adolescents qui faisaient voler leurs cerfs-volants haut dans les airs ou au ras des rochers. Je n'ai pu m'empêcher de me poser la question suivante : qu'y a-t-il d'autre, au fond, que le sentiment ? Surtout à la fin. À quoi servent donc les raisonnements solides comme une tour d'acier, les faits plus durs et plus limpides que les diamants, les visions si réfléchies qu'elles font l'économie du cœur — à quoi sert tout cela si, au dernier instant de la dernière aube, vous n'avez qu'une seule envie : entendre une voix qui vous dise que vous avez fait de votre mieux et que vous pouvez partir ? Et si tout ce que vous avez toujours voulu, votre vie durant, c'était de vous sentir observé, même de très loin ? Comme moi, Blik a dû se rendre compte que la sentimentalité est le constat le plus lucide qui soit : l'admission de la perte et du désir que nous passons notre vie à nier, surtout au moyen des passe-temps que sont la raison, la logique et l'objectivité, lesquelles, au bout du compte, ne nous donnent pas une emprise plus solide sur notre vie que leurs contraires. Car qu'est-ce que la logique, au fond, sinon un désir d'abolir la distance ?

Et je n'ai pas su répondre à la question d'Helena. Devons-nous absolument partager notre mort avec les autres ? Tout ce que je sais, c'est que, le moment venu, nous n'arrivons pas à la garder pour nous.

J'ai conservé le journal. La radio aussi. Et le sentiment est ma seule justification. Encore aujourd'hui — les soirs où ma femme et ma fille sont sorties, où j'ai la maison à moi tout seul et où je ne crains pas de faire sauter les plombs —, vous me trouverez assis devant la radio branchée de Blik. Dans le haut-parleur inversé, je lis des extraits de son journal, comme si la mort était un message auquel j'étais capable de répondre, comme si l'idée du paradis selon Blik était d'attendre là, de l'autre côté, l'oreille toujours collée à l'appareil.

Les paysages inertes de György Ferenc

Pour Bill New

Mon père peignait des paysages dans un pays impossible à reproduire. Devant les forêts et les océans, les lacs et les rivières, les nuages et les brouillards, il ne voyait qu'une vaste table rase, vide d'associations et d'histoire. Son pinceau s'arrêtait au-dessus de la toile, interdit. Son drame, je suppose, c'est que le Canada était pour lui une terre d'exil, à des années-lumière du seul pays qui avait un sens à ses yeux. Les couleurs et les formes de la Hongrie étaient si insistantes que mon père avait l'impression que c'était la géographie de ce pays, et non lui-même, qui dictait la vivacité des coups de pinceau.

Le moment emblématique, celui qui résume à lui seul le rapport de mon père au Canada, a eu lieu un après-midi pluvieux de septembre 1954 : venu prendre le thé, il s'est arrêté dans le vestibule de mon appartement, où était accrochée une gravure que m'avait offerte un de mes étudiants. J'enseignais déjà l'histoire de l'art à l'École de design de Toronto (où je travaille toujours — on m'a embauché pour mon «point de vue antitotalitaire») et je passais beaucoup de temps au bar du quartier en compagnie de certains étudiants de mon cours intitulé «Introduction à l'art occidental». Bon nombre d'entre eux étaient inscrits à un programme d'arts visuels ou étaient eux-mêmes artistes.

Je partageais l'appartement avec celle qui allait devenir ma femme, Marguerite, ex-étudiante qui, par la suite, s'est faite institutrice. En ce jour de septembre, nous sommes restés derrière mon père pendant qu'il examinait la gravure. On y voyait un château d'eau érigé dans une petite ville, plus haut sur la côte. Cette ville ne nous était pas entièrement étrangère, puisque nous y avions élu domicile après que mon père nous eut fait sortir de Hongrie en brandissant nos livrets de rationnement. Croyant à des passeports, les douaniers nous avaient fait signe de passer. Nous avions ainsi pris de vitesse les réfugiés moins débrouillards. (C'était quelques mois à peine avant l'avènement brutal du Rideau de fer, qui eut pour double effet d'empêcher les Hongrois de passer à l'Ouest et de transformer en tireurs d'élite des douaniers qui jusque-là se contentaient de vérifier les papiers.) Après les camps autrichiens, la petite ville représentée dans la gravure, Stillwater, avait été notre première terre d'accueil. Même si nous n'y avions habité que quelques années avant de nous installer à Vancouver, elle était, pour notre famille, synonyme de paix. Là, nous avions eu la sensation grisante d'avoir échappé à un incendie sans la moindre brûlure. Pensez donc : nous vivions désormais dans un pays où il était possible de critiquer le gouvernement, de lire ce que bon nous semblait et de faire des études en marge du credo officiel. En plus, mon père était libre de produire ses paysages «bourgeois», dont bon nombre étaient si abstraits que les censeurs nazis et soviétiques, les jugeant «décadents» et «dépourvus de perspective historique», les avaient carrément interdits.

Le château d'eau était peint en noir et en bleu foncé; les tuyaux et le revêtement métallique qui le couvraient contrastaient vivement avec le sous-bois et la forêt des environs, que l'artiste avait laissés dans la pénombre. Mon père, après avoir regardé la gravure sous divers angles, a décrété:

— Pas mal. Mais ce serait mieux sans le titre.

Pour ma part, je n'avais encore jamais vu de titre. Me penchant, j'ai découvert, tracés au crayon, sous la signature, les mots suivants: «Château de Stillwater, 25-5-53.»

Interrogé sur la nature du problème, mon père n'a pas su répondre. Il s'est contenté de hausser les épaules en marmonnant quelques mots: un château d'eau avait pour fonction de fournir de l'eau, et celui dont il gardait le souvenir était rongé par la rouille, ce qui lui rappelait un parking des environs, sans parler du fait que «Stillwater était entièrement dépourvu de poésie». Bref, comme dans les autres coins du Canada qu'il avait connus, il n'y avait pas d'âme. Seule triomphait une banalité qu'il qualifiait de «prosaïque».

— Ce pays, répétait-il souvent, résiste à l'art.

C'était sa marotte. Aussi délicieux et soyeux que soit un vin, il était forcément de second ordre s'il venait d'Afrique du Sud ou de Californie. Et si, sur l'étiquette, on lisait les mots «Domaine Bill Bart», «Cabernet Otter Pine Ridge» ou «Chardonnay Frank McMillan», on avait forcément affaire à de la piquette. Mon père était catégorique.

— Comment prendre au sérieux une bouteille portant le nom de Bill Bart? demandait-il. C'est impossible, ajoutait-il en secouant la tête.

Le même raisonnement valait pour tout. Aux yeux de mon père, la renommée de Glenn Gould, par exemple, s'expliquait uniquement par le fait qu'il était canadien. Le Canada, où les grands artistes se comptaient sur les doigts de la main, devait élever au rang d'icônes culturelles les rares médiocrités qu'il produisait (en Hongrie, soutenait mon père, il y avait des pianistes du calibre de Gould «à tous les coins de rue»). D'ailleurs, l'homme s'appelait Glenn, pour l'amour du ciel! De quel droit prétendre bien jouer de la musique classique, voire en jouer tout court, quand on est affublé d'un prénom pareil?

— Désolé, disait mon père. C'est impossible.

En écoutant Gould, il arrivait parfois, lui-même le concédait volontiers, à presque aimer sa musique, à presque oublier l'origine de l'artiste, mais alors il se souvenait du prénom de l'homme, et c'était terminé.

Même chose pour ma gravure : dès qu'une image prétendait rendre compte de la réalité canadienne, la magie, le mystère et l'art s'évanouissaient aussitôt. Dès lors, elle n'était plus que le rappel vivant des insuffisances du pays, qui n'avait ni mythe fondateur, ni ethos, ni vocabulaire propre — au fond, le Canada n'était qu'un salmigondis où cohabitaient tant bien que mal la mentalité des Britanniques «à la tête carrée» et la «culture populaire» hollywoodienne. Le rappel aussi de la distance qui séparait mon père du seul véritable lieu où la culture et l'art avaient ne serait-ce que des chances d'éclore : l'Europe.

— Ils n'ont pas d'âme, soupirait-il. Et l'âme ne se commande pas.

Dans ce pays, il était possible de travailler et de trouver l'isolement nécessaire à l'expression artistique, certes, mais le Canada, faute d'un «vocabulaire spirituel», ne se prêtait pas à l'art. Ici, les montagnes n'étaient que des montagnes, les rivières, des rivières, les lacs, des lacs. Ils n'évoquaient rien, sinon eux-mêmes, et demeuraient des objets utilitaires, sans vie. Bref, ils ne «coexistaient» pas. Mon père était persuadé que l'art du paysage n'était possible qu'à la condition suivante: le peuple et la géographie d'un pays, au lieu d'être simplement juxtaposés l'un à l'autre, ne font qu'un, comme si le paysage et les citoyens, à l'image de spectres, mêlaient leurs atomes afin d'occuper le même endroit au même moment. La meilleure illustration du contraire, à ses yeux, était la toponymie du Canada: les noms donnés à la géographie du Canada lui semblaient inappropriés, irréfléchis, issus d'activités terriblement banales, comme la foresterie, la pêche et la chasse.

— Toutes les nations coupent des arbres, pêchent et chassent, affirmait-il. Qu'est-ce que ça prouve? On pourrait inverser les noms et on aurait malgré tout affaire à la même montagne, au même lac, au même château d'eau. Mais ôtez «Szabadság» du «Szabadsághegy» de Budapest et, à l'endroit où se trouvait le mont de la Liberté (il détestait ce genre de traduction, soit dit en passant), il n'y aura plus qu'un cratère.

Paradoxalement, les mots qu'il réprouvait en anglais «sonnaient juste» en allemand, en italien et en hongrois, comme si les sonorités de ces langues, au contraire d'appellations comme «mont Logan», arrivaient à faire jaillir l'âme, le sentiment de fusion.

Mon père avait admirablement réussi là-bas. Dans son traité canonique intitulé *Le Cercle de Budapest*, le célèbre critique hongrois Bruno Keles écrit que «György Ferenc est le plus sensible de nos paysagistes; dans son œuvre, on dénote l'absence de toute ligne de démarcation entre la géographie et le peuple. Mieux, on sent que la géographie et l'âme, chez lui, sont inextricablement emmêlées. Ses tableaux sont à la fois commémoratifs et mélancoliques en ce sens qu'ils traduisent la fragilité d'une nation incapable de survivre à l'abolition de ses frontières, à la transformation de sa toponymie et à l'évaporation de ses couleurs».

Mon père et toute sa famille ont horriblement souffert sous la férule des fascistes, surtout après l'arrivée au pouvoir du Parti des croix fléchées en 1944. Les choses ne se sont guère arrangées avec l'arrivée des communistes, qui nous ont chassés de notre appartement de Budapest (celui où nous avions été assignés à résidence pendant la dernière année de la guerre, en raison du nationalisme avoué de mon père et des discours enflammés qu'il avait prononcés contre les nazis) et installés dans une maison minuscule et mal isolée d'une petite ville au sud de Debrecen. À notre humble avis, elle avait dû servir, avant notre arrivée, de poulailler. Là, nous avons tenu le coup pendant quatre mois, puis notre père nous a fait monter dans une Fiat et a mis le cap sur l'Autriche.

S'il avait été extraordinairement populaire en Hongrie, y compris pendant la guerre et la période d'assignation à domicile, mon père, au Canada, était, selon sa propre estimation, un «moins que rien». Pendant un certain temps, il avait réussi à peindre «en esprit», ainsi qu'il le disait lui-même, et je me souviens de l'avoir vu, dans la grande penderie convertie en atelier, remonter le cours de notre histoire, les yeux clos, les narines dilatées, jusqu'aux jours où il était autorisé à se tenir aux abords de la Puszta, sur le rivage de la Tisza ou parmi les collines des Kárpáts, sans gardien ni surveillance, et à fondre le pays dans l'acte de «coexistence» à l'origine de ses tableaux.

Le problème, c'est que, hormis une poignée d'émigrés cultivés disposés à acheter les toiles qu'il a produites peu après notre arrivée au Canada, personne ne voulait de ses œuvres. Le pays qu'il représentait et sa manière ne disaient rien aux «philistins» (le mot est de lui) qui fréquentaient les galeries d'art de Vancouver, de Toronto et de Montréal. Comme le nombre d'acheteurs diminuait à vue d'œil, nous avons dû, mes frères, ma mère et moi, travailler pour subvenir aux besoins de la famille. C'était la première fois. Jusque-là, mon père avait réussi à faire vivre sa famille dans l'aisance, et le prestige social dont nous bénéficiions était uniquement dû à ses efforts. Il en était désormais réduit au rôle d'artiste rongé par la culpabilité et en panne d'inspiration, vivant des aumônes de sa femme et de ses enfants. Il passait ses journées cloîtré dans son placard, dans des effluves de térébenthine, face à un canevas dont la nudité le torturait tellement qu'il n'était pas rare, à notre retour, de le trouver, la cigarette au bec, au milieu d'un fouillis de cadres en morceaux et de toiles déchirées.

Il est vrai que c'est à cette époque — 1955 ou 1956 — qu'il a réalisé quelques-unes de ses œuvres les mieux reçues. Pendant des semaines, je m'en souviens, un propriétaire de galerie du nom de Heinrich Volker a tenté de persuader mon père d'exposer une œuvre dans le cadre de l'exposition qu'il préparait, intitulée «Levée de rideau : l'art immigrant d'Europe de l'Est». À la maison, la commande a provoqué des remous. Mon père, en effet, voyait là sa «dernière chance» de percer le marché de l'art nord-américain. Il nous a fait part de ses rêves (New York, Paris et Londres) à la faveur de monologues sans queue ni tête en contradiction flagrante avec son habituelle réserve. Puis les semaines ont passé, et les visites de Volker sont devenues plus fréquentes ; l'homme insistait. De toute évidence, mon père n'arrivait à rien. Nous avons commencé à nous méfier de lui. Il semblait en effet osciller entre deux états : un babillage incessant ou, au contraire, un silence boudeur parfois annonciateur de crises violentes, surtout si nous avions le malheur de le déranger dans son travail. À ces occasions, il lançait de la peinture ou une chaise à l'autre bout de la pièce ou fracassait une toile contre le bord d'une table ou un cadre de porte. Enfin, le dernier jour venu, l'échéance ayant été repoussée au maximum, Volker est passé prendre la toile. À son arrivée, mon père a laissé fuser un rire comme je n'en avais jamais entendu et comme je n'en ai plus entendu depuis. C'était un rire d'absolu désespoir, sans joie ni gaieté, un rire surgi de son ventre. Il a eu tant de mal à le soutenir que des larmes lui sont montées aux yeux.

Volker s'est assis en se demandant, comme nous, ce qui était arrivé à mon père. Il a semblé se détendre un peu quand mon père lui a présenté un tableau enveloppé dans du papier kraft.

— Je peux l'ouvrir ? a-t-il demandé.

— Je vous en prie, a répondu mon père.

Quand le papier est tombé, Volker s'est contenté de nous fixer, tous. Hormis la signature de mon père, qui figurait dans le coin inférieur droit, la toile, à première vue, semblait entièrement vierge. En y regardant de plus près, cependant, nous avons constaté qu'elle n'était pas vierge du tout : elle se composait plutôt d'innombrables couches de peinture blanche. Elles faisaient bien quelques centimètres d'épaisseur. Médusé, Volker dévisageait mon père.

— J'ai intitulé le tableau *Paysage d'immigrant*, a expliqué ce dernier.

Puis, brusquement, il a quitté la pièce pour aller s'enfermer dans son cagibi.

La toile a ravivé l'étoile de György Ferenc, brièvement, certes, mais tout de même. N'oubliez pas : nous étions en 1956. À cette époque-là, il était encore possible de faire passer de pareilles impostures pour des œuvres profondément originales. Ainsi, un critique du *Toronto Star* a parlé « d'une importante tentative de montrer l'impasse qui résulte du désir de peindre à partir d'un sujet entièrement étranger ». De la même façon, un chroniqueur du magazine *Western Art* a affirmé ceci : « De toutes les œuvres qui composent l'exposition Levée de rideau, aucune ne se distingue davantage, du point de vue de l'originalité et du message, que le tableau de György Ferenc, intitulé *Paysage d'immigrant*. Uniformément blanc, il traduit pourtant la volonté de l'artiste de mettre le contexte en relief. Le spectateur, en effet, a droit à des teintes différentes, selon l'endroit où il se place. En fait, le tableau tire sa force dramatique du point de vue du spectateur, qui, confronté à de vagues ombres et aux moindres nuances des coups de pinceau, ressent dans sa chair l'inertie de l'immigrant qui, à l'instar de la toile que nous contemplons, est coupé de sa culture, de son histoire et de son pays, sujet aux inquisitions d'une culture à laquelle il ne peut se conformer. »

Aux yeux de mon père, rien de tout cela n'avait de sens. En fait, une telle réception a simplement eu pour effet de renforcer le dédain grandissant que lui inspirait la scène culturelle canadienne.

— Le tableau n'est qu'une vaste blague ! hurlait-il en frappant du poing la table de la cuisine. Une farce monumentale !

En dépit des efforts répétés de Volker, qui a cherché à retenir ses services une deuxième fois, mon père n'a plus jamais rien produit pour une galerie officielle — du moins sciemment.

Il n'a pas cessé de peindre pour autant. Au contraire, l'épisode a semblé raviver sa ferveur, même s'il travaillait désormais en marge du monde de l'art. Il ne traitait ni avec des galeristes, ni avec des amateurs, ni avec d'autres peintres. Il ne répondait plus aux lettres — de moins en moins nombreuses, il est vrai — en provenance d'ex-élèves ou de collègues hongrois. Il a plutôt sombré dans une sorte de mysticisme. En guise d'explications, il nous régalait d'aphorismes qui sont vite devenus prévisibles :

— Entre la peinture et moi, plus de distractions.

Ou encore :

— L'art véritable se passe de public.

Les week-ends, il nous entraînait dans des randonnées de huit à quinze kilomètres. Mes frères et moi transportions sur notre dos ses pinceaux, ses toiles et ses chevalets, tandis qu'il consultait sa carte topographique et tournait son compas vers le lieu — la rivière, l'affleurement rocheux ou le pré alpin — enfin susceptible, espérait-il, de le toucher. Nous marchions pendant des heures, moins par obligation filiale — j'étais dans la vingtaine, Péter avait dix-neuf ans et Ákos, seize, et nous étions tous costauds par rapport à mon père, plutôt frêle et délicat — que par sollicitude. Ákos surtout redoutait le pire : le vieux tomberait dans un ravin, se casserait une jambe dans un sous-bois ou se ferait mutiler par un ours. De plus, nous voulions désespérément le voir arriver à ses fins, se réconcilier avec la géographie du lieu où il était condamné à vivre. S'il parvenait à le peindre, nous disions-nous, il redeviendrait l'homme sûr de lui et passionné qu'il avait été à Budapest.

Notre père, cependant, s'immergeait de plus en plus profondément dans son travail. Ces week-ends-là, mes frères et moi restions là tous les trois à chuchoter. Parfois aussi, nous nous éloignions de lui pour aller cueillir des petits fruits, chercher un panorama plus spectaculaire ou chasser la perdrix. Bref, nous tentions de nous occuper. Puis le soleil baissait à l'ouest et nous devions rentrer en vitesse par crainte d'être surpris par l'obscurité en pleine forêt. À cette époque-là, mon père peignait beaucoup, même si ses toiles n'étaient pas très réussies. Partout, on sentait une gêne, une maladresse, comme si l'artiste avait pour son sujet un intérêt superficiel et que ni lui ni le paysage n'étaient disposés à courir le risque de l'intimité. Sa production était donc empreinte d'un certain formalisme, à la manière des dîners de gala auxquels participent des bureaucrates. Tout en se saluant de la tête et en souriant, ils restent sur leur quant-à-soi.

Le plus troublant, cependant, c'étaient les titres que mon père donnait à ses tableaux. Un été, nous sommes allés à Jasper, où il a réalisé quelques représentations semi-abstraites des Rocheuses, soit sa série Kárpáts. Mon père faisait bien entendu allusion aux Carpates hongroises, et les tableaux étaient datés, numérotés et intitulés exactement comme si les images représentaient cet autre lieu, qui ressemblait aux Rocheuses comme un étang ressemble à une mer intérieure. Les titres conféraient simplement une touche de confusion supplémentaire — pour ne pas dire fatale — à une série de peintures déjà problématiques. À cette époque-là, personne ne lui en a parlé, personne ne lui a dit qu'il ne pouvait pas surimposer la Hongrie au Canada en se contentant de reproduire des noms de lieu. Notre silence s'explique par le fait qu'il semblait plutôt satisfait de son travail (même s'il ne faisait jamais voir ses œuvres qu'à nous) et que nous craignions par-dessus tout de le voir se lancer dans une diatribe qui ferait monter sa tension artérielle en flèche. Nous avons laissé passer.

Nous avons laissé passer pendant un moment. Puis, un beau jour, vers 1961, Ákos a décidé qu'il y avait assez de tableaux à la maison et que notre père méritait une « autre chance de voir son génie reconnu ». Attablé dans un restaurant du quartier, par une soirée paisible de février, mes frères et moi descendions quelques bières (à l'époque, seul Ákos vivait encore à la maison), et je me suis demandé si j'étais le seul à savoir que la série des Carpates ne valait pas un clou, le seul à comprendre que György Ferenc n'était plus le peintre qu'il avait été. En l'occurrence, Péter m'a donné raison, et il a discuté avec Ákos de la valeur des dernières œuvres de notre père. Il a aussi tenté de le convaincre de communiquer avec les clients et les propriétaires de galerie possédant des toiles de l'époque hongroise pour voir s'ils accepteraient de les prêter pour une éventuelle rétrospective. Ákos, cependant, demeurait persuadé que les paysages récents méritaient une chance, que Péter et moi ne saisissions pas l'« ironie voulue » dont ils étaient empreints et qu'ils étaient au moins aussi pertinents que *Paysage d'immigrant*, qui remontait à six ans.

— Bon, d'accord. Admettons que tu aies raison. Comment vas-tu convaincre papa de les exposer ? Tu connais son entêtement aussi bien que nous. Et n'oublie pas qu'il détestait *Portrait d'immigrant*. À ses yeux, c'était de la fumisterie.

— Je ne vais rien lui dire. Je vais organiser l'exposition. Je ne lui en parlerai que quand la réussite sera totale. Il adore ces toiles. J'en suis sûr.

Après le départ de mes frères, j'ai vu Ákos sous un jour différent. Son projet avait ouvert des brèches dans ma mémoire, des lieux du passé où, pour une raison ou pour une autre, je n'avais pas remarqué mon frère puîné auparavant, sans doute parce qu'ils étaient intimement mêlés à mon père et à l'arc de sa gloire déclinante. En revanche, je me suis souvenu d'un détail : quand nous allions en randonnée, à la recherche de sujets, Ákos suivait toujours notre père de près, dans son ombre, à la manière d'un démon familier, d'un chérubin, d'une muse minuscule. Il souriait et hochait la tête quand le vieux baissait les yeux sur lui en quête d'approbation. Remontant dans le temps, je me suis également souvenu de l'époque où nous avons vécu dans un camp de réfugiés autrichien, avant que les responsables de l'immigration canadienne ne décident de nous admettre. Nous allions faire de longues promenades dans la campagne et Ákos, qui n'était encore qu'un enfant, devait être porté dans nos bras chaque fois que nous tombions sur un terrain accidenté ou un marais et que, épuisé par les kilomètres parcourus, il ne tenait plus sur ses jambes. À la réflexion, je me suis rendu compte que nous avions fait la même chose en Hongrie, près de Debrecen, dans la Puszta, le long des rives de la Tisza, Ákos juché sur les épaules de mon père.

Je revoyais ces moments, et cette fois mon attention se portait sur mon frère puîné. Je me suis alors demandé si une partie d'Ákos n'avait pas été laissée dans les tableaux que mon père cachait sous le plancher du poulailler converti en maison que nous

133

habitions ou dans les toiles du salon des compatriotes qui s'étaient tournés contre György Ferenc à l'instigation du nouveau régime, heureux de posséder ses œuvres et d'être débarrassés de son amitié. Et je me suis dit qu'Ákos ne voulait qu'une chose : reprendre la main de mon père dans la sienne, entrer dans le cadre et réinvestir ces paysages. Après tout, il vivait encore à la maison, où il était témoin de la dégénérescence de plus en plus prononcée de notre père, désormais incapable de se rappeler — comme il le faisait autrefois avec une exactitude qui nous laissait pantois — la drôle de branche en forme de tire-bouchon, la souche à la pointe du lac, le petit coin aux chanterelles, autant de points de repère qui avaient un sens à ses yeux, lui indiquaient le chemin du retour.

Pour eux deux, l'émigration avait été un leurre. Et je ne m'étais pas rendu compte, peut-être parce qu'Ákos était petit à l'époque, que mon père n'avait pas été le seul à perdre à jamais un lien essentiel pendant le vol qui nous a conduits au Canada. Mon père a perdu ses assises, mais mon petit frère, lui, a perdu son père, c'est-à-dire celui qui, d'aussi loin qu'il se souvienne, avait été son seul nord magnétique.

C'était donc Ákos, toujours Ákos, qui devait chercher mon père quand il se perdait. Et c'est encore Ákos qui allait souffrir lorsque, plus tard, notre père est devenu si replié sur lui-même, si distant et si désorienté par les virages et les détours qu'il avait pris qu'Ákos n'arrivait plus à le rejoindre, restait coincé dans un terrain impraticable, trop loin pour tendre la main à notre père, mais assez près pour entendre ses appels à l'aide.

Le vernissage de l'exposition a eu lieu le 12 mai 1962 à la galerie d'art de Volker, appelée *Volkerplatz*, à Toronto. C'était une exposition exclusive, où étaient réunies presque toutes les œuvres réalisées par mon père au Canada. Les toiles exécutées à la suite des expéditions dans l'intérieur de la Colombie-Britannique, la série Kárpáts, les *Souvenirs d'Hortobágy* et le *Triptyque d'Örség* en faisaient partie. En vertu du contrat signé par Ákos avec Volker, l'exposition, qu'elle soit bien accueillie ou non, durerait au moins un mois.

Les critiques n'ont d'ailleurs pas mis beaucoup de temps à venir. Heureusement, Ákos savait que mon père ne lirait pas les journaux. En fait, il avait renoncé à toutes les nouvelles publiées en anglais, qu'il considérait comme biaisées, britanniques et totalement contraires à la vérité. Et les critiques ont aimé. C'était le début de années soixante, époque où l'ironie était en voie de s'imposer à titre d'esthétique dominante, où les normes et les institutions, en particulier celles de l'État-nation, étaient remises en question et où il était tout à fait dans l'air du temps de produire une série de tableaux soulignant la disparité, le hiatus infranchissable, entre la géographie d'un lieu et la conscience que nous lui imposons en le nommant — sans négliger les préjugés et l'aveuglement patriotiques qu'un tel geste implique. L'œuvre de mon père, selon le *Globe & Mail*, « exprim[ait] la nature arbitraire de l'acte de nommer et dénon[çait] notamment la notion de géographie immanente; depuis les débuts, [ses] toiles interrogent les dangers du solipsisme, l'idée d'un pays "essentiel" qui existerait en dehors de l'être qui le perçoit et, de ce fait, l'éclairerait objectivement. L'œuvre, où des formations géographiques de toute évidence canadiennes portent des noms de lieux hongrois, est fortement empreinte d'ironie». Les autres critiques, relevant les questions que l'œuvre soulevait à propos du sens que nous donnons au paysage ainsi que l'effet extrêmement comique qui en résultait, ont été tout aussi favorables. *Exactement le genre de choses qui ne devaient pas tomber sous les yeux de mon père.*

Et les tableaux se vendaient, malgré les prix gonflés exigés par Volker.

— Plus c'est cher, disait-il, plus les clients ont l'impression d'en avoir pour leur argent.

Je me souviens qu'Ákos prenait un malin plaisir à nous téléphoner pour nous rendre compte des profits journaliers, nous informer de son intention d'emmener nos parents en voyage, d'acheter une nouvelle maison pour eux trois et d'offrir à mon père une collection de films (de quoi remplir une bibliothèque) où serait représentée en détail la moindre parcelle de terre de la Hongrie.

En fin de compte, c'est un banal coup de fil qui a tout gâché. Ákos avait recommandé à notre mère d'éloigner son mari du téléphone, ce qui n'était pas bien difficile, vu que la plupart des demandeurs étaient anglophones et que mon père se montrait de plus en plus réticent à parler cette langue (avant qu'il daigne s'approcher du combiné, ma mère devait demander qui était à l'appareil et établir si la personne en question parlait ou non hongrois). Dans un premier temps, mère s'était opposée au projet d'Ákos — elle avait été témoin de l'effet sur mon père de la première exposition organisée par Volker —, mais elle avait fini par céder quand mon frère lui avait fait voir les dimensions de la maison qu'ils habitaient, dérisoires par rapport à celles des demeures de l'époque où György

Ferenc était encore un nom monnayable sur le marché européen de l'art. Étant donné les crises et la déprime de mon père, il était facile d'oublier les effets que le déracinement avait eus sur ma mère, et Ákos (qui vivait toujours dans le nid familial) n'était pas sans savoir que celle-ci menait sa propre guérilla contre son mari dans l'espoir qu'il se rendrait à ses raisons, changerait d'opinion au sujet de la vente de ses tableaux et la libérerait de l'obligation qui lui était faite depuis des décennies de récurer les parquets et les salles de bains des autres.

Il serait facile de reprocher à ma mère sa complicité dans les événements subséquents et de souhaiter qu'elle ait tenté d'atténuer la réaction de mon père face à l'exposition et à Ákos, mais qu'aurait-elle pu faire de plus que nous ? Rien du tout. Tandis que nous volions de nos propres ailes, libres comme l'air, elle vivait sous le même toit que le vieux, le quittait le matin pour aller faire le ménage des autres et, à son retour, le trouvait en proie à une rage muette. Tout ce qu'il voulait, c'était rester assis dans son atelier, impuissant. Quand Ákos est finalement parti, je pense qu'elle a été soulagée. Il n'y avait plus qu'un seul fanatique à la maison. Et je ne lui en veux pas d'avoir espéré tirer autre chose non seulement de mon père, mais aussi de sa vie au Canada.

Le problème, c'est que ma mère était sortie faire des courses quand *Art in America* a téléphoné pour demander la permission de faire un encadré. J'imagine le désarroi de mon père, à qui le journaliste a demandé ce qu'il pensait de la reconnaissance nord-américaine dont il bénéficiait désormais et des louanges d'éminents critiques d'art ayant reconnu en lui le premier peintre immigrant à « s'en prendre à l'illusion de l'État-nation et de la culture nationale ».

Quand mon père est entré à la galerie, nous y étions, mes frères, ma mère et moi. Ákos prononçait une conférence sur les peintres hongrois ayant influencé György Ferenc, l'effet de l'immigration sur sa peinture et sa décision d'« embrasser la déterritorialisation d'un point de vue esthétique ». Je me souviens de m'être tourné vers la porte en entendant les clochettes tinter. Mon regard a fait un aller-retour entre l'affiche collée au mur, où on voyait le visage de mon père en gros plan, et mon père en chair et en os qui, hésitant entre les journalistes et les peintures accrochées, semblait tour à tour furieux et consterné.

Mon père n'était pas particulièrement fort, mais il avait la vigueur propre aux obsessionnels compulsifs : quand il désirait une chose ou avait un but à atteindre, il bénéficiait d'une énergie illimitée. Et c'est ce qui s'est produit, ce jour-là : fendant la foule, il s'est avancé vers Ákos et s'est emparé du micro. Devant l'expression médusée de mon frère, nous avons tous eu le souffle coupé. Avant que quiconque n'ait eu le temps de réagir, mon père lui a asséné une gifle du revers de la main. Jamais encore je ne l'avais vu frapper avec une telle violence (il n'avait jamais été trop porté sur les châtiments corporels, préférant la menace d'une bonne fessée au passage à l'acte). Péter et moi nous étions rapprochés suffisamment pour agripper notre père et l'entraîner vers la porte. Nous l'avons alors entendu murmurer quelques paroles à l'intention d'Ákos, dans un hongrois si marqué par la douleur que chaque mot semblait lourd, épais, souligné en noir.

— À partir de ce jour, tu n'existes plus pour moi ; tu es sans nom ; tu ne respires plus ; tu es invisible.

Puis mon père, se dégageant de notre emprise, est sorti de la galerie.

Ákos a été banni de la famille. Le fils le plus loyal, celui qui s'identifiait le plus au passé et au fanatisme de mon père, celui qui cherchait à lui plaire et à faire que tout redevienne comme avant, a donc été abandonné au Canada, pays qui, à ses yeux comme à ceux de mon père, était une terre morte, où rien ne poussait — ni couleurs, ni formes, ni signaux d'aucune sorte —, une pourriture dans l'espace. Ce jour-là, à la galerie *Volkerplatz*, Ákos est entré dans le Canada de mon père, a plongé dans les oubliettes de l'exil, et il n'en est jamais vraiment ressorti.

Il s'est accroché pendant quelques mois, a tenté de rentrer dans les bonnes grâces de père. Il est même allé jusqu'à racheter toutes les toiles vendues et à envoyer de longues lettres aux rédacteurs en chef des magazines qui avaient commenté l'exposition. « Organisée sans l'aval de György Ferenc, cette dernière, expliquait-il, était un crime contre les intentions esthétiques incarnées par l'œuvre de l'artiste. » Rien à faire, cependant : en dépit des protestations d'Ákos, mon père était entré dans l'institution à titre de peintre de l'« aculturel », de « satiriste du sentiment national ». Par ma mère, j'ai aussi appris ceci : quand la nouvelle de l'exposition a enfin gagné la Hongrie, quelques-uns des anciens alliés de mon père vivant encore là-bas ont envoyé des lettres de protestation, sans parler de l'outrage de la communauté des immigrants hongrois qui, en un sens, interprétaient le « silence artistique » de mon père comme une dénonciation du viol de l'« âme hongroise » par les Soviétiques et de la censure qu'ils imposaient à la « véritable voix de la Hongrie ». Mon père et Ákos se sont donc l'un et l'autre engagés dans des campagnes épistolaires, dans l'espoir d'expliquer l'incident du *Volkerplatz*. Depuis, j'ai vu quelques-unes des lettres écrites par mon père à cette époque. À sa décharge, il ne reproche rien à Ákos. En fait, il ne mentionne même pas le nom de son fils. Il se contente de dire que les tableaux en question «portent la signature du désespoir», ne sont que des fragments d'une «tentative avortée» de «recréer la Hongrie» dans un lieu où une telle entreprise est vouée à l'échec.

Ákos n'a pas été invité à réintégrer le giron familial. Naturellement, nous avons continué de le voir, Péter et moi, et nous l'avons même hébergé pendant qu'il cherchait du travail et un moyen de reconquérir notre père. Ma mère n'a pas mieux réussi que nous à convaincre son mari de revenir sur sa décision. Quand elle lui parlait d'Ákos, il se contentait de la regarder fixement, à la manière d'un amnésique ou d'une taupe aveuglée par une lumière vive, empêtrée dans un tapis aux poils trop longs pour ses pattes. Dès qu'elle avait terminé, il secouait la tête, comme si, au sortir d'un rêve éveillé, il devait reprendre ses esprits. À l'arrivée d'Ákos, mon père disparaissait dans son atelier. Si, lorsqu'il ressortait enfin, Ákos était encore là, mon père déambulait dans la pièce, jusqu'à ce que la confrontation avec son fils devienne inévitable. Il s'arrêtait alors, dévisageait Ákos et le regardait non pas dans les yeux, mais à travers eux, jusqu'au fond de son crâne. À bout d'excuses, mon frère finissait par partir.

Puis, un beau jour, Ákos a disparu. Ma femme et moi l'hébergions gratuitement dans le sous-sol de notre maison de Cabbagetown. Un matin, je me suis rendu compte que, contrairement à son habitude, il n'était pas venu dîner avec nous, la veille. En bas, j'ai trouvé sa garde-robe vidée, ses affaires parties. Une note laconique se lisait ainsi : «Cher Gergö, excuse-moi d'être parti sans dire au revoir, mais j'ai eu beau répéter, je ne trouve pas les mots. Depuis un certain temps, je me demande s'il existe quelque part un cadeau que je pourrais offrir à notre père pour obtenir son pardon. Je suis parti à sa recherche. »

J'ai conservé le mot pendant des années. Je l'ai fait voir à mon père, qui a agi comme s'il s'agissait d'hiéroglyphes. Je l'ai maintes fois parcouru, de manière un peu obsessionnelle, en me demandant quel « cadeau » Ákos était parti chercher. Après d'innombrables lectures, une fois les mots burinés dans mon esprit, j'ai décidé qu'il s'agissait d'un morceau du Canada, d'un fragment qui, en passant d'Ákos à mon père, garderait son sens. Mon frère s'était enfoncé dans la blancheur, s'était volontairement laissé avaler par elle, dans l'espoir de trouver une chose — une ombre, un éclat de couleur, un coup de pinceau particulier, l'ironie et la comédie elles-mêmes — qui servirait de bouée à notre père, l'aiderait à se retrouver dans la géographie.

En 1967, mon père est mort d'un anévrisme à l'âge de quatre-vingts ans. Les dernières années de sa vie ont été les plus heureuses de sa carrière artistique au Canada. Le matin, il quittait la maison, armé de ses pinceaux et de son chevalet, et partait en excursion dans la nature pour ne revenir qu'à la fin de la journée, une toile blanche, intouchée, sous le bras. Elle allait rejoindre les autres dans l'atelier, comme si, terminée, elle s'ajoutait à une série d'œuvres achevées. Le lendemain, mon père se remettait en route en emportant une autre toile vierge. Nous avons commencé à voir dans ce manège un certain potentiel, une ultime prise de position sur le statut d'immigrant. Interrogé sur son « œuvre », mon père répondait que ces tableaux n'étaient destinés « à personne » et qu'il ne consentirait jamais à les montrer, en dépit de la « valeur conceptuelle » que nous y attachions. Il nous montrait du doigt à tour de rôle en énonçant la loi :

— Comprenez-moi bien : ces tableaux ne devront jamais être exposés, pour la simple et bonne raison...

Il marquait une pause en souriant.

— ... qu'ils ne sont pas des tableaux.

Quelle que soit son opinion, ces œuvres-là ont été, me semble-t-il, ses seules productions canadiennes à presque le satisfaire. Péter et moi avons conservé une de ces toiles chacun en guise de souvenir.

Notre père est demeuré deux jours en chapelle ardente : pendant ce temps-là, les avocats et ma mère ont épluché ses papiers, à commencer par le testament évolutif qu'il tenait dans des cahiers et des journaux éparpillés dans son bureau. Tous les ans, il rédigeait un ou deux testaments, modifiant sans cesse ses volontés à propos de sa dépouille, de ses tableaux et de ses biens. Ses hésitations traduisaient à merveille le sentiment grandissant d'aliénation qui s'était emparé de lui au Canada. Dans les premières versions, il léguait ses biens à sa famille et ne formulait pas d'exigences particulières à propos de ses restes. Ensuite, petit à petit, il a décidé de tout donner à l'Association culturelle hongroise et a demandé que son corps soit enterré au cimetière calviniste hongrois. Enfin, il a exigé que tout soit détruit, sa dépouille y comprise, sans toutefois préciser ce qu'il souhaitait que l'on fasse des résidus de la destruction. Nous avons tous les trois décidé qu'il devait être incinéré. Ses cendres demeureraient dans une urne, jusqu'au jour où le gouvernement hongrois nous accorderait une amnistie (on nous interdisait de rentrer, sous peine d'incarcération). Là-bas, elles seraient alors dispersées sur les eaux de sa chère Tisza.

(En même temps, la version finale du testament de mon père avait un caractère d'insistance particulier, en raison non seulement des nombreux points d'exclamation qui la ponctuaient, mais aussi du pinceau large et de la peinture noire, aussi foncée que de l'encre de Chine, dont il s'était servi pour coucher ses dernières volontés sur le papier, comme s'il s'était dit que la seule façon d'éviter que ses intentions prêtent à interprétation consistait à produire le manifeste le plus tranché possible. C'est pour cette raison que j'ai la gênante impression que mon père, à cette époque de sa vie, tenait à indiquer clairement qu'il était désormais au-dessus des considérations concernant le Canada, la Hongrie ou lui-même, qu'il s'était réconcilié avec le grand vide contre lequel il s'était acharné pendant la deuxième moitié de sa vie, comme si le pays lui avait enfin parlé et, ce faisant, l'avait dépossédé de son propre désir de prendre la parole et l'avait dépouillé de tous ses besoins, exception faite du silence et d'un miroir vide.)

Comme nous étions en 1967, année marquée par la paranoïa de la Guerre froide, nous avons pris la décision concernant ses restes dans un esprit de sombre incertitude, le même que celui dans lequel nous accueillions la plupart de ses tableaux. Rien ne nous permettait d'espérer que le gouvernement hongrois finirait par amnistier notre famille ni que le régime serait renversé. Pendant des jours, nous avons débattu de ce qu'il fallait faire des cendres, Péter, ma mère et moi, mal à l'aise à l'idée qu'un homme dont la vie tout entière avait reposé sur une communion mythique avec le paysage termine son parcours dans une urne en céramique juchée sur le manteau de la cheminée, loin de la terre. En fin de compte, je pense que nous avons eu peur que l'urne reste là pour toujours, rappel du malheur de mon père, de l'évolution de sa folie et, par-dessus tout, du fait que nous étions responsables de tous ses ennuis. N'avait-il pas agi dans notre intérêt ? Pour pouvoir rester en Hongrie, lui-même se serait volontiers accommodé du poulailler où on nous avait casés. Sauf qu'il avait une femme et des enfants dont l'avenir, sous le règne des Soviétiques, aurait été gravement compromis. Ce rappel, nous nous en serions passés, tous les trois. Nous avons donc tergiversé.

Le jour de la crémation, c'est ma mère qui a pris les choses en main. En effet, elle a loué dans un funérarium un tiroir où l'urne de mon père serait entreposée jusqu'au jour où il pourrait enfin rentrer chez lui. En plein le genre de compromis auquel mon père se serait refusé. Nous avons toutefois repoussé cette certitude, la solution étant commode et conforme, en dépit de ses imperfections, à nos vœux à tous.

C'est ce jour-là, soit cinq années après son départ, qu'Ákos a réapparu. Nous étions dans le cimetière en compagnie du prêtre, vêtu de noir funèbre comme le veut la coutume, quand mon petit frère a surgi, a interrompu les derniers sacrements et s'est emparé de l'urne. Il nous a foudroyés du regard — nous étions, il faut le dire, sidérés par le retour du seul membre de la famille, notre père excepté, convaincu que les moindres gestes doivent être faits au nom de la fidélité —, puis il a tourné les talons et est parti en emportant les cendres.

Nous l'avons retrouvé plus tard, ce jour-là, barricadé dans l'atelier de mon père. Ma mère a été la première à le sommer de sortir et de venir s'expliquer. Ákos a riposté en nous accusant de faire fi des dernières volontés de notre père, d'être contaminés par une infidélité à laquelle seuls notre père et lui avaient eu la force de résister, de brader notre obligation envers la vérité contre un compromis bancal. Il nous a également accusés d'être « canadiens ». Nous l'avons supplié de quitter son réduit. Peine perdue.

Nous nous sommes enfin résignés à défoncer la porte, Péter et moi. Là, nous nous sommes rendu compte que la plupart des toiles et des journaux intimes avaient disparu, que la fenêtre du fond était ouverte et qu'Ákos s'était enfui en emportant l'urne.

Je n'ai revu mon frère qu'en 1975, année où le gouvernement a enfin annulé le mandat d'arrêt lancé contre notre famille dans les années 1950. Nous étions donc libres de rentrer en Hongrie. Il a fait son apparition à l'heure du dîner, environ une semaine après l'annonce, au moment précis où je planifiais un voyage en compagnie de ma femme et de mes enfants.

Je ne sais trop comment je l'ai reconnu. Jamais encore je n'avais vu quelqu'un d'aussi maigre. Pour une raison que j'ignore, ses cheveux étaient devenus tout blancs. Sur son crâne, les plaques dégarnies alternaient avec les touffes hirsutes, et sa peau, naguère brun foncé, semblait désormais translucide. Contre sa poitrine, il serrait l'urne.

— Bonjour, Gergö, a-t-il dit dans un anglais plus gauchi que jamais par le hongrois (à notre arrivée au Canada, Ákos, je le rappelle, était un tout jeune garçon ; de nous tous, il est donc celui qui aurait dû se débarrasser le plus complètement de son accent). Je suis venu te demander de ramener notre père en Hongrie. Si tu es d'accord, évidemment.

Son ton semblait sarcastique.

C'est donc ainsi qu'Ákos est revenu dans notre vie. Je l'ai escorté jusqu'à notre table, je lui ai tiré une chaise et j'ai déposé dans son assiette une montagne de nourriture : des pommes de terre, des tranches de rôti et de la salade. (Maigre comme il l'était, jamais il ne réussirait à tout ingurgiter, mais la portion était égale à mon sentiment de culpabilité.) J'ai compris qu'Ákos n'était allé nulle part au cours des dernières années : il avait plutôt erré dans la blancheur vide que mon père avait toujours perçue et, incapable d'y trouver de quoi se sustenter, avait tiré sa survie de la seule force du souvenir, du désir de se racheter aux yeux de mon père, tout en cherchant la particule de vérité à côté de laquelle les cendres de György Ferenc pourraient reposer en paix. Maintenant de retour, il portait les stigmates de cette quête impossible. Il n'a rien mangé. À la place, il a demandé un bol d'*erö leves*, du bouillon de bœuf. Nous l'avons regardé avaler précautionneusement sa soupe d'une main. De l'autre, il gardait l'urne en équilibre sur sa hanche.

Ce soir-là, nous avons passé beaucoup de temps à parler de ce qu'Ákos avait fait, mais je n'ai pas saisi grand-chose. Pour me parler de ses errances, il utilisait non pas des termes géographiques — noms de villes, de villages, de forêts, de lacs, de chaînes de montagnes —, mais plutôt un lexique si particulier, si personnel, que j'ai tout de suite été déboussolé, incapable d'aller au-delà des arbres étranges qu'il décrivait. Ces arbres, pourtant, l'avaient conduit au bord d'un lac aux eaux d'un bleu-vert inédit, puis vers un village dont les habitants, après avoir barricadé leurs maisons, partaient les uns après les autres.

Il m'a aussi parlé d'une ville dans laquelle il y avait un immeuble entièrement fait de verre «non réfléchissant». Et ainsi de suite. Les voyages dont il m'a fait le compte rendu étaient si tributaires des bifurcations qu'il avait choisies au hasard, des croisements entre la météo, les gens et l'heure du jour, que j'ai bientôt eu l'impression qu'il prenait de l'avance sur moi, que la distance qui nous séparait augmentait à chacun de ses mots.

S'il m'avait parlé de Vancouver, de Medicine Hat, de Thunder Bay ou de Halifax, les choses auraient été différentes. Mais lorsqu'il hésitait à employer des noms propres pour décrire ses déplacements, c'était, me suis-je dit, pour éluder le Canada : Ákos, en sillonnant le pays, avait esquissé les pas d'une danse rituelle d'où était issue une géographie entièrement différente. Il avait parcouru le Canada à la recherche de la Hongrie — non pas son chez-soi, mais plutôt la condition d'être, un chez-soi possible —, à la recherche aussi de l'improbable loi grâce à laquelle il rétablirait le familier dans l'étranger, éprouverait le sentiment de terreur sacrée, d'adoration et d'appartenance qu'il avait connu dans la Puszta, les Kárpáts ou le Felvidék. Son retour témoignait de la futilité de l'entreprise.

Il ne se séparait jamais de l'urne, souillée par l'empreinte de ses doigts. En réponse à mes questions sur ce qu'il avait fait pour survivre, il n'a donné que des réponses évasives, et je me suis dit qu'il avait dû accepter de petits boulots à gauche et à droite, profiter de la charité de ses semblables. Par moments, il s'était sans doute passé de tout.

Il était trois heures du matin. Depuis longtemps, ma femme et mes enfants étaient allés se coucher.

— Tu veux bien ramener notre père à la maison ?

Je l'ai regardé, je l'ai resservi de vin et j'ai fait signe que oui.

Ákos a incliné la tête.

— Merci, a-t-il chuchoté.

Puis il a levé les yeux sur moi. Sur ses traits se lisait la lourde fatigue des dernières années.

— Il y a si longtemps que j'essaie, moi.

Il était donc là, le jour où la famille élargie s'est réunie à l'aéroport — Péter, sa femme et ses enfants, en compagnie de ma mère — pour nous souhaiter bon voyage. Ákos portait un vieux manteau ayant appartenu à mon père (il était arrivé à Toronto avec pour seul bagage les vêtements qu'il avait sur le dos, et je me souviens de la perplexité que j'avais ressentie en cherchant en vain une valise sur le seuil de ma maison) et tenait l'urne dans les bras. Nous allions entrer dans la zone de sécurité quand Ákos, sur le point de me passer l'urne, s'était arrêté.

— Je… Je veux seulement lui dire au revoir.

Il s'est donc éloigné vers le fond de l'aérogare, du côté des grandes fenêtres dominant les paisibles pelouses manucurées, des marais et des pistes lisses et claires où la circulation était encore réduite au minimum. Ma femme et mes enfants avaient déjà franchi la douane et le poste de sécurité, et j'attendais impatiemment. Quand je l'ai interpellé, il disait au revoir à un amoncellement de cendres. Dix minutes plus tard, comme il ne répondait pas à mon appel, je me suis approché et je lui ai demandé ce qui n'allait pas.

Il avait une expression bizarre. Je l'avais déjà vue, cette expression, mais je ne savais plus où. Il m'a tendu l'urne.

Elle était vide.

En cours de route, les cendres de mon père s'étaient échappées ou avaient été dérobées. J'ai glissé mon doigt à l'intérieur. Pas même un brin de poussière. Depuis cinq minutes, Ákos fixait le vide sombre, au-delà du bord de céramique. Il arborait un sourire que je ne lui avais pas vu depuis l'incident de la galerie.

— C'est une plaisanterie ? lui ai-je demandé.

J'étais contrarié à la pensée de ma femme et de mes enfants, sans doute en train de m'attendre près de la porte d'embarquement, tandis que je faisais la conversation à un homme qui, ayant complètement perdu la tête, avait jeté les cendres de son père dans les eaux de la rivière Humboldt ou du lac Ontario. Puis il avait tout oublié, ou encore il avait orchestré cette mise en scène à seule fin de nous obliger à nous souvenir du mort, ne serait-ce que sous le coup de l'irritation.

Ákos a souri, puis il a secoué la tête.

Dans un élan de panique et de dégoût, je l'ai laissé là à contempler l'intérieur de l'urne, le sourire aux lèvres.

J'ai mis des semaines à comprendre pleinement ce que veut dire la perte d'un pays — et seulement après m'être égaré dans les rues d'une ville que je croyais pourtant connaître comme moi-même. J'ai été témoin de l'éclosion des immeubles d'habitation dans les faubourgs de Debrecen et je suis entré dans le Hortobágy sans parvenir à me défaire de l'impression qu'il y avait une distance infinie entre la semelle de mes chaussures et le sol sur lequel je me trouvais —, et je me suis enfin souvenu du moment où j'avais vu pour la dernière fois le sourire qu'Ákos arborait à l'aéroport. Voyez-vous, tout avait changé en Hongrie, ou alors c'est moi qui avais changé. À mes yeux, l'aspect le plus troublant de ce voyage a été celui-ci : je n'arrivais pas à « fixer » le sentiment que j'avais d'être au pays ; en plus, j'étais incapable de « fixer » le pays par rapport auquel j'essayais de me définir. Le cauchemar absolu, c'est que nous avions changé, autant le pays que moi, et que nous continuions tous les jours de changer. Allions-nous un jour nous retrouver ? Le cas échéant, ce serait par pur hasard. Nous étions lancés sur des trajectoires aléatoires, régies par des équations si différentes qu'il était peu probable que nous nous trouvions, un jour, ne fût-ce qu'une seconde, sur la même orbite.

Ce sourire, je l'avais vu un jour sur le visage de mon père. Depuis une demi-journée, nous grimpions dans les Rocheuses, à la recherche d'un canyon dont nous avait parlé un guide de chasse. L'été battait son plein. Dégoulinant de sueur et crasseux, nous sommes arrivés au sommet de la falaise surplombant le canyon. Ce jour-là, mon père était particulièrement décidé, même s'il s'était forcément rendu compte, une fois à destination, qu'il n'aurait pas le temps d'entreprendre un tableau et qu'il fallait rebrousser chemin sans tarder. Le paysage n'avait rien de commun avec ce que nous avions vu jusque-là : de hautes parois rocheuses, une rivière tumultueuse en contrebas, d'épais bosquets de conifères, un lieu aride et chaud. Bref, c'était une catastrophe : mon père désirait par-dessus tout trouver des lieux qui lui semblaient au moins un peu familiers. Ce jour-là, cependant, au lieu de secouer la tête en signe de déception, il a contemplé le canyon en souriant d'un air béat,

150

comme si la scène qui s'offrait à ses yeux était à la fois juste, nécessaire et conforme. Pendant un instant, j'ai cru, naïvement, qu'il s'était peut-être enfin réconcilié avec le paysage, qu'il commençait à prendre conscience de la place qu'il y occupait, qu'il était prêt à faire un compromis pour se rapprocher de son nouveau pays.

Ce n'est qu'aujourd'hui que je me rends compte qu'il ne contemplait pas le paysage. Ce qu'il avait regardé et approuvé, ce qui l'avait fait sourire, c'était non pas la rivière, la montagne, les nuages et la forêt qui définissaient le paysage, mais au contraire le vide, le grand vide imposé à leurs contours — l'espace qui délimitait et donc déterminait leur caractère distinctif. S'il avait enfin accédé à l'essence du paysage, c'était justement faute d'avoir réussi à la peindre.

Et ce sourire, je l'ai revu quand nous sommes rentrés au Canada, ma famille et moi. Ákos s'était installé dans la chambre inoccupée de mon sous-sol. L'urne fuyante, sans contenu, reposait sur la tablette sous laquelle, tous les soirs, il s'allongeait. Ce sourire, je le voyais lorsque mon petit frère soulevait le couvercle pour regarder «notre père». Car c'était ce néant, si semblable d'un pays à l'autre, qu'il s'agisse du Canada ou de la Hongrie, que mon père avait cherché à peindre durant toute sa vie et qui se matérialisait chaque fois que nous ouvrions l'urne. Notre père remontait alors vers nous dans un vide définitif — pression à laquelle nous nous butons et qui, à la manière d'une frontière intangible, nous repousse chaque fois que nous essayons de cerner qui nous sommes et ce que nous sommes. Chaque fois que nous essayons de cerner les lieux où nous vivons.

Le Chat qui rit

L'idée nous est venue le soir de la cérémonie de remise des diplômes, en 1976. Effets conjugués, je suppose, des whiskys coca, de l'herbe et de la bière. Tout ce que je sais, c'est que nous nous sommes juré de nous retrouver pendant au moins une heure au *Chat qui rit*, tous les samedis — beau temps, mauvais temps, indépendamment de nos quarts de nuit de douze heures et de nos obligations familiales —, aussi longtemps que nous serions en vie.

D'abord, tout s'est bien passé. Nous poursuivions sur la lancée de la veille, tous les cinq, et il nous arrivait de quitter un bar clandestin ou une fête pour nous attabler au *Chat qui rit*. Sinon, nous nous réveillions chez l'un ou l'autre larron et engloutissions des œufs, du bacon et du pain grillé avant de venir au café avaler le premier d'une longue série d'allongés.

Mais les années ont passé, et la plupart d'entre nous ont été distraits par des petites amies, des femmes, des enfants, des parents agonisants. Il s'agissait moins de filer tous ensemble vers le café que de s'y retrouver pour faire le point sur la situation de chacun. J'arrivais toujours le premier — j'avais au préalable corrigé des travaux ou dressé une liste de lectures obligatoires pour un cours en préparation —, et j'attendais les autres.

Puis, en 1986, la femme de Nathan Soames est partie avec un comptable, lequel a quitté son emploi. Nate a été acculé à la faillite à cause de la pension alimentaire qu'il devait prélever sur son petit salaire d'ouvrier. Là, les choses ont tourné au vinaigre. Ben et Hank nous ont demandé, à Joe Mara et à moi, de prendre Nate à part pour lui faire comprendre que la dernière chose dont nous avions besoin, c'était qu'il nous gâche un autre samedi à force de se plaindre de l'injustice de la vie (constat auquel nous arrivions inexorablement tout seuls, merci quand même).

— Ah bon ? Si je comprends bien, Mara a le droit de nous entretenir de ses nerfs, Ben des magouilles qui lui ont valu un règlement généreux de sa société d'assurance et Thomas du fait que les études empiètent sur sa vie sociale, tandis que moi je ne devrais pas me plaindre du départ de Katie ?

C'est la réaction de Nate qui nous a fait comprendre que nous devions adopter des règles.

Nous avons donc convenu de ce qui suit : premièrement, nous étions un groupe d'hommes se réunissant tous les samedis ; deuxièmement, par voie de conséquence, les « questions émotives », foisonnantes dans les foyers auxquels nous nous efforcions d'échapper pendant quelques minutes, étaient formellement interdites ; troisièmement, il était fortement conseillé de limiter la conversation aux sports, à la politique et (dans la mesure de nos moyens) à la philosophie — même s'il est vite apparu évident que c'étaient les histoires de Joe Mara qui nous amusaient le plus.

En ce 26 novembre 1996 — date qui, dans mon esprit, marque la dissolution de notre petit groupe —,

Joe Mara est entré au *Chat qui rit* comme à son habitude, c'est-à-dire en donnant l'impression d'être à la porte depuis un moment déjà, invisible jusqu'à l'instant où vous l'aperceviez enfin, comme si le smog qui enveloppait la ville l'avait déposé là, une tasse dans une main, une cigarette dans l'autre, ses cheveux autrefois bien coiffés longs et peignés vers l'arrière. Ses yeux allaient d'un objet à l'autre, comme s'ils suivaient le vol d'un moustique.

Il a trouvé notre table et, de côté, s'est laissé choir sur une chaise. Il a posé sa tasse en continuant de tirer silencieusement sur sa cigarette (même si Vittorio, le propriétaire, avait collé un peu partout des affiches signifiant l'interdiction de fumer, y compris sur notre table et au-dessus de nos têtes). En fin de compte, Vittorio ou un de ses neveux s'avançait à contrecœur pour remplir la tasse de Mara. Joe, en effet, ne les remerciait jamais, ne serait-ce que d'un geste de la tête. (À une ou deux occasions, les neveux avaient essayé de voir pendant combien de temps Joe réussirait à tendre sa tasse sans demander de café ni baisser le bras, mais les autres clients avaient été si troublés par le spectacle de Mara, assis là, le bras tremblant et agité de spasmes, à mesure que les minutes s'égrenaient, que Vittorio, soucieux de sa clientèle, était enfin accouru pour le servir.)

— Vous connaissez Selwyn Hughes, les gars? a demandé Mara. C'est un compositeur contemporain. Post-Stockhausen. De riches passages orchestraux entrecoupés d'assonances électroniques?

Il a attendu, plein d'espoir.

— Voyons, c'est le type qui a décomposé les douze tonalités!

Un samedi comme les autres, nous aurions observé le rituel commandé par les histoires de Mara en restant assis tranquillement, sans répondre, même si nous connaissions la réponse : la question sans réponse, en effet, était la muse personnelle de Mara. Le problème, c'est que, ce jour-là, Hank Davis avait emmené un ami — sans nous en demander la permission au préalable — du nom d'Alvin Parker, en qui j'ai tout de suite reconnu un collègue, c'est-à-dire un prof de littérature, comme moi, même s'il enseignait dans l'autre université de la ville. Chaque fois qu'il prenait la parole, je baissais les yeux dans l'espoir qu'il ne me reconnaîtrait pas ou que les autres ne mentionneraient pas mon nom.

— Bien sûr que je le connais, a répondu Parker, satisfait de lui. On lui doit *Le dernier stade de l'évaporation*. Merveilleuse musique. Il a cessé de composer — il a vendu ses disques et disparu — il y a environ dix ans.

Jamais encore je n'avais vu Mara déstabilisé. Il a rentré la tête autant que son cou le lui permettait, puis, en succession rapide, il a porté sa cigarette et son café à l'endroit où ses lèvres étaient quelques instants auparavant. Même qu'il l'a fait à deux reprises avant de se rendre compte que ses lèvres avaient migré de quelques centimètres vers le sud. Quand il a fini par avaler une gorgée et tirer sur sa cigarette, il donnait l'impression d'être un homme en train de se chercher.

— Vous êtes qui, vous ? a-t-il demandé.

Quand Parker a tendu la main, Mara a reculé la tête encore plus, comme si l'autre avait voulu l'étrangler.

— Parker, hein ?

Mara a considéré l'information en regardant l'autre de très loin.

Nous nous sommes tortillés sur notre chaise, tous, à l'exception de Parker, qui regardait autour de lui d'un air doucereux, inconscient de sa gaffe. Au prix d'un effort considérable, Mara s'est ressaisi et s'est mis à bégayer. C'était la première fois que je l'entendais le faire.

— Et v-v-v-ous s-s-s-savez avec qui je l'ai vu hier matin, au coin de Bloor et d'Ossington ?

— …

— Yo-Yo Ma, ont répondu Mara et Parker à l'unisson.

La main qui tenait la cigarette de Mara est retombée.

— Qu'est-ce que c'est que cette merde ?

Il avait le visage cendreux.

— C-c-c-comment le savez-vous ?

Parker a expliqué qu'il avait vu le cliché pris par un paparazzi dans une des dernières pages du cahier «Loisirs» du *Globe & Mail,* au-dessus d'un bref article évoquant l'énigme de Selwyn Hughes. Mara s'est levé et a regardé autour de lui d'un air traqué, comme s'il désespérait d'éviter la capture. Déjà, je voyais Vittorio et ses neveux converger vers notre table, prêts à faire face au grabuge.

— Dans l'article, disait-on ce dont Hughes et Yo-Yo ont discuté ?

Parker, enfin conscient d'avoir enfreint le protocole — Hank aurait dû le prévenir —, a répondu que non. L'auteur soulignait simplement la disparition de Hughes de la scène musicale et la rareté des apparitions du grand compositeur. Pour s'excuser, Parker a rapidement déclaré son intention de ne plus interrompre le «délicieux récit picaresque» de Mara et d'écouter les «récits épisodiques» dont Mara «puisait l'inspiration dans les rues de Toronto».

— Picaresque ? a fait Nate. Qu'est-ce que ça veut dire ?

Ignorant la dernière partie de la réponse de Parker, Mara a braqué sur lui le bout de sa cigarette.

— Je le savais ! a-t-il dit. Il n'y a que moi qui connaisse le fin mot de l'histoire !

Puis il a tourné les talons et il s'est rué sur la porte. Sur le seuil, il nous a fait face une dernière fois :

— Je vais revenir. Bientôt !

Nous avons mis un moment à faire le point. Parker s'est tourné vers Hank. Pour protester de son innocence, ce dernier a levé les mains. J'ai regardé la porte par où Mara était sorti, puis Nathan, Hank et Ben, manifestement aussi sidérés que moi. Ben s'est levé et a commencé à engueuler Parker et Hank. Ce faisant, il a donné à Vittorio et à ses neveux le prétexte qu'ils attendaient pour s'interposer et nous escorter jusqu'à la porte.

Tandis que Vittorio, planté sur le trottoir, agitait le doigt en nous réprimandant vertement, j'ai vu Nate se pencher vers Parker et lui demander de nouveau :

— Ça veut dire quoi, « picaresque » ?

Quand Parker s'est éloigné, la tête basse, Nate lui a emboîté le pas en le bombardant de questions.

Moi, évidemment, je suis parti en sens contraire. Au lieu de rentrer, j'ai arpenté les avenues dans l'espoir d'apercevoir Joe Mara dans Chinatown, Kensington Market ou Queen Street. De guerre lasse, je suis monté dans un autobus devant le Musée des beaux-arts de l'Ontario.

La vérité, c'est que je n'avais aucune chance de retrouver Joe Mara et que j'en étais parfaitement conscient. De retour chez moi, en proie à une nostalgie dont j'aurais pu me passer, j'ai songé à ce que le *Chat qui rit* avait fait pour nous. En réfléchissant aux règles que nous avions adoptées dans la foulée du divorce de Nate — dans le dessein avoué de mettre le lieu à l'abri du changement, de faire en sorte que tout demeure identique, d'une semaine à l'autre, sans les hauts ni les bas, les flux déconcertants qui, en dehors de ces murs, définissaient la vie —, je me suis rendu compte, à ma grande stupeur, que nous nous étions depuis belle lurette perdus de vue. Quel genre de boulot faisait chacun ? Étions-nous célibataires, mariés, divorcés, remariés ou esseulés ? Combien d'enfants ? Jusqu'aux numéros de téléphone que nous connaissions autrefois par cœur qui, dans l'annuaire, se perdaient désormais dans les colonnes de «J. Mara», «N. Soames», «H. Davis» et «B. McCormack». Que des noms auxquels nous aurions été en peine d'accoler une adresse. Je n'avais aucune idée de ce qui était arrivé aux autres au cours des dix, voire des quinze dernières années. Bien sûr, il y avait des indices qui ne mentaient pas — le tremblement de la main de Nate, la propension de plus en plus marquée de Mara à l'abstraction, les difficultés de Ben qui, pendant douze mois d'affilée, nous avait gentiment demandé à tour de rôle de régler son addition, les taches de nourriture pour bébé qui avaient disparu comme par magie de ses vêtements —, autant de détails que nous avions tous remarqués, j'en suis certain, mais qui s'étaient fondus dans le décor ou avaient carrément disparu dès que les épreuves en question, quelles qu'elles soient, s'étaient trouvées derrière nous et que nous étions redevenus tels que nous avions toujours été. Nous ne nous posions jamais de questions. À cause des règles. Et c'est à elles que j'en voulais, ce soir-là, en me tortillant dans mon lit, tout à la crainte de ne jamais revoir mes amis.

En l'occurrence, mes craintes étaient fondées. En me voyant arriver, le samedi suivant, Vittorio s'est élancé et m'a empêché de m'asseoir à notre table.

— Vous ne pouvez plus vous réunir ici, a-t-il déclaré, les bras croisés.

Derrière le comptoir, j'ai vu ses neveux me fixer par le passe-plat.

— J'en ai assez de vous, les garçons, a-t-il poursuivi. J'en ai assez de vos histoires de fou. De vos cris et de vos rires. Vous dérangez mes clients. Sans parler de Mara et de ses cigarettes. Il ne les voit pas, les affiches ?

Vittorio a agité les mains comme si je tenais une cigarette en ce moment même et qu'il éloignait la fumée de son visage.

— Au début, je n'avais pas à me plaindre. Grâce à vous, le café avait l'air de marcher. Mais maintenant…

Il a mis la main sur mon épaule.

— Je n'ai pas les moyens de céder une table à des types qui prennent seulement du café.

Je me suis gratté la tête en parcourant la salle des yeux. Les clients me dévisageaient.

À mon retour à la maison — une fois de plus, j'avais cherché Mara dans les environs de la Petite Italie et du centre-ville, animé cette fois d'un sentiment d'urgence —, j'avais déjà trouvé le moyen d'amadouer Vittorio. En me faisant ces réflexions, ce jour-là, je me sentais toutefois un peu coupable, car chaque fois que je songeais à nos retrouvailles, je me disais qu'à force d'écouter Mara nous lui avions fait du mal. Bref, notre passivité envers lui avait été «active», et nuisible par-dessus le marché. En tapant l'adresse électronique du menu en ligne du *Chat qui rit*, sans trop me laisser troubler par le silence habituel de mon téléphone, j'évaluais mentalement la commande que nous devrions passer pour que Vittorio change d'idée et je m'efforçais de chasser de mon esprit l'image de Mara debout au coin de Yonge et de King — Mara, ses cheveux longs, ses vêtements usés à la corde et ses chaussures qui ressemblaient à des pantoufles (en était-ce ?), Mara que j'évitais en me rendant au travail, pour ne pas avoir à l'entendre me demander où j'allais, Mara que je ne pouvais m'empêcher d'observer et même parfois de suivre, intrigué que j'étais par les possibilités de sa vie. Je le voyais souvent à cet endroit : il interrogeait le ciel des yeux, s'appuyait contre le mur d'une banque ou un lampadaire, examinait les passants ou marchait au hasard, de toute évidence sans destination, une tasse de café et une cigarette à la main. D'un air absent, il saluait les serveurs et les serveuses des cafés et des bouibouis, accueillait leurs salutations, comme si la ville tout entière lui appartenait. J'ai passé une grande partie de cette journée à repousser ces souvenirs et ceux d'avant : Mara acceptant le prix du directeur de l'école secondaire, prononçant un discours à l'occasion de ses noces, nous racontant son ascension fulgurante de commis à directeur — autant de souvenirs d'avant l'entrée en vigueur des règles que je n'arrivais plus à concilier avec ceux d'après, sinon au moyen de la plus triste des théories.

En fin de compte, c'est Nate qui, en me téléphonant, m'a forcé à agir. Il est demeuré un instant silencieux, étonné par l'empressement avec lequel j'avais décroché.

— Thomas ? a-t-il fait.

En m'entendant répondre, il a poussé un long soupir.

— Excuse-moi de t'appeler chez toi, mais tu es le seul dont j'ai réussi à trouver le numéro dans l'annuaire.

Il s'est interrompu.

— Les Corvin ne sont pas légion.

J'ai ri, soulagé, heureux d'entendre sa voix. Puis, comme s'il obéissait à un signal, il a ajouté :

— Il faut faire quelque chose à propos du *Chat qui rit*. C'est toi qui devrais appeler Vittorio.

— Moi ? Pourquoi moi ?

— Parce que tu es le plus silencieux. Celui qui ne dit jamais un mot. Ça lui plaît.

— Je parle, moi.

— Pas beaucoup, a-t-il répondu, et tu ne racontes jamais d'histoires.

Je n'ai pas pu m'empêcher de prêter un sens voilé à la remarque, comme si Nate enviait ma situation ou m'en voulait, comme s'il me soupçonnait tout d'un coup de faire des cachotteries, d'avoir gardé par-devers moi des informations qui auraient pu lui être utiles.

— Tu n'as rien à raconter, a-t-il lancé d'une voix dure.

Si dure, en fait, que c'était comme si un marteau avait heurté le combiné. Je me suis rendu compte que c'était la première fois depuis une éternité — d'aussi loin que je me souvienne, en fait — qu'un membre de la bande du *Chat qui rit* m'interpellait personnellement.

Une fois muni des adresses et des numéros de téléphone glanés par Nate — sauf ceux de Mara, qui était trop bien caché ou déjà trop retiré en lui-même —, j'ai mis six semaines à convaincre Vittorio. Six semaines d'hésitation de sa part — tractations au terme desquelles il a fini par cracher la somme qu'il avait en tête —, suivies d'interminables propositions et contre-propositions. En fin de compte, nous avons accouché de ce que j'en suis venu à appeler l'« Accord du *Chat qui rit* ». Chaque fois que Vittorio suggérait un plat, un ou plusieurs membres de la bande — au téléphone, ils étaient empruntés, comme si le fait de les appeler contrevenait aux règles, même si c'était indispensable, comme si, en leur demandant ce qu'ils voulaient boire et manger, je faisais d'eux des complices du crime — proposaient un autre choix, et je devais parler de nouveau à Vittorio, qui rejetait la proposition, la multipliait par cinq ou faisait une nouvelle suggestion. Rétrospectivement, il est sidérant de penser que nous avons fini par nous mettre d'accord : quatre allongés, un expresso, deux paninis, trois pizzas aux cœurs d'artichaut, à la feta et aux anchois (personne n'aimait les anchois, mais Vittorio avait insisté puisque, par suite d'une erreur, il en avait plein ses armoires), cinq Orangina (que personne n'aimait non plus, mais c'était tout de même mieux que le coca italien que Vittorio avait également commandé en trop grande quantité), un panier de focaccia, une assiette d'huile d'olive mélangée à du vinaigre balsamique et, enfin, à la place du gros gâteau que Vittorio avait essayé de nous refiler, l'assiette de sushis B de chez *Sushi-Ya*, au bout de la rue, que Ludovico commandait et nous surfacturait allègrement. Chaque samedi, la facture s'élevait à près de cent dollars.

En l'occurrence, c'était sans importance, puisque nous ne sommes retournés qu'une seule fois au *Chat qui rit*.

Mara était absent, ce jour-là. Ce seul fait suffit à mes yeux à expliquer l'échec de la rencontre. Nous, les autres, étions là, comme d'habitude, même si tout le reste semblait inhabituel. On aurait dit que le hiatus de six semaines — première interruption en vingt ans — avait montré que nous étions devenus étrangers l'un pour l'autre, que nos réunions étaient désormais vides de sens. C'est peut-être aussi à cause de la nourriture répartie sur la table, les cafés, les boissons gazeuses, les pizzas et le poisson cru qui séchait dans l'air tiède soufflé par les bouches d'aération. Bref, tout pour nous rappeler le côté fabriqué de l'entreprise, la distance qui nous séparait désormais du mouvement spontané à l'origine du serment que nous avions prêté vingt ans plus tôt. Nous avions beau garder le silence, je sentais bien que nous pensions tous la même chose. Nous étions là, assis autour de la table, l'air emprunté, hésitants, à l'exception de Hank et de Ben qui, toujours en froid après la dispute qui les avait opposés, avaient l'air encore plus mal à l'aise que nous. Seuls Nate et moi avons tenté de ressusciter l'esprit des réunions d'antan : moi en encourageant chacun à goûter ceci ou cela, Nate en se secouant et en nous racontant une histoire de son cru.

Elles étaient toutes du même genre, ses histoires — remplies de cols bleus, de bars, de voitures et de divorces. Les premières, naturellement, avaient trait à l'amertume des mariages battant de l'aile, à l'infidélité, aux hommes qui finissent invariablement en victimes. Avec le temps, au prix d'un évident effort de volonté, Nate en était venu à épouser le point de vue des femmes. Si, dans ses récits, elles étaient toujours en faute — l'une avait confié à la garde de ses frères et sœurs son enfant de cinq ans pour pouvoir s'envoyer en l'air avec un type plus jeune vivant au bout de la rue, une autre avait déserté son foyer pendant trois jours pour se payer du bon temps avec un médecin rencontré à l'occasion de funérailles —, la narration avait fini par se teinter d'un brin de tendresse : ainsi, à la fin, la femme s'interrogeait toujours sur la perte de ses certitudes morales et intellectuelles. Ce que j'en retenais — à en juger par la réaction des autres, j'étais le seul à voir les choses de cette manière —, c'est que Nate s'efforçait d'adopter une attitude nouvelle : admettre qu'il ne savait rien de ces femmes, c'était aussi pour lui un moyen de se rappeler l'existence de perspectives autres que la sienne. Ce que j'aimais dans ces histoires, ce que j'aimais vraiment, c'est que Nate continuait d'essayer de comprendre d'autres points de vue en dépit de ses échecs répétés. En fin de compte, les femmes de ses récits prenaient toujours conscience du caractère contradictoire de leurs motivations, du fait que, à la longue, leurs choix étaient sans conséquences — sauf, évidemment, au moment où la décision était prise.

Les autres, je l'ai dit, ne goûtaient pas les histoires de Nate autant que moi. Et ce n'était pas le genre d'histoires qui convenaient à cette dernière rencontre du samedi. Ce qu'il nous fallait, c'était Mara, une autre de ses aventures magiques, quelque chose qui nous permette de nous émerveiller, de rire et de croire que tout était possible. Quand Nate a eu terminé, Ben a secoué la tête en demandant à quoi servait de raconter — et, à plus forte raison, d'écouter — une histoire dont le « fait saillant » se résumait comme suit : une femme quelconque dresse le bilan de sa vie et se rend compte que la seule leçon qu'elle peut en tirer — « c'est une non-leçon, soit dit en passant », a ajouté Ben — est que « des choses arrivent ».

Il y a eu un moment de silence au cours duquel j'ai entendu craquer la croûte de la pizza qui refroidissait. Nate, les yeux rivés au sol, a bougé les pieds.

— La femme n'y est pour rien, a-t-il expliqué au bout d'un moment. L'histoire parle de moi. Mais je ne vois pas à quoi elle rime, a-t-il ajouté sans lever les yeux.

Puis, après un moment d'hésitation, il a dit :

— Je parie qu'Alvin Parker saurait nous éclairer sur ce point.

Aux oreilles d'un étranger n'ayant pas participé aux rencontres des vingt dernières années, le commentaire de Nate aurait sans doute passé pour sarcastique. D'ailleurs, l'espoir a illuminé son visage pendant un moment. Puis Hank a coupé court à ses illusions :

— Pas question.

— Pourquoi ? a voulu savoir Nate. Il m'aiderait peut-être à… il nous aiderait à sortir de…

Il a agité les mains, moins pour désigner le monde que la pièce, comme si le *Chat qui rit* était un piège auquel il essayait d'échapper, ou qu'il tentait de transformer.

— Tu ne comprends pas, a dit Hank. Après ce qui s'est passé ici, Alvin était tout retourné. Il ne veut plus entendre parler de nous.

Sur ces mots, Hank a saisi son manteau.

— Il faut que je parte, a-t-il dit.

Il ne faisait pas référence à ce samedi-là en particulier.

— Sans Mara, a-t-il ajouté, ce n'est pas très rigolo, non ?

Derrière ses mots, on devinait le sentiment de culpabilité que j'avais moi-même ressenti cinq semaines auparavant.

— Mara va revenir ! ai-je crié, étonné de constater l'étendue de mon désespoir.

J'avais des difficultés d'élocution, aussi prononcées que celles de Nate.

— Je pense que tu devrais rester. Vraiment. Après tout, nous nous voyons depuis vingt ans !

Maintenant que j'étais lancé, plus moyen de m'arrêter, de cesser de les supplier.

— C'est juste un creux de vague. Le premier ! Nous avons promis ! Vous n'allez tout de même pas briser votre promesse pour un incident comme celui-là ?

— Le premier creux ?

Hank m'a dévisagé.

— Dans quel monde tu vis ? As-tu une idée du nombre de fois où je suis venu ici en me demandant à quoi bon ? Si j'ai invité Alvin, c'était dans l'espoir de nous redonner un peu de vie !

Je me suis levé.

— Qu'est-ce que tu racontes ? Tu adores nos rencontres ! C'est la seule occasion que tu as d'échapper à ta femme et à tes enfants.

Hank a enfilé son veston en secouant la tête.

— Tu as complètement perdu la boule, a-t-il murmuré. Je n'ai ni femme ni enfants. Plus maintenant.

À ce moment, Hank a détourné les yeux. J'ignore s'il l'a fait pour éviter de laisser libre cours à sa colère, au cas où nos regards se seraient croisés, ou si l'idée de me faire pitié lui était insupportable.

— Il y a longtemps qu'on ne s'amuse plus ensemble, a-t-il conclu.

Puis il a mis son manteau et il est sorti.

J'ai failli le suivre, crier, mais j'ai aperçu Vittorio, debout dans la porte de la cuisine, les bras croisés. Il nous regardait d'un air inquiet, et je me suis retrouvé là debout, les poings serrés, violemment secoué par le départ de Hank.

Moins de dix minutes plus tard, nous réglions l'addition. Dehors, j'ai vu le dos de mes amis rape-tisser dans la rue, et j'aurais voulu crier, dire quelque chose, les obliger à se retourner, mais, en fin de compte, je n'en ai rien fait, en partie parce qu'ils étaient déjà trop loin et en partie parce que j'avais hésité trop longtemps. À cette distance, ne risquaient-ils pas de ne pas reconnaître ma voix ? Depuis vingt ans que nous nous réunissions, voyez-vous, je n'avais jamais raconté une seule histoire. Par conséquent, je n'avais jamais eu à baisser ni à élever le ton ; je n'avais jamais eu recours aux artifices qu'exige la dramati-sation d'un incident. La seule voix que les autres me connaissaient, c'était la voix mate que j'employais pour parler de politique et de sports ou pour com-mander un café à Vittorio ou à un de ses neveux.

J'ai passé le plus clair des deux semaines suivantes au travail ou dans les rues, à la recherche de Mara. Je songeais au moyen de le convaincre de revenir au *Chat qui rit*. Si je parvenais à mes fins, me disais-je, les autres rentreraient dans le rang. Ce n'est que le jour où je l'ai enfin retrouvé — par le plus grand des hasards — que j'ai compris pourquoi il avait été si difficile à repérer, lui qui, d'ordinaire, était omnipré-sent au centre-ville et dans la Petite Italie, à un point tel qu'on avait du mal à l'éviter.

Mara avait la tête engoncée dans un capuchon de sweat-shirt au cordon serré. Seul le rythme de la tasse et de la cigarette — le mouvement de va-et-vient, un deux un deux, en vertu duquel elles se perdaient tour à tour dans l'ombre de son visage — l'avait trahi. Il a sursauté à mon approche.

— Mon Dieu, Thomas, a-t-il fait. Impossible de causer ici !

M'agrippant par une épaule, il m'a entraîné dans une ruelle encombrée de poubelles et de cageots débordants. Çà et là, on voyait des corps endormis.

— Je t'ai cherché partout, Mara.

— Oui, bon, ces jours-ci, je me déplace incognito.

Il a vidé sa tasse d'un trait et allumé une cigarette fraîche avec son mégot.

— Tu n'as pas vu Nate ?

J'ai fait signe que non.

— La dernière fois, au *Chat qui rit*, tu nous as manqué, ai-je dit.

— Je ne romps pas mes promesses à la légère, a-t-il répondu. Mais il était là, lui !

— Qui ça ? lui ai-je demandé.

— Nate ! Nathan Soames !

— De quoi tu parles, Mara ?

Il m'a alors raconté ce qui lui était arrivé au cours des huit semaines ayant suivi sa dernière apparition au *Chat qui rit*. Apparemment, Nate avait pris l'habitude d'accompagner Mara au cours de ses errances dans les rues de Toronto. Entre deux escales dans des bouibouis ou des cafés, ils faisaient la conversation. Tout semblait si naturel que Mara avait mis des semaines à se rendre compte que la « compagnie » de Nate était en réalité une forme de harcèlement. À compter de ce jour, Mara, en proie à la panique, a tout fait pour l'éviter, jusqu'au jour où leur jeu de cache-cache est devenu si extrême que Mara, cédant à la paranoïa, s'est transformé en véritable fugitif. Le pire, m'a-t-il dit, c'est qu'il n'arrivait plus à se détendre et qu'il avait perdu la démarche nonchalante qu'il employait pour battre les rues, le pas traînant et paresseux qui était pour lui moins une activité qu'un moyen de s'isoler du monde, moins un mouvement qu'un foyer. Et cette démarche, cette nonchalance, a admis Mara, étaient ce qui l'avait toujours conduit aux histoires qu'il racontait au *Chat qui rit*.

— C'est terrible, Thomas, a dit Mara. Autrefois, je rencontrais des gens extraordinaires, et je ne te parle pas que des excentriques, a-t-il poursuivi en agitant un doigt sous mon nez. Des compositeurs, des politiciens, des comédiens, j'avais l'embarras du choix. Depuis que Nate me suit comme une ombre, eh bien... Tu serais étonné de savoir jusqu'à quel point la vie de ce type est ordinaire !

Mara m'a ensuite raconté les jours et les semaines qu'ils avaient passés ensemble à suivre des banlieusards ayant une tache de naissance, un tic nerveux, des vêtements incongrus, autant de détails autrefois à l'origine des récits de Mara, mais qui, désormais, ne le menaient nulle part : des sièges sociaux de grandes entreprises, des halls encombrés de fougères, des ascenseurs au sifflement aseptisé. Rien ne se produisait jamais. Pour la toute première fois, Mara avait compris quel genre de vie Nate menait, dans un lieu dépourvu de magie, où les tics et les traits distinctifs des hommes et des femmes étaient synonymes de malaise et de désespoir. C'était comme si les rues et les immeubles de la ville, qui déterminaient les itinéraires et les espaces des banlieusards, façonnaient aussi leurs histoires. C'était chaque fois la même histoire, encore et toujours, entièrement différente de celles que Mara avait connues jusque-là — des incidents si rares qu'ils semblaient aller à l'encontre des probabilités à l'aune desquelles nous avons l'habitude de mesurer l'ordinaire.

— Je ne sais pas grand-chose, a dit Mara. Non, non, non, a-t-il ajouté en secouant énergiquement la tête. Mais je sais ceci : je ne voudrais surtout pas que ma vie ressemble à l'histoire que vit Nate. Moi, je me sors du piège !

Sur ces mots, il a dardé son index sur mon ventre, puis, après avoir jeté un coup d'œil dans la rue, il s'est enfui à grandes enjambées.

Même si j'avais saisi le message que Mara m'avait envoyé à demi-mot à propos du « harcèlement » et que j'évitais le centre-ville et la Petite Italie comme la peste, je me suis rendu compte que mes yeux se posaient malgré moi sur les vitres des taxis et des tramways. J'espérais voir Mara sur les lieux d'un accident mettant en cause un taxi et une limousine, la main sur le menton, en train de négocier une trêve entre un chauffeur et un roi déchu, ou dans d'autres circonstances tout aussi improbables. J'avais envie de surprendre Mara dans des scènes comme celles qu'il nous décrivait au *Chat qui rit*. Chaque fois que je devais m'arracher de force à une fenêtre, je me disais que ce qui avait isolé Joe de la ville et de lui-même, c'était non pas sa démarche, mais plutôt ses histoires. Elles lui avaient fait oublier qu'au cours des vingt dernières années il avait perdu la raison.

Le soir, je m'assoyais devant une pile de travaux à corriger. Autour de moi, les livres accumulés sur les tablettes — passages vers des mondes qui m'étaient interdits, où, pour entrer, je devais au préalable me métamorphoser en encre — me faisaient comme un sarcophage de papier. Je n'ai jamais songé, même alors, que Nate était peut-être aux prises avec des difficultés similaires, quoique de l'autre côté, c'est-à-dire à l'intérieur de l'histoire — qu'il était désespérément en quête d'un moyen de sortir de l'intrigue, d'échapper à son statut de personnage.

Le plus triste, c'est que, à supposer que j'aie été au courant, je n'aurais pas téléphoné à Nate si Alvin Parker n'avait pas d'abord communiqué avec moi.

— Je suis bien chez Thomas Corvin ? a-t-il demandé, quelques jours après ma rencontre avec Mara. Le professeur Thomas Corvin ? Dix-sept articles évalués par des pairs et répertoriés dans la bibliographie de la MLA* ? Deux livres ? Permanent au département de littérature anglaise de l'Université de Toronto ? C'est bien vous, n'est-ce pas ?

Sa voix était si accusatrice qu'elle m'a fait l'impression d'une présence violente plutôt que d'un simple bruit. Même après avoir compris qui me téléphonait, j'ai mis une seconde ou deux à trouver le courage de réagir. Quand j'ai répondu que c'était bien moi, la voix de Parker s'est faite encore plus outragée, comme si mon aveu venait trop tard. J'aurais dû intervenir deux mois plus tôt, quand lui-même s'étiolait comme une plante verte sous les assauts rageurs de Ben.

— Ne vous en faites pas, a-t-il dit. Votre secret ne craint rien.

J'ai attendu un moment avant de répondre. J'avais l'impression que Parker retenait son souffle, s'apprê- tait à ajouter quelque chose. Au bout du compte, je n'ai entendu qu'un faible cliquetis, celui peut-être d'une montre cognant contre le combiné ou encore celui d'une bouche qui, ouverte dans l'intention de dire quelque chose, sans savoir quoi, s'était refermée sur un claquement de dents. Et je me suis rendu

* Modern Language Association (Association des langues modernes). (N.D.T.)

compte qu'Alvin Parker, au-delà de la révélation de mon secret — mon statut d'universitaire — ou de la promesse de le garder, n'avait, comme moi, *rien à dire*, et qu'il l'avait compris à l'instant où Ben avait fait son esclandre : la critique littéraire était une profession qu'il valait mieux cacher en présence d'hommes occupés à raconter des histoires.

Parker a repris la parole et j'ai compris qu'il voulait parler de Nate et non de moi.

— Votre ami, Soames, me téléphone sans arrêt depuis trois semaines. Je n'ose même plus répondre.

Cette fois, c'est lui qui a attendu une réaction. En effet, j'avais pris une inspiration, mais pas un mot ne me venait. Parker a ri.

— Vous savez quoi ? Il m'a demandé s'il pouvait suivre un de mes cours ! Ce qui l'intéresse par-dessus tout, paraît-il, c'est la métafiction.

Parker a ri de nouveau.

— Quand il en parle, j'ai l'impression d'entendre un homme qui fait son ultime confession. Dans ses propos, il y a une dimension spirituelle, une profession de foi. On dirait qu'il est persuadé que le fait d'inventer des histoires va lui permettre d'échapper à sa vie merdique.

Il y a eu un autre silence, puis d'autres cliquetis. Je me suis rendu compte que Parker ne claquait pas des dents. Il les faisait plutôt grincer.

— J'ai pensé qu'il valait mieux vous mettre au courant. Il me semble de plus en plus troublé.

— Qu'est-ce que vous lui avez dit ? ai-je demandé en cherchant des yeux mon manteau et mes clés.

Si j'avais pu, je serais parti chez Nate avant même d'avoir raccroché.

— Je lui ai dit, a chuchoté Parker, que je lui céderais volontiers toutes mes connaissances en échange de son histoire. Je lui ai aussi dit qu'il n'y a rien de plus néfaste que le genre d'évasion dont il rêve. En réalité, ça n'a rien d'une évasion.

J'ai fait oui de la tête, résistant tant bien que mal à l'envie de tourner le dos aux livres qui, sur leurs étagères, me lorgnaient d'un air mauvais.

— Je veux, a dit Parker en guise de conclusion, que vous lui disiez de cesser de m'appeler.

— D'accord, ai-je répondu, même si j'avais plutôt envie de lui dire d'aller se faire foutre.

J'ai toujours cru — même si je ne m'en vante pas trop au département où j'enseigne — que l'art a pour but et pour unique raison d'être de nous divertir et, de ce fait, de nous aider à oublier. Car il y a toujours une histoire antérieure à celles qui nous sont données à raconter, soit la volonté de raconter, de traduire le vécu le mieux possible et, du coup, d'inciter les autres à s'attrouper, captivés. C'est d'ailleurs pour cette raison que nous nous donnions rendez-vous au *Chat qui rit* : la table en bois de ce café au fond quelconque faisait en quelque sorte office de feu de camp autour duquel transformions nos difficultés en histoires. Celles-ci nous faisaient rire, hocher la tête ou réfléchir. Qu'elles aient été réelles ou fictives, les histoires en question n'en étaient pas moins de l'art. Et, si nous venions là, c'était pour l'art et non pour la vérité.

Pour oublier vraiment, pour sortir de soi, on doit donc non pas parler des histoires, au contraire de ce que croyait Nate, mais plutôt les écouter ou, mieux encore, les raconter, sans se répéter. En fait, nous devons aller au-delà de nos certitudes aussi bien que des formes familières. C'est pourquoi j'ai gardé le silence sur ce que je fais dans la vie ; c'est aussi pourquoi nous avons adopté des règles garantissant notre faculté d'oublier.

C'est dans cet état d'esprit que, ce soir-là, j'ai pris la voiture pour me rendre chez Nate. Je m'aperçois aujourd'hui que je me sentais un peu coupable. Pendant que nous nous réunissions pour nous immuniser à grand renfort d'histoires, nous avons laissé des amis comme Mara et Nate partir à la dérive, nous régaler de récits extraordinaires qui, aux oreilles d'autres que nous, auraient peut-être été des signes de déclin, la preuve qu'ils avaient besoin d'aide. Au lieu de quoi nous avions trouvé du réconfort dans la chaleur et la lumière de deux hommes en train de se consumer.

Malgré les coordonnées qu'il nous avait fournies lorsque nous avions tenté de reconstituer le groupe, j'ai mis beaucoup de temps à repérer l'adresse sur une carte. À mon arrivée, le soleil était tombé depuis longtemps, et j'ai dû rouler lentement au milieu des caravanes, des voiturettes et des tricycles à l'abandon, décélérer encore à cause des bosses de ralentissement qui, faute de peinture, demeuraient invisibles. J'ai reconnu la caravane voisine de celle de Nate : une boîte rectangulaire peinte aux couleurs de la Molson Canadian. Un jour, il nous avait raconté une anecdote à ce propos (une de ses rares histoires comiques) : en cours de route, le type, à court de ressources, avait obtenu de la brasserie qu'elle commandite la fin des travaux. Au bout du compte, il avait consacré tout l'argent à l'achat de bière.

J'ai frappé à la porte. Elle n'était pas fermée et la seule force de mes coups l'a fait ouvrir davantage. En jetant un coup d'œil à l'intérieur, j'ai vu la lumière vacillante d'un téléviseur. Nate, assis sur le canapé, une bouteille serrée entre les jambes, se léchait les lèvres d'un air absent en contemplant le plafond, comme s'il se demandait s'il fallait ou non laisser entrer le visiteur.

— Nate ? ai-je fait doucement.

Il a brusquement tourné la tête, l'air ébahi.

— Je peux entrer ?

Il a secoué la tête. J'ai regardé autour de moi d'un air incertain, comme si la tiédeur de son accueil était due non pas à ma personne, mais plutôt à la porte que j'avais choisie. La réponse, si j'avais emprunté une autre issue, voire une fenêtre, aurait peut-être été différente.

— J'ai parlé à Alvin Parker, ai-je dit.

Nate a porté la bouteille à ses lèvres.

— J'ai fait un peu de lecture, a-t-il déclaré d'une voix étonnamment claire et lucide, où ne perçait aucun signe d'ébriété. J'ai lu un livre — plutôt compliqué, je l'avoue — dans lequel l'auteur dit que les formes que prennent nos récits sont identiques à celles qu'on utilise pour interpréter le quotidien et que, par le fait même, elles déterminent notre conception du monde et la place que nous y occupons.

Nate s'exprimait lentement, récitait des phrases qu'il avait apprises par cœur. Toujours à la porte, j'ai dû me pencher pour entendre.

— Pas mal, hein, comme argument ? C'est comme pour les structures… Les histoires que nous racontent nos parents nous font voir le monde d'une certaine manière avant même que nous y entrions.

J'aurais voulu lui dire qu'il est toujours possible de remonter jusqu'aux origines, que le monde précède les histoires, ou encore que les histoires et le monde sont parfois si intimement mêlés qu'on n'arrive plus à décider ce qui est venu en premier.

Nate, cependant, a poursuivi sans me laisser l'occasion de placer un mot.

— Lorsque Katie m'a quitté… c'était bizarre.

Il a pris une autre gorgée.

— Quand je regardais autour de moi, je voyais qu'elle n'était pas là au lieu de voir tel ou tel objet.

Il a jeté un coup d'œil vers moi.

— Comment est-ce possible ? Tu peux m'expliquer ? Comment peut-on, au nom du ciel, voir ce qui n'est pas là ? Ça arrive ou j'étais seulement en train de perdre la tête ?

Il a agité la main par-dessus son épaule pour mimer le passé et j'ai entendu ses ongles racler le mur derrière le canapé.

— Tout était déconnecté, tu comprends ? C'était comme si son départ entraînait l'absence de ce qui crée des liens entre les choses. C'est pour cette raison que le livre est si intéressant. J'y ai appris que c'est par le «sens» que les liens se créent — entre le présent et le passé, par exemple, ou entre nous et les autres. Quand nous arrivons à établir un lien entre des choses, nous créons du sens. Et c'est exactement, je suppose, ce que font les histoires.

Il a incliné la bouteille entre ses jambes pour mieux lire l'étiquette, puis, en la tenant par le goulot, il l'a déposée sur la table basse devant lui.

— Le plus bizarre, a-t-il chuchoté, c'est que, pendant toutes ces années, les histoires que j'ai racontées au *Chat qui rit* ont fait exactement le contraire. Ce que je veux dire, c'est qu'il y était question de l'absence de liens entre les choses. Et moi qui pensais me raisonner, me faire à l'idée que le monde ne signifie rien, qu'il est, tout simplement.

Il a toussé.

— J'ai essayé de comprendre pourquoi je conti-
nuais de faire ce que je faisais, tu vois ? Pourquoi
continuer d'envoyer de l'argent à Katie ? Le type avec
qui elle vit n'a pas de boulot. Je sais que mon argent
ne va pas uniquement aux enfants, qu'elle lui en refile
au moins une partie. Pourquoi est-ce que je fais ça ?

Il a regardé autour de lui.

— À quoi bon ? Autant disparaître. Il y a des tas
d'hommes qui le font, tu sais. Ils tirent leur révé-
rence. Ils passent d'une vie à l'autre. Mara me le
rappelait toutes les semaines, a ajouté Nate en croi-
sant les mains à l'endroit où la bouteille se trouvait
auparavant. Mara ne vit même pas dans le monde !
On dirait un fantôme qui rentre en lui-même quand
bon lui semble. Moi, je l'écoutais nous raconter sa
vie, la vie incroyable qu'il menait, et je me demandais : pourquoi pas moi ? Pourquoi est-ce que je reste
ici à faire des paiements, à vivre dans ce trou ?

Il a ouvert les mains et contemplé ses paumes.

— Depuis des années, j'essaie d'expliquer — à
moi-même pour commencer — pourquoi je fais ce
que je fais, pour quelle raison je choisis telle ou telle
chose. Plus le temps avance, et moins j'arrive à
raconter une histoire qui a du sens.

Il a laissé échapper un rire amer.

— J'arrive juste à pondre des histoires qui mon-
trent qu'on est parfois obligé de faire des choix et
des gestes qui n'ont pas de sens.

À force de me pencher vers l'intérieur de la caravane, je commençais à avoir la nuque raide.

— J'ai essayé de ne pas la tenir responsable. Vraiment. Puis Parker débarque au *Chat qui rit* et se met
à parler des histoires de Mara. Je me suis dit que
j'avais peut-être encore une chance.

Il m'a dévisagé.

— Mais nous savons comment ça s'est terminé. Ou bien je suis irrécupérable ou bien il ne se passe jamais rien pendant les promenades de Mara et il est complètement cinglé.

Le regard de Nate s'est attardé sur moi, comme si la question suivante était cruciale.

— Tu peux m'expliquer une chose ?

— Laquelle ? ai-je demandé en reculant un peu la tête par crainte de présenter une cible trop facile.

— Pourquoi tu ne m'as pas aidé ? a-t-il crié. Pendant qu'il était encore temps ?

Soudain, il s'est levé et a foncé vers la porte.

— Tu étais au courant. Tu es resté en dehors ! Tu m'écoutais parler de mes problèmes, tranquillement assis. Tu ne disais rien. Pourquoi tu ne m'as pas aidé quand tu en avais la possibilité ?

Je l'ai regardé.

— Rester assis en silence, comme tu le fais… J'aurais trouvé ça moins pénible que ce qui m'arrive !

Dans l'entrebâillement de la porte, je le voyais grimacer, sa bouche ouverte si grande que ses dents donnaient l'impression de sortir de son visage. J'ai reculé d'un pas.

— Nate, ai-je fait, choqué, le livre que tu as lu, ce n'est jamais qu'une autre histoire.

Il m'a poussé violemment et je suis tombé à la renverse, dégringolant les trois marches qui conduisaient au seuil de sa porte.

— Épargne-moi ta condescendance ! a-t-il crié.

Je me suis relevé, le pantalon maculé de boue.

— Si je n'ai rien dit, Nate, ai-je expliqué sur le ton le plus convaincant possible, ce n'est pas parce que je te cache quelque chose. C'est parce que je n'ai rien à dire !

J'ai lancé les mains en l'air.

— Quoi ? Tu crois que je pourrais te sortir de là ? Pour aller où ? Le silence n'est pas un lieu. C'est le néant, Nate. Si je n'en ai pas parlé, c'est parce qu'on ne peut pas en parler. Le silence, le vrai silence, je veux dire, c'est justement ça.

Je me suis tu un moment, puis j'ai baissé le bras.

— Personne n'est jamais en dehors, Nate, ai-je dit tout doucement. Nous sommes toujours coincés au début.

Et j'aurais voulu ajouter quelque chose, nuancer mes propos, trouver les mots pour faire comprendre à Nate la chance qu'il avait, l'exploit qu'il avait accompli, au *Chat qui rit* : nous obliger à l'écouter et nous arracher à nos réflexions, même si tout ce qu'il avait dit était triste et ne concernait que lui — un homme qui refusait la défaite et l'abandon, qui, chaque matin, se levait, reprenait tout depuis le début et préparait sa prochaine histoire, comme si le seul fait de pouvoir parler était en soi une forme de rédemption.

Mon problème, me suis-je dit en ouvrant la bouche pour poursuivre — je l'ai refermée aussitôt, Nate s'étant campé sur la première marche —, c'est que j'avais des tas de choses à raconter, mais que je n'arrivais pas à commencer, et que, à l'instant où je songeais à une histoire, cent autres lui faisaient de l'ombre, mettaient à nu ses limites et ses motivations. Chaque fois que je voulais parler d'un homme incapable de se brancher, défaut qui l'empêchait de se lier à quiconque, ce qui était pourtant la plus élémentaire des choses, d'un homme dont la vie sociale se résumait à l'heure qu'il passait chaque semaine au *Chat qui rit*, je n'arrivais à penser qu'à la mise en forme. Voilà, mon cher Nate, aurais-je voulu dire, toute mon histoire.

Au-dessus de moi, Nate me foudroyait du regard, les poings serrés sur les hanches. Sur son visage se lisaient les signes de la trahison.

Depuis que j'ai fait à l'envers le trajet au milieu des voiturettes, des tricycles et des poubelles, depuis que j'ai recommencé à apercevoir Mara au centre-ville, j'ai ressassé cent fois les paroles que j'aurais dû prononcer, les mots que j'aurais dû trouver, les variations qui auraient obligé Nate à m'écouter, qui auraient ressuscité, ne serait-ce qu'en partie, nos rencontres de naguère au *Chat qui rit*. J'ai soupesé les possibilités, écrasé par le poids des livres, l'encombrement des terribles connaissances qui me font reculer chaque fois que je crois avancer. Des connaissances qui ne me laissent pas assez de place pour parler.

Le chapeau tueur de Philip

Avant de vous raconter ce qui est arrivé à mon frère, Philip, je devrais sans doute dire un mot ou deux à propos du fez. Pas du fez historique, remarquez — celui qui a vu le jour dans la ville marocaine du même nom, au neuvième siècle, celui dont Mahmud II a fait le couvre-chef officiel de l'Empire ottoman de 1826 à 1925, date à laquelle Atatürk, le «grand réformateur», l'a déclaré hors-la-loi au profit du panama —, mais plutôt de celui que porte Thelonious Monk dans le livret du CD intitulé *Monk Alone.*

Philip était persuadé qu'un examen minutieux des photos sur lesquelles Monk porte le fez montrait à quel point celui-ci était ajusté. Il avait attiré mon attention sur celle où le chapeau semble tirer la chair du pianiste vers le haut, déformer sa bouche fendue d'un sourire méprisant, en apparence douloureux. Est-il possible, voulait savoir Philip, que les chapeaux de Monk aient été trop petits et que, à force de lui «comprimer le crâne», ils aient contribué à la folie du jazzman et, donc, à sa retraite et à sa mort prématurées?

Philip avait rédigé quelques lettres sur cette question, toutes adressées aux héritiers de Monk. Heureusement, il avait besoin de mes talents de correcteur. Toutes les deux semaines environ, il y avait une nouvelle missive que je tentais de le dissuader d'envoyer.

— Pense aux conclusions que ces gens risquent de tirer, lui disais-je en essayant de lui faire mesurer l'outrage que ressentiraient ses proches en entendant dire que les difficultés de Monk s'expliquaient uniquement par des couvre-chefs mal ajustés. Sinon, dis-toi que leur imagination à eux risque de s'enflammer.

N'allaient-ils pas, en effet, interpréter le goût du pianiste pour les chapeaux serrés comme une pulsion de mort, un désir de se laisser dériver lentement mais sûrement jusqu'à la folie ?

— Et s'ils allaient se mettre en tête, lui disais-je, que quelqu'un avait rétréci les chapeaux exprès ?

Je voyais Philip trembler à l'idée des proches de Monk en train de s'épier d'un œil soupçonneux, de dévisager les membres du personnel et les musiciens qui avaient accompagné le pianiste en tournée en se demandant qui avait bien pu rapetisser ses chapeaux et, ce faisant, anéantir sa raison. Après nos discussions, il déchirait la lettre et promettait d'en écrire une autre qui ne blesserait personne.

— Bonne idée, disais-je en poussant un soupir de soulagement.

Il redescendait au sous-sol.

Même quand les objections que je soulevais le mettaient en colère, même quand je le voyais déployer des efforts pour cacher sa déception, je sentais une part de gratitude dans la réaction de Philip, comme si mes mots l'affranchissaient pendant un moment de l'obsession qui, quelques heures plus tard, le reprendrait.

Peu de temps après, Philip s'est mis à rentrer de la bibliothèque les bras chargés de livres — tous consacrés aux chapeaux. Il avait déjà fait agrandir les photos de Monk. Collées aux murs, elles étaient couvertes de remarques, de mesures et de formules mathématiques abrégées, toutes écrites de sa main. Sous prétexte de changer ses draps, de ranger sa penderie ou de passer l'aspirateur, je descendais déchiffrer ses pattes de mouche. En entendant la poignée tourner ou Philip remonter l'allée, armé d'une autre pile de livres, j'abandonnais séance tenante ce que je faisais vraiment au profit de ce que j'étais censé faire.

Il a fini par me montrer le rapport qu'il avait préparé. Il y avait un long préambule truffé de citations, dans lequel il élaborait ce qu'il appelait l'«histoire des chapeaux tueurs», notamment la célèbre «casquette Harley-Davidson», que de nombreux médecins légistes considéraient comme la principale responsable d'au moins une douzaine d'accidents mortels. La casquette, dont avaient hérité une série de motocyclistes (tous apparentés), était tombée sur les yeux des malheureux (à en croire les rapports des médecins légistes) au moment où ils avaient besoin de toute leur attention. Il y avait aussi la photo d'un casque de fer en forme de passoire que les Mésopotamiens (selon Philip) chauffaient à blanc, puis enfonçaient sur le crâne de la victime. La vapeur et la fumée que dégageait le scalp en fusion s'échappaient par les petits trous. Philip parlait aussi du «haut-de-forme de Lincoln» qu'avaient d'abord porté deux innocents, suivis d'une succession de douze téméraires cherchant à prouver qu'ils étaient des élus du destin en ne se faisant pas abattre, ainsi coiffés, devant un théâtre. Enfin, il était question du chapeau de cow-boy géant qu'arborait le célèbre entraîneur de football américain, Lefty Franzen, qu'on avait retrouvé mort, une nuit, à la porte d'un bar gay bien connu de Detroit. On lui avait enfoncé son chapeau sur la tête et il était mort suffoqué. À la suite de ce meurtre ignoble, Abigail, la femme de Lefty, avait décidé, faisant fi des directives explicites laissées par son mari dans son testament, de ne pas mettre le chapeau dans le cercueil. Erreur fatidique puisque, trois ans plus tard, on a trouvé Abigail morte dans son appartement, à la suite d'un cambriolage ayant mal tourné. Le seul objet volé ? Le chapeau de cow-boy. « On raconte, écrivait Philip dans son préambule, que le meurtrier de Lefty, de crainte d'être trahi par les empreintes génétiques que les policiers relevaient depuis peu, a voulu récupérer le chapeau, où étaient peut-être encore présents des cheveux et des particules de peau à lui. »

Une laborieuse analyse du crâne de Thelonious Monk monopolisait toutefois la majeure partie du manuscrit de Philip : extrapolations faites à partir de photos grandeur nature, projections relatives au taux annuel de rétrécissement des tissus servant à la fabrication des feutres ronds, fez, chapeaux melon, bérets, toques et autres casques de cavalerie dont Monk s'était coiffé (du moins selon les témoignages photographiques existants). À la fin de son rapport, Philip demandait l'accès aux mesures du crâne de Monk, de l'adolescence jusqu'à la mort, de même qu'à ses chapeaux.

J'ai lu le manuscrit au complet à deux ou trois reprises. Ayant demandé quelques jours à Philip, j'ai relevé les fautes d'orthographe et de ponctuation, les mauvais accords et les problèmes de concordance des temps. Je le lui ai rendu en lui demandant d'apporter les corrections nécessaires. Jamais la succession de Monk ne le prendrait au sérieux si le texte contenait la moindre faute de grammaire. Je pensais qu'il mettrait deux semaines, sinon trois, à faire tous les changements. Or, le lendemain après-midi, il m'a apporté sa «version finale». Quand, quelques jours plus tard, il m'a demandé ce que j'en pensais, je lui ai répondu que le manuscrit était impeccable et que, en d'autres circonstances, je lui recommanderais de l'envoyer. Seulement, je me demandais s'il ne risquait pas de mettre la puce à l'oreille des membres de la famille du musicien. Informés de l'importance des chapeaux, ne risquaient-ils pas de faire appel à leurs propres spécialistes, à leurs propres médecins ? Au cas où ils auraient eux-mêmes trempé dans cette affaire, n'allaient-ils pas être tentés de détruire les chapeaux ? Philip a gardé le manuscrit dans ses mains pendant un certain temps, puis, les épaules voûtées, il est redescendu après avoir doucement refermé la porte. Je jurerais qu'il m'a dit «merci» à voix basse en s'éloignant.

Quand notre sœur Lucia prenait des nouvelles de Philip, je lui répondais que j'en avais assez de le décevoir sans cesse et que je comprenais mieux pourquoi les personnes atteintes de troubles mentaux en viennent tôt ou tard à haïr ceux qui veillent sur elles. Dans les circonstances, Philip serait tout à fait fondé à voir en moi un ennemi n'ayant d'autre but que de le contrarier et de le tourmenter. Interrogée sur ses deux fils — âgés respectivement de dix-neuf et de vingt-deux ans — et sur la possibilité qu'ils quittent son sous-sol à elle, ce qui lui permettrait de s'occuper de Philip pendant un moment, comme elle l'avait promis, ma sœur toussait et me tenait des propos embrouillés sur leurs résultats insuffisants aux examens d'admission aux programmes d'études supérieures ou à la faculté de droit, sur leurs moyennes décevantes. Ou encore les garçons faisaient des économies dans l'intention de s'acheter une maison, disait-elle. Quand je l'invitais à venir nous rendre visite, elle répondait :

— Peut-être samedi. Il faut que j'en parle à Bruce.

Ensuite, je lui rappelais ce qu'elle me devait pour la nourriture et les vêtements de Philip. Je lui rappelais aussi que j'étais fatigué de veiller sur lui et que, à la mort de notre mère, nous avions juré de partager le fardeau au lieu de le renvoyer à ce foyer où il avait tenté de se tuer.

Il m'arrivait parfois de ne pas remarquer que Philip écoutait nos conversations. Après avoir raccroché, je le trouvais blotti dans son alcôve, entre le réfrigérateur et le mur, là où j'entreposais le balai, la pelle à poussière, les sacs à ordures et les linges à vaisselle. Il me regardait comme si j'étais en faute, comme si c'était ma lassitude qui empêchait Lucia de venir lui rendre visite. Même s'il ne disait rien de tel (il ne disait jamais rien, en fait), à le voir ainsi tapi dans l'ombre, les dents à découvert, hors d'atteinte, son regard perçant me fouillant jusqu'à l'os, j'étais porté à lui donner raison. À voix douce, je lui promettais d'essayer de faire mieux la prochaine fois, de me montrer moins sombre, plus invitant. Philip, cependant, tenait moins à se laisser bercer par le son de la voix de ma sœur — et encore moins à avoir le plaisir de sa compagnie — qu'à m'entendre dire quelque chose de positif sur sa présence dans ma cuisine, dans mon sous-sol et dans ma vie, prononcer des mots signifiant que notre relation ne se résumait pas — pour moi — à de lourdes responsabilités. Il aurait souhaité que je dise que notre amitié me procurait, à tout le moins, le triste plaisir de la compassion. Mais c'étaient justement les mots que je ne me résignais pas à prononcer quand nous nous trouvions seuls, tous les deux, Philip tassé dans son alcôve, moi m'excusant d'avoir oublié de parler à Lucia de *Straight, No Chaser*, le documentaire sur Thelonious Monk que nous avions regardé ensemble, des recherches fascinantes qu'il menait à la bibliothèque ou des nombreuses lettres auxquelles il travaillait.

Et c'est ainsi que j'ai fini par le laisser envoyer son manuscrit aux héritiers de Monk. Je m'en souviens encore. Philip bondissait dans la cuisine, en proie à une liesse délirante, puis s'arrêtait devant la fenêtre sillonnée de gouttes de pluie, le menton dans la main, à la manière de quelque incurable mélancolique. Le samedi précédent, nous nous étions mis sur notre trente et un. Ensemble, nous étions allés à la bibliothèque et au centre de reprographie, où nous avions relié son « rapport » et déterré la bonne adresse postale. Il ne nous était plus resté qu'à glisser le document et la lettre d'accompagnement dans une enveloppe, à adresser celle-ci, à lécher la colle et à trouver une boîte aux lettres.

Naturellement, c'est la dernière de ces étapes qui me causait du souci puisque je ne voulais surtout pas que le paquet de Philip arrive à destination. Difficile, cependant, de le convaincre de rester à la maison plutôt que de m'accompagner jusqu'au bureau de poste sous la pluie et de risquer un rhume : Philip, en effet, jouit d'un système immunitaire surhumain et pourrait danser nu en plein orage sans même attraper un petit rhume de cerveau, tandis que, pour ma part, je prends froid et dois m'aliter pour un oui et pour un non, le nez perpétuellement à vif à force de me moucher. Je lui demandais d'ailleurs à tout bout de champ si ses médicaments antipsychotiques ne le prémunissaient aussi contre les virus et les bactéries.

— C'est toi qui es tout le temps malade, a dit Philip. C'est toi qui devrais rester à la maison.

Inepte comme jamais, je n'avais eu d'autre choix que de le laisser m'accompagner et, pendant qu'il était parti chercher son manteau, de glisser une autre enveloppe dans ma poche. Ensuite, j'ai abordé les sujets (les chapeaux, en l'occurrence, et encore les chapeaux) susceptibles de le distraire. Plus nous avancions, et plus il s'emballait : les descendants de Monk seraient si heureux de connaître enfin la cause de la folie du pianiste. Ils n'en finiraient plus de remercier Philip des résultats de ses recherches. Au bureau de poste, il était si agité que je n'ai eu aucune difficulté à attirer son attention sur une affiche et à poster dare-dare la mauvaise enveloppe.

Revenu à la maison, je me suis rendu compte que, dans ma hâte et mon énervement, j'avais justement envoyé le colis qu'il ne fallait pas.

Vous imaginez sans mal mon angoisse. L'idée des descendants et héritiers de Thelonious Monk intentant des poursuites contre Philip et contre moi... Sans compter le stress quotidien : travailler cinq jours par semaine en laissant Philip à la maison aux bons soins d'un étranger. Et que dire de la fatigue générale liée au fait de n'entendre, le soir venu, que les échos de sa folie ? J'ai fini par téléphoner de nouveau à Lucia.

— Salut, Owen. C'est bon d'entendre ta voix !

Comme d'habitude, elle semblait si heureuse d'avoir de mes nouvelles que c'était comme si nous ne nous étions jamais parlé ; comme d'habitude, elle est vite passée de l'extase à l'épuisement quand je lui ai dit que nous devions nous rencontrer.

— Tu as fait quoi ? a-t-elle dit en déposant sa tasse sur la table du restaurant.

J'ai répété ce que j'avais dit et elle s'est rencognée sur sa chaise en levant les yeux au plafond.

— As-tu perdu la tête, toi aussi ? a-t-elle demandé au bout d'une minute.

Elle a baissé le regard.

Je lui ai dit que je tremblais tellement que je devais serrer ma tasse à deux mains pour éviter les éclaboussures de café. La nuit, je passais tout mon temps à me rendre à la porte menant au sous-sol et à Philip, puis à m'en éloigner, à parcourir les pièces du rez-de-chaussée dans l'espoir qu'un ami me rendrait visite à l'improviste. J'avais aussi pris l'habitude de noter sur une feuille mes multiples bobos, à commencer par les maux de tête, qui devançaient désormais leur plus proche concurrent, les maux de dos, dans une proportion de vingt contre un. Quand je me suis enfin tu, Lucia a secoué la tête en me recommandant de consulter son « psychothérapeute ».

— Tu as un psychothérapeute, toi ? me suis-je écrié. Pour quoi faire ?

Devant la curiosité des autres clients, je me suis tassé sur ma chaise. Lucia a fait semblant d'être offensée.

— Qu'est-ce que tu veux dire ? a-t-elle demandé. Tu sais bien que c'est difficile pour moi de vous savoir coincés dans cette maison, Philip et toi, et d'être empêchée par les circonstances de vous venir en aide. C'est dur pour moi aussi, a-t-elle ajouté en murmurant. Si tu savais… Je te jure que la conscience en prend pour son rhume.

Comment étais-je censé réagir ? Cent réponses ont défilé devant mes yeux. Toutes auraient incité Lucia à mettre un terme au peu d'appui qu'elle m'assurait : le repas chaud livré de temps à autre par un de ses fils, l'aide financière trimestrielle (en principe mensuelle), le fait qu'elle n'était «qu'à un coup de fil», ainsi qu'elle le disait elle-même, les jours où j'avais besoin de me défouler. Lui dire que je comprenais et qu'elle avait toute ma sympathie aurait produit le même résultat : en effet, trop d'empressement à lui donner raison aurait jeté un éclairage un peu vif sur sa performance. Je me suis donc contenté de hocher la tête en lui tapotant la main.

— Tiens, a-t-elle dit en sortant une carte de visite de son sac à main. Pourquoi ne lui téléphonerais-tu pas ? Dis-lui que tu viens de ma part. Il m'a beaucoup aidée à surmonter mon sentiment de culpabilité. La plupart du temps, je ne sens rien du tout.

Elle s'est touché le haut de la poitrine, à peu près à l'endroit où son cœur aurait normalement dû se trouver.

— Il a une approche plutôt radicale. Il est bizarre — du point de vue de l'attitude, s'entend. Mais il m'a aidée à accepter le fait qu'il y a des limites à ce que je peux accomplir dans ce monde. Il m'a aidée à trouver le bonheur en moi-même.

J'ai baissé de nouveau les yeux sur la carte en me demandant à quel genre de magie noire ma sœur avait été soumise.

— Il ferait la même chose pour toi, Owen, à condition que tu lui ouvres ton âme. N'oublie pas que c'est une affaire de foi — de foi en toi-même.

Elle s'est levée en consultant sa montre.

— Il faut que j'y aille. Alfred a un entraînement de hockey, ce soir, et Bruce ne peut pas le conduire parce qu'il doit regarder le Rose Bowl à la télévision.

Elle m'a regardé et je n'ai pas pu m'empêcher de lire l'attente dans ses yeux. Elle était prête à bondir, toutes griffes dehors, si j'avais osé lui rappeler qu'Alfred, à vingt-deux ans, était bien assez vieux pour se conduire lui-même (sauf que, il y a cinq et quatre mois respectivement, il avait démoli sa voiture, puis celle de ses parents) et que, pour l'amour du ciel, Bruce ne mourrait pas s'il ratait quinze minutes du match. Je me suis contenté de sourire.

— Ah oui, j'oubliais, a-t-elle dit en plongeant la main dans son sac. Voici l'argent que tu m'as demandé. Excuse-moi d'être en retard.

Au moment où Lucia se penchait pour refermer son sac, j'ai vu pendant une fraction de seconde — peut-être à cause de la lumière crue du plafonnier — qu'elle était devenue terriblement vieille, même si son âge ne se lisait ni sur sa peau, ni dans les rides autour de ses yeux, ni dans les taches sur ses joues, ni dans les repousses blanches sous son casque de cheveux teints. C'était plutôt le mouvement lui-même, sa façon de s'incliner. Elle avait fait si peu d'effort pour regarder dans son sac qu'on aurait dit un relâchement de la résistance plus qu'un geste, comme si un poids considérable lui pesait sur les épaules. Ce fardeau est apparu plus évident lorsqu'elle est sortie du café, les tendons du cou raidis par l'attitude confiante qu'elle souhaitait projeter.

Tous les jours, pendant cinq semaines, j'ai sorti la carte du thérapeute pour la ranger aussitôt. Pendant ce temps-là, mes maux de tête ont pris des proportions telles que j'avais l'impression que la douleur dépassait les limites de mon crâne. Mon corps tout entier se préparait à la réponse à la lettre et au traumatisme que subirait forcément Philip.

Au bout de mon rouleau, j'ai fini par composer le numéro de Franklin B. M. Manchester, thérapeute agréé, docteur en psychiatrie, etc. La secrétaire qui a pris mon appel avait un léger zézaiement si semblable au mien que j'ai d'abord cru qu'elle se payait ma tête. J'ai mis un certain temps à décider si j'allais répondre à ses questions ou lui indiquer que la «thérapie par l'humiliation» ne m'intéressait pas. Il n'y avait pas de rendez-vous disponible «avant trois mois, à partir de mardi dernier», et j'ai donc accepté d'être mis sur une liste d'attente. Mon nom se hisserait peu à peu vers le haut et je devrais être présent à l'heure dite. Sinon, il redescendrait au bas de la liste.

Le Dr Manchester, lorsque j'ai enfin été admis dans son cabinet, s'est révélé tout à fait différent de ce que j'attendais, c'est-à-dire un de ces intellectuels grands et secs affectant un calme étudié et donnant l'impression d'avoir passé des années à se regarder dans un miroir pour inculquer à leur corps l'art de ne rien laisser paraître. Neutres comme des canards.

Le Dr Manchester m'a plutôt fait penser à un singe. Agité, il a littéralement bondi de son fauteuil en me voyant entrer, puis il m'a saisi la main et entraîné vers l'un des deux tabourets posés devant un comptoir surélevé. Puis il nous a préparé des expressos.

— Du sucre ? De la crème ?

Quand je lui ai parlé de ma sœur, il a hoché la tête en déclarant :

— Mon Dieu, je suis ravi de faire votre connaissance. Votre sœur est un ange, vraiment.

Au fil des semaines, j'ai appris à connaître le Dr Manchester, malgré sa bonne humeur étudiée, tout autant qu'il m'a découvert, moi. À chacune de nos rencontres, j'étais étonné de le trouver un peu plus triste. À la fin, j'avais l'impression d'avoir affaire à un homme rencontré sur un banc public, un de ces malheureux qui ont tant perdu qu'ils ne font même plus semblant, qu'ils ne se préoccupent pas le moins du monde de savoir s'ils vous plaisent ou non.

Naturellement, je n'ai pas fait cette observation tout d'un coup. Elle m'est venue à la longue. Peut-être le Dr Manchester a-t-il simplement compris, à la suite d'interrogations et d'analyses fines, que c'était justement la bonne attitude à adopter, ayant deviné, au terme de notre premier rendez-vous, que trop d'exubérance m'indisposait. Ce n'était peut-être que du théâtre, après tout. La seule chose que je sois en mesure d'affirmer avec certitude, c'est que ses conseils ont sans nul doute été les pires que j'aie reçus de ma vie.

— Certains jours, m'a-t-il dit, j'ai du mal à me tirer du lit.

Nous en étions à la sixième semaine. Depuis long-temps déjà, il savait que, dans mon café, je prenais deux sucres et du lait s'il y en avait, mais jamais, au grand jamais, de la crème. En entrant dans son cabinet, j'ai toujours eu la curieuse impression qu'il venait tout juste d'abandonner le comportement que j'attendais d'un psychiatre (voir ci-dessus) et que les instants qu'il passait en ma compagnie étaient pour lui un «répit», une occasion de baisser sa garde et de se détendre (d'où le choc que j'éprouvais à la vue de la note plutôt salée que sa secrétaire me faisait parvenir chaque semaine). Vers la fin de la thérapie, c'est moi qui préparais le café, tandis que lui restait là à me prodiguer des conseils d'une voix si mélan-colique que ses phrases n'étaient que des ersatz d'affirmations.

— Je me dis, déclamait-il, que le truc consiste à penser moins à ce qui se passe en dehors et à se concentrer davantage sur le dedans.

Il s'est frappé la poitrine, comme s'il se remémo-rait une patrie de laquelle il avait été banni pour l'éternité.

— Parce que c'est à l'intérieur que le drame se produit, a-t-il grogné. Vous savez qu'il y a une différence entre voir le défilé passer devant soi et le voir venir vers soi ?

J'étais en train de préparer son café — trois sucres et trente millilitres de crème. Je me suis interrompu et, après un moment de réflexion, j'ai marmonné quelques mots à propos de l'optimisme et du cynisme, qui ne s'opposaient pas vraiment. J'allais enchaîner, mais il m'a coupé la parole :

— La différence, c'est la question de savoir si vous êtes arrivé au moment qui convient aux autres ou à celui qui vous convient à vous. Vous savez la différence qu'il y a entre être dans la rue en train de regarder les fenêtres d'un appartement où se déroule une fête et être là-haut en chair et en os ?

Là encore, j'ai bredouillé quelque mots. Dans le premier cas de figure, ai-je avancé, la personne était à l'extérieur ; dans le second, à l'intérieur.

Le Dr Manchester s'est massé les yeux du pouce et de l'index en hochant la tête d'un air solennel.

— Exactement, exactement. Vous voyez où je veux en venir ?

Je lui ai servi son café. Après m'avoir remercié d'un geste de la tête, il s'est juché sur un des tabourets et s'est mis à boire.

— Je crois que oui, ai-je répondu. Votre problème, c'est que vous avez l'art de vous trouver au mauvais endroit ?

— Exactement ! s'est-il écrié. Moi qui cherchais depuis longtemps une façon d'exprimer cette réalité. La formule est si succincte.

Les derniers mots ont été à peine plus qu'un murmure. Après, il a sifflé doucement et s'est répété la phrase en dodelinant de la tête.

— Si je me sens mal, a-t-il poursuivi, que tout me pèse et que je redoute la catastrophe, c'est précisément ce qui va arriver. Vous voyez ? Le dedans devient le dehors, et ce dernier ne fait qu'amplifier le dedans.

— Vous devez changer d'attitude, ai-je affirmé en venant bien près de descendre du tabouret. Je vous le répète depuis des semaines. Des semaines !

— Je sais. C'est dur, vous savez.

— À qui le dites-vous, ai-je grommelé en rectifiant ma position pour mieux goûter mon café.

Nous sommes restés assis en silence pendant un moment. Le Dr Manchester était plié en deux sur le divan, les genoux à la hauteur des oreilles, ou presque. Puis il a soupiré et s'est frotté les yeux avec les paumes de ses mains avant de lever sur moi ses yeux hagards.

— Mon Dieu, je suis là à parler de mes problèmes, alors que c'est de vous qu'il devrait être question. Comment va la vie, au fait ?

— Je me sens mieux, ai-je répondu. Je pense que les moments que je passe ici m'aident à oublier mes problèmes. À mon retour chez moi, je vois les choses sous un angle différent.

— Tant mieux, a-t-il répondu doucement. Je suis heureux de savoir qu'au moins un de nous profite de l'exercice.

Au début, j'ai décidé de faire face avec une réserve stoïque à l'éventualité d'une réponse de la succession de Monk. Puis, petit à petit, cette attitude a pris la forme d'un détachement froid et fataliste. Mais je ne parvenais pas à passer à l'étape suivante, celle où, suivant le conseil du Dr Manchester, j'aurais la folie d'effectuer un virage à cent quatre-vingts degrés, de changer de point de vue, d'«adhérer».

Un jour, je me suis retrouvé assis sur la terrasse en compagnie de Philip, qui spéculait interminablement sur le contenu de la lettre. Une fois de plus, ses paroles ont formé sous moi une sorte de crescendo, puis j'ai eu la sensation d'être soulevé par elles, d'être emporté comme si j'étais ficelé à une fusée, sans la moindre idée de ce que j'allais trouver une fois dans l'espace. Au lieu de réintégrer mon état normal — par crainte du vertige —, je me suis surpris à parler avec abandon, tandis qu'avant je jouais le jeu pour faire plaisir à Philip, ajoutant mes idées aux siennes tout en faisant appel au sarcasme et à la condescendance pour garder les pieds sur terre. Cette fois, je me suis joint à lui pour vrai, d'abord à titre expérimental, histoire de voir si j'arriverais à le suivre, puis avec le plus grand sérieux : j'accueillais avec le même abandon tous les propos de Philip, y compris ses laïus sur les multiples moyens qu'il allait prendre pour consoler les proches de Monk lorsqu'ils apprendraient que le patriarche n'était pas devenu fou, mais que, au contraire, on l'avait rendu fou. Voici ce qu'il entendait dire ou faire pour les réconforter : leur répéter que Monk avait fière allure coiffé de ses chapeaux, même s'ils lui avaient fait perdre la boule ; laisser entendre que c'est peut-être sa folie qui lui a permis de composer de la musique aussi «entraînante» ; affirmer qu'ils n'auraient peut-être pas eu avec lui une relation aussi tendre si le pianiste n'avait pas eu besoin d'eux pour le garder dans le droit chemin ; enfin, leur rappeler qu'ils avaient sûrement eu droit à des conversations «bizarres et folles» avec lui, y compris quelques «franches rigolades» quand le musicien était à «son plus cinglé». Philip parlait d'abondance, si vite qu'il n'arrivait pas à trouver les mots pour exprimer ses pensées. Au lieu de le ralentir, j'ai apporté de l'eau au moulin dans l'espoir que, à nous deux, nous réussirions à mettre au point un vocabulaire capable de transcender sa frénésie et d'ouvrir une brèche dans la stratosphère, ce qui nous aurait permis de flotter ensemble, en paix, dans le silence de l'espace.

Pendant que nous nous en donnions à cœur joie, crachant les mots à un rythme qu'un non-initié aurait été incapable de suivre, Philip m'examinait d'un air paniqué. Nous avons poursuivi ainsi pendant une bonne heure. Après mes nombreuses conversations avec le Dr Manchester, j'avais acquis l'endurance voulue pour suivre Philip dans son monologue. À la fin, nous faisions de grands bonds tous les deux, au bord de l'hystérie, dans un jaillissement d'idées. J'étais sur le point de m'évanouir quand j'ai attrapé Philip, qui venait de s'effondrer sur la terrasse telle une masse ruisselante de sueur. Pendant que je le transportais dans son lit, il a continué de murmurer, en dépit du sourire figé qu'il avait sur les lèvres. Pour la première fois depuis je ne sais quand, il ne s'est pas réveillé de la nuit.

Plus tard, à la cuisine, tandis que je sirotais un brandy dans l'espoir d'atténuer l'irritation de ma gorge et la tension de mes mâchoires, j'ai songé aux propos improbables et étranges que Philip et moi avions tenus au sujet des chapeaux de Monk. Il y avait des années que je n'avais pas eu une conversation aussi riche, et je me suis rendu compte que Philip formulait depuis toujours des idées extraordinaires; je m'étais simplement épuisé à ne pas l'écouter. Or il me suffisait de modifier légèrement mon attitude pour que les irritants de naguère deviennent au contraire des stimulants. Le seul fait de parler avec Philip réveillait un pan de mon esprit en hibernation depuis longtemps — nommément mon imagination.

Des yeux, j'ai parcouru la cuisine, puis l'escalier par où j'étais descendu, mon frère dans les bras. J'avais toujours pris plaisir à descendre chez Philip, même si je m'étais toujours caché ce fait en jouant les propriétaires excédés. Les pièces occupées par lui n'étaient jamais pareilles. Jamais. C'était un fouillis, un désordre tourbillonnant de meubles renversés, d'abat-jour désassortis, de magazines, de livres et de papiers organisés selon des schémas curieusement symétriques qui changeaient de jour en jour, empilés par terre entre deux pièces, comme si Philip se servait de ces expédients pour constituer et reconstituer la vue de l'horizon que ses quartiers souterrains lui interdisaient.

Ce soir-là, je suis descendu au sous-sol et je me suis couché par terre, comme Philip en avait l'habitude. Du regard, j'ai suivi les ondulations de la ligne formée par les livres, les magazines, les jouets, les chaussures et des déchets conservés avec soin, en me demandant ce qu'ils voudraient dire le lendemain. Le sous-sol était en quelque sorte l'envers du rez-de-chaussée, où, obsédé que j'étais par l'ordre, chaque chose était à sa place. Ici, les objets allaient et venaient, se promenaient au petit bonheur, passaient par la fenêtre ou par la porte : impossible non seulement de savoir où étaient les choses, mais aussi de faire le compte exact de ses possessions. Et je me suis demandé si cette organisation ne convenait pas parfaitement à Philip, pour qui chaque jour était un mystère. Comme il ne trouvait jamais rien, il devait improviser, faire face au temps sans idées préconçues. Mes journées à moi, en revanche, étaient les mêmes, toujours les mêmes — préparées des semaines, des mois, voire des années d'avance.

Mis au courant de mon épiphanie, le Dr Manchester a esquissé un petit sourire narquois avant de sortir un mouchoir de sa poche et d'éponger le coin de ses yeux.

— Ça y est, donc, a-t-il dit. Merde.

J'ai levé les yeux de ma tasse.

— C'est une bonne chose, remarquez, a-t-il murmuré en se tordant légèrement les mains.

Il m'a regardé droit dans les yeux.

— Vous vous souvenez de votre première visite ? Je vous ai dit que je n'étais pas partisan de la « thérapie à perpétuité ». Mon rôle, c'est d'aider les gens jusqu'à ce qu'ils n'aient plus besoin de moi.

J'ai compris.

— Vous allez me manquer, a-t-il ajouté.

Une fois sorti de son bureau, je n'ai pas eu l'impression qu'il allait me manquer, lui. Quelques pâtés de maisons plus loin, je me suis rendu compte, en proie à un trouble soudain et accablant, qu'il serait démoralisant de ne recevoir de la succession de Monk qu'une réponse polie mais indifférente ; cependant, force m'était de l'avouer, c'était le mieux que nous pouvions espérer. Au lieu d'être libéré de la paranoïa qui me hantait depuis que j'avais par mégarde glissé la mauvaise enveloppe dans la boîte aux lettres, j'étais atterré par une angoisse au moins aussi douloureuse. Ce que je craignais maintenant, c'était que nous ne recevions rien du tout, et que les héritiers, convaincus d'avoir affaire aux élucubrations d'un cinglé, aient simplement jeté le rapport de Philip à la poubelle. Une réponse négative ou, pis encore, la menace de poursuites judiciaires auraient sur Philip un effet dévastateur, mais qu'arriverait-il si son initiative demeurait lettre morte ? Le rapport, s'il témoignait de l'obsession et de la folie de Philip, était sa façon à lui de communiquer avec le monde, de montrer qu'il n'était pas tout à fait égaré, qu'il demeurait convaincu de l'existence de points de vue, de formes de vie et même de mondes autres que le sien. L'absence de réponse risquait-elle de l'emmurer en lui-même une bonne fois pour toutes, de le persuader qu'il n'y avait rien en dehors des confins de son cerveau ?

J'ai tergiversé pendant des jours et conservé ma nouvelle attitude vis-à-vis de Philip chaque fois que nous étions ensemble. Je me suis fouetté et j'ai tenté d'inventer des fantaisies emberlificotées, de répondre à ses lubies par les miennes. Je n'ai toutefois pas pu m'empêcher de constater qu'il partait à la dérive. Accroupi devant la fente à lettres de la porte de devant, il soulevait le clapet pour jeter un coup d'œil dehors, détournant vivement la tête quand le facteur déversait notre ration quotidienne de factures et de dépliants publicitaires. Au lieu d'examiner le courrier, il l'ignorait complètement, comme si ce qui l'intéressait, c'était désormais le monde extérieur qui, malgré toutes ses horreurs — les gens, les voitures, les chiens et les immeubles —, lui semblait de plus en plus invitant, préférable à la maison qui le retenait prisonnier.

Quand il entendait mes pas, Philip filait au sous-sol en m'observant d'un œil méfiant. J'en suis venu à penser qu'il croyait que la réponse de la succession de Monk était déjà arrivée et que, d'une manière ou d'une autre, je l'avais reçue avant lui et cachée. J'ai tenté de combattre ces soupçons (suivant la lecture que je faisais de la situation) en épiloguant sans fin

sur le contenu éventuel de la lettre, les attentes auxquelles elle répondrait avec éclat. Quant au nom de
Philip, il figurerait dans les biographies de Monk, les
histoires du jazz et les livres savants. Plus j'en remet-
tais, plus Philip me semblait perplexe et nerveux.

Je dois avouer que feindre la folie n'était pas aussi
difficile que je l'aurais cru. C'était même libérateur.
Parfois, au lit, dans l'autobus qui me conduisait au
travail ou au supermarché, je me surprenais à for-
muler des idées qui auraient ravi mon frère, certaines
si débordantes d'imagination qu'elles me ravissaient,
moi aussi. Tout d'un coup, j'avais le sentiment de
comprendre où se trouvait Philip, c'est-à-dire dans
un monde si riche de possibilités que le sol se déro-
bait sans cesse sous ses pieds. J'étais impuissant à
l'en faire sortir, mais je pouvais, me semblait-il, l'y
rejoindre et lui tenir compagnie.

C'est ainsi, j'imagine, que je me suis retrouvé dans
une boutique de chapeaux d'occasion. La visite
a-t-elle été préméditée ? Ai-je agi de façon impulsive
en voyant l'établissement ? Je n'en suis pas sûr.
Mon incertitude s'explique en partie par le fait que
l'idée — préparer un paquet qui répondrait aux
attentes de Philip et nous donnerait une bonne occasion de célébrer — me trottait dans la tête depuis un
certain temps déjà, même si je ne m'étais pas permis
d'envisager sérieusement cette possibilité. Bien sûr,
j'avais fait semblant, écouté d'une oreille sympathique les divagations de mon frère (que j'étais allé
jusqu'à encourager), mais je n'avais encore rien fait
de franchement malhonnête.

Après m'avoir entendu décrire l'article que je
convoitais, le propriétaire a hoché la tête en me disant
que ce genre de couvre-chef « revenait à la mode ».

Ayant vu dans la rue des tas de jeunes affublés de véritables reliques des années soixante, je n'ai pas été surpris outre mesure. Il a tout de suite trouvé ce que je voulais. Il m'a même fait cadeau d'une boîte.

À mon arrivée, j'ai constaté que Philip, fidèle à son habitude, s'était enfui au sous-sol, comme en témoignaient la télé restée allumée dans le salon, un verre de limonade à moitié plein sur le fauteuil et les coussins du canapé encore tièdes. J'ai posé la boîte sur la table de la cuisine, puis je l'ai appelé.

— Monte, Philip ! Mme Venderbeeck m'a téléphoné. On lui a livré par erreur une boîte qui t'était destinée.

Philip a gravi les marches lentement. Il s'aidait de la rampe pour se hisser, si hésitant qu'on aurait cru un condamné à mort marchant vers la potence. Dès qu'il est arrivé en haut, je lui ai montré le colis, mais Philip n'est pas arrivé à fixer dessus son regard. On aurait dit qu'il avait peur ou qu'il s'efforçait de résister. Quand il a enfin réussi à stabiliser ses yeux, j'ai vu qu'ils ciblaient une des pattes de la table.

Me tournant rapidement, j'ai bondi vers la table, puis j'ai tendu la boîte à Philip. Je trépignais.

— Regarde, ai-je dit. C'est ce que tu attendais.

J'ai indiqué l'adresse de l'expéditeur.

— On t'a répondu !

Philip a touché la boîte du bout des doigts, puis il s'est mordu la lèvre inférieure. Ensuite, il l'a repoussée à bout de bras, et j'ai dû faire un pas en arrière.

— C'est sûrement une erreur, a-t-il dit, même si j'ai senti qu'il m'accusait plutôt de mentir.

J'ai regardé le paquet.

— Qu'est-ce que tu racontes ? C'est en plein ce que tu attendais !

— J'ai déjà reçu une lettre, a-t-il dit.

Là, il a eu droit à toute mon attention. Pendant un instant, j'ai envisagé la possibilité de tout nier, de lui dire que l'arrivée de la boîte annulait celle de la lettre, que les descendants de Monk avaient changé d'idée, qu'ils retiraient ce qu'ils avaient dit. Pendant un instant, j'ai songé à ouvrir la boîte et à en sortir la lettre que j'avais forgée de même que le fez gris de la boutique d'occasion, voire à me coiffer de ce dernier et à courir au piano jouer *Epistrophy* de mon mieux, ou encore à imiter Monk dans ses moments les plus délirants, c'est-à-dire quand il faisait des pirouettes, décrivait de grands cercles dans la salle ou bredouillait des mots incompréhensibles dans une langue personnelle composée moins de syllabes que d'intonations.

— J'ai reçu la lettre il y a quatre semaines ! a crié Philip.

Il voulait sans doute me faire comprendre que j'avais mis du temps à tenter de le tromper, mais j'ai senti autre chose dans sa voix, une sorte de plainte, comme s'il avait besoin de toutes ses forces pour résister à la tentation d'ouvrir la boîte.

— On me remercie de mon intérêt pour Monk, a-t-il dit en sortant la lettre de sa poche et en la dépliant pour m'en faire lecture. «Étant donné l'énorme quantité de courrier que nous recevons à propos du père, du mari ou de l'ami que nous regrettons tant, nous ne sommes pas en mesure de répondre à tous les correspondants. Sachez cependant que la qualité de votre écriture et la nature des questions que vous soulevez n'y sont pour rien.»

Par-dessus son épaule, Philip a jeté un coup d'œil au sous-sol, dont l'obscurité le serrait de si près qu'il a vacillé sur le seuil. Puis il s'est tourné vers moi, les épaules fermement appuyées contre les ténèbres. J'ai eu l'impression que, en restant là, il espérait leur faire obstacle.

— Je n'ai pas voulu t'en parler, a-t-il dit en contemplant tristement la boîte que je tenais. Quand nous parlons de Monk, tu t'énerves tellement… J'ai voulu t'éviter une déception.

Il a posé les mains de part et d'autre de la porte et j'ai compris que son geste, ses bras tendus, visaient à me protéger, moi, et non lui-même. Car si Philip souhaitait redescendre dans son sous-sol, ce n'était pas pour regagner un royaume enchanté (comme je me l'étais imaginé). En fait, il voulait empêcher le désordre de grimper l'escalier et de monter jusqu'à moi, jusqu'à l'endroit où il avait besoin de me trouver.

Et c'est alors que j'ai compris que la lettre de la succession de Monk, celle que Philip tenait dans sa main tremblante, était, de la même façon que la boîte, une supercherie — mise au point cette fois par Philip pour me confronter à mon propre mensonge et sonner le glas de l'affaire de Monk et de son fez. Depuis longtemps déjà, Philip chiffonnait la lettre dans sa poche, la lissait, l'usait dans l'attente du moment — qu'il savait imminent — où je pousserais la comédie trop loin. Il serait alors obligé d'intervenir et, ce faisant, de se priver de l'illusion dont il avait si désespérément besoin. Bref, il devait empêcher sa folie de nous avaler tous les deux.

Laissant la boîte chanceler dans ma main, j'ai hoché la tête, conscient d'avoir toujours défini ce qui lui arrivait à l'aune de ce qui m'arrivait à moi, qui me considérais comme son contraire. Si je veillais sur lui et qu'il était sous ma garde, j'étais responsable, tandis que lui était libre comme l'air. Pourtant, Philip n'avait pas du tout le sentiment d'être libre. Il avait plutôt l'impression de disparaître. La maladie le rongeait, le remplaçait par un autre, un être entièrement différent. Voyez-vous, le Dr Manchester n'avait rien compris : ce n'est pas du tout une question de perspective. Au contraire, il n'y avait pas de perspective du tout.

— Je suis désolé, Philip, ai-je dit.

Il a esquissé un demi-sourire en se tournant vers moi, puis vers la boîte, enfin vers l'alcôve à côté du réfrigérateur. J'ai eu la sensation qu'il se retenait, qu'il s'empêchait de penser ou d'agir à sa guise. J'ai vu l'effort qu'il a dû faire pour refermer la porte du sous-sol derrière lui, comme si cet instant de lucidité était la seule liberté qu'il lui restait.

Sa porte ne s'est pas rouverte depuis. Il ne prend plus ses repas avec moi, n'erre plus dans la maison dans l'espoir de m'entendre dire quelque chose de positif au téléphone, ne se faufile plus dans l'alcôve entre le mur et le réfrigérateur. Je l'entends parfois faire la cuisine, et je sais qu'il mange, car, à mon réveil, je trouve souvent le réfrigérateur vide, les poêlons et les chaudrons remplis de nourriture que j'ai laissés sur la cuisinière raclés jusqu'au fond. La seule fois où j'ai osé ouvrir la porte du sous-sol, j'ai trouvé un mur de livres et de magazines qui, empilés de la dernière marche jusqu'au plafond, obstruaient le passage. Je n'avais aucun désir de descendre, d'envahir l'intimité de Philip plus que je ne l'avais déjà fait. Je préférais attendre au rez-de-chaussée et le laisser faire les préparatifs nécessaires au rétablissement de notre amitié, lesquels, a-t-il confié à Lucia à l'occasion d'une de ses rares visites, «vont bon train». Allez savoir.

Dans *Straight, No Chaser*, documentaire sur Thelonious Monk, il y a, comme vous le savez sans doute, de nombreuses scènes extraordinaires où on est témoin des excentricités du pianiste. Elles surviennent chaque fois qu'on lui pose des questions sur sa musique ou son inspiration, chaque fois qu'un journaliste ou un admirateur lui demande pourquoi il joue de telle ou telle manière, l'interroge sur sa technique ou la relation qu'entretient sa musique avec celle de Dizzy Gillespie, de Charlie Parker ou de Coleman Hawkins. Monk, dans ces cas-là, se met à murmurer et à décrire des cercles dans la pièce, son sourire trahissant à la fois l'amusement et la souffrance. Au bout du compte, il est impossible de dire ce qu'il ressent ou pense exactement, ce qu'il aurait à dire. Comme si les seules réponses sensées aux questions sur sa musique étaient aussi incongrues que sa musique elle-même et qu'il était capital que nous comprenions tous l'énorme différence qu'il y a entre l'objet de notre quête et ce que nous trouvons au bout du compte.

L'homme qui est sorti
du coin de mon œil

Pendant des semaines, je l'ai vu faire des zigzags furtifs dans les couloirs de ma maison. J'ai d'abord cru que c'était Lucinda, venue chercher un dernier meuble (difficile, vu qu'elle avait déjà tout pris), mais, quand je me retournais, il n'y avait plus personne. Et pourtant, le personnage — le lustre de ses chaussures, la coupe de son costume, la queue flottante de son pardessus — semblait si réel, si précis.

Nous nous étions disputés, ma femme et moi. Le soir de mon quarantième anniversaire, j'étais assis dans le coin-repas, en train d'essayer le métronome antique que Lucinda m'avait offert, quand elle a brusquement cessé de débarrasser les assiettes et les flûtes à champagne et m'a apostrophé :

— Je trouve bizarre que tu n'aies voulu inviter personne pour ton anniversaire.

J'ai réglé le métronome au tempo minimum et je l'ai posé. Il battait doucement.

— J'ai perdu de vue la plupart de mes amis, ai-je dit d'un air faussement pensif.

— Justement, a-t-elle répondu.

Au son de sa voix, j'ai senti qu'elle faisait référence non seulement aux amitiés — dont certaines remontaient à l'enfance — que, depuis quelques années, j'abandonnais peu à peu, mais aussi aux habitudes de vie commune que j'avais prises à la maison, par exemple arpenter les couloirs à petits pas discrets, comme pour ne pas me faire remarquer d'elle.

Comme il s'agissait d'un sujet que je préférais ne pas aborder, j'ai dit à Lucinda que je n'aimais guère le deuxième mari de Katie McIntyre, baptiste qui, en bon émule de Jésus, prétendait ne juger personne : à la place, il éprouvait une pitié profonde et éternelle pour les catholiques, les homosexuels et les communistes, qui ne se doutaient pas de la chaleur qu'il ferait en enfer. Je lui ai aussi dit que je n'avais pas envie qu'Evelyn Moberley me téléphone pour m'annoncer sa décision de cesser de boire (pour la quinzième fois en douze ans), se dire désolée de ne pas avoir donné de nouvelles et promettre de mieux me traiter à l'avenir. Je lui ai enfin dit que Joe Bolez, un ami de longue date, aurait dû savoir qu'il m'insulterait en qualifiant mes compositions de « médiocres » — même si, au nom de l'art, il « se sentait l'obligation de dire la vérité ».

J'ai ajouté que j'avais compris autre chose à mon sujet : j'étais le genre d'être pathétique qui, tout en ne supportant pas qu'on se moque de lui — même gentiment —, prend un vif plaisir à se payer la tête des autres. Récemment, j'avais pris conscience de l'hypocrisie que suppose une telle attitude et décidé d'y remédier en évitant le genre d'intimité qui fait que nos amis nous tapent sur les nerfs et vice versa. Si le prix à payer était une totale absence d'intimité, j'étais prêt à passer à la caisse.

Lucinda a attendu patiemment la fin de ma tirade, puis, les mains enfoncées jusqu'aux poignets dans l'eau savonneuse, elle a répondu :

— Si Katie t'oblige à parler à son mari quand elle téléphone, c'est uniquement parce qu'elle veut que tout le monde s'entende et que vous puissiez continuer de vous voir, elle et toi.

Lucinda, le regard perdu dans l'eau de vaisselle, s'est essuyé le front, où elle a laissé une traînée de bulles. Tout à son sujet, elle n'a rien remarqué.

— Quant à Evelyn Moberly, a-t-elle poursuivi, c'est une toxicomane. Elle n'a pas toute sa tête. Je trouve odieux que tu abandonnes une femme malade. Et je me fiche de savoir à combien de reprises elle a eu besoin de toi pour nourrir ses illusions, lui pardonner ses longs silences ou faire semblant de la « comprendre » quand elle décide de ne plus prendre ses antidépresseurs parce que ces pilules-là sont aussi des drogues. Elle est censée être ton amie, au nom du ciel !

Elle a interrompu sa besogne au-dessus de l'évier et s'est emparé d'un linge pour s'essuyer les mains, les yeux rivés sur les restes de mon gâteau d'anniversaire. On l'aurait dite sidérée de le trouver là.

— Et Joe Bolez, a-t-elle murmuré, économisant sa voix pour quelque autre éclat, il compose, lui aussi, et c'est, j'imagine, ce qui le rend aussi étrange que toi. Il est parfois un peu brutal, d'accord, mais, au fil des ans, il t'a aussi beaucoup soutenu. Aurais-tu donc oublié les pistonnages et les lettres d'introduction qui t'ont aidé à lancer ta carrière ? Si tu es si amer, c'est peut-être parce qu'il te taquine toujours au mauvais moment et qu'il ne met pas de gants blancs. Si tu lui en veux tant, c'est peut-être aussi parce qu'il ne te vient jamais de réparties spirituelles.

Lucinda, dont la voix s'était élevée cran par cran, criait presque :

— Quelle importance? Si nous étions parfaits, nous n'aurions pas besoin des autres. La question que je me pose, c'est celle-ci : si tu as l'intention de te débarrasser de tous tes vieux amis, vas-tu faire la même chose avec moi?

Il y a eu un terrible silence (que j'ai mis au compte de mes réflexes affectifs un peu lents) :

— Tu seras toujours mon amie.

— Le fait que tu te sentes obligé de mentir prouve bien que je suis tout le contraire, a-t-elle répliqué.

Si Lucinda me manque tellement, c'est moins parce qu'elle était mon amie que parce qu'elle était une excellente camarade. À mes yeux, le mariage et l'amitié ne vont pas bien ensemble. Mais qu'en est-il du mariage et de la camaraderie? Laissez-moi expliquer la différence. L'amitié, qui est transparente, suppose une intimité si intense que les deux amis semblent coexister, un peu comme si les frontières de leur moi se chevauchaient. La camaraderie, en revanche, repose sur la distance. Elle est régie par les règles de la politesse, par l'acceptation respectueuse du fait que l'autre n'a rien d'une porte ouverte, que son emploi du temps demeure un mystère. En ce qui me concerne, c'est en gros ainsi que se définit le mariage : la cohabitation de deux emplois du temps.

Je ne parle pas de grands secrets, comme les infidélités, les meurtres et les unions antérieures cachées sous le boisseau, même s'ils sont indubitablement concernés. Je songe plutôt aux secrets microscopiques : le temps que vous consacrez au travail au bureau (par opposition à celui que vous passez à siroter un café ou une bière en après-midi), la quantité d'herbe que vous fumez (« une touche à l'occasion, ma chérie » par opposition à quelques joints par semaine), vos pensées véritables («mais non, ma chérie, tu sais bien que je ne regarde jamais les autres femmes» — alors que des fantasmes lascifs défilent en boucle sur l'écran de votre psyché). Un mariage est une accumulation de mensonges si insignifiants — de détails infimes que vous cachez à votre femme pour éviter les frictions — qu'ils ne sont faux que parce qu'ils sont nombreux. Ils n'en ont pas moins leur vie propre. Comme l'union la plus parfaite est celle dans laquelle vous faites plus ou moins à votre tête tout en donnant l'impression de participer de votre plein gré à un compromis harmonieux, les couples les plus heureux sont ceux qui se composent de camarades travestis en amis.

Lucinda tenait à ce que nous soyons de vrais amis. Voilà plus de deux ans que je ne l'ai pas revue.

À son départ, je l'ai déjà dit, elle a tout emporté, sans un mot de protestation de ma part. Par la suite, je suis allé chercher une chaise de jardin et, après l'avoir réparée avec de la ficelle, je l'ai déposée près de la bibliothèque et de la petite chaîne portative que j'ai achetée pour remplacer l'appareil européen grâce auquel mes enregistrements semblaient toujours meilleurs qu'ils ne l'étaient en réalité. Lucinda m'a aussi laissé le piano : il me fallait un moyen de subsistance. La pension alimentaire, vous comprenez… Bientôt, je vendrais la maison. Entre-temps, je jouissais du vide laissé par ma femme. J'ai compris que ce qui me plaît le plus dans une maison — n'importe laquelle —, c'est de parcourir les pièces nues en me les imaginant meublées. Le plaisir, pour moi, réside dans cette anticipation. Une fois les lieux aménagés pour de bon, je m'ennuyais. Au cours des deux dernières années, j'ai donc passé beaucoup de temps à faire fonctionner mon imagination. J'ai même écrit une série de chansons intitulée « Musique de chambre vide » ; elle a reçu un accueil plutôt tiède.

Le néant ne se limitait toutefois pas qu'à mon foyer. Je me passais de tout. D'amis et de meubles, il va sans dire, mais aussi de divertissements, de conversations et même de nourriture. Vu les bons petits plats que nous mitonnait Lucinda, j'ai eu du mal, au début, à me faire à la soupe en boîte, aux sandwichs, aux salades vertes. Je ne me suis pas arrêté en si bon chemin : de trois repas par jour, je suis passé à deux, sans collations. À vrai dire, je n'avais aucun désir de manger, et la sensation de vide, la légèreté de mon estomac, me conférait un curieux sentiment de puissance, comme si je flottais en apesanteur, sans amarres, capable de renoncer à autre chose sans crier gare. En même temps, je me sentais fatigué et étourdi, privé d'un flux sanguin vital.

Les week-ends — quand je n'étais pas à un récital, dans mon studio ou en répétition —, je sortais dans mon jardin aux taches de lumière scintillantes. Retourné à l'état sauvage, il débordait de fleurs, dont les graines étaient venues des maisons environnantes. Assis là, je profitais d'un moment de calme. Depuis deux ans, c'est là également que je voyais les deux seules personnes qui me tenaient compagnie en dehors du travail. Il y avait Fred Macklesmith, mon voisin depuis dix ans, qui, à l'occasion, agitait la main au-dessus de la clôture pour me saluer. Eurêka ! me disais-je. J'ai enfin trouvé l'amitié idéale : une main papillonne au-dessus d'une haute clôture et n'attend rien en retour. L'autre personne, dont j'ignore le nom et qui ne m'a rendu visite qu'une fois, était un homme du coin que j'avais déjà croisé quelque part : d'âge moyen, malgré son apparence juvénile, il était autiste ou né sans toute sa tête. Il avait l'habitude de parcourir la rue à grandes enjambées, les mains rivées aux oreilles pour échapper aux rires et aux moqueries des jeunes du quartier qui, bien que certains aient seize ans révolus, le taquinaient sans merci chaque fois qu'il était dans les parages : ils singeaient ses mouvements maladroits, essayaient de le faire trébucher, lui lançaient des quolibets. Un jour, je lui ai simplement ouvert la porte de ma clôture pour lui permettre d'échapper à ses tourmenteurs. Il s'est promené parmi les hautes herbes de mon jardin en admirant les fleurs et en ramassant les pommes tombées sur le sol, comme s'il n'avait jamais vu une plante ni un fruit. Si je m'en souviens, c'est à cause des éphémères et de leur infestation annuelle : vers la fin de l'été, de minuscules insectes blancs aux ailes repliées recouvrent toutes choses, de la pelouse aux arbres en passant par les chaises, dans l'attente d'instructions de vol venues de l'est ou de l'ouest. Il a passé beaucoup de temps à laisser courir ses doigts sur le bout de leurs ailes, soulevant des rafales d'insectes qui allaient se poser un peu plus loin. Cet après-midi-là, j'ai eu le sentiment d'avoir sous les yeux une sainteté surpassant toutes les formes de compagnie dont j'avais bénéficié jusque-là — y compris celle de Fred Macklesmith.

Après deux années passées en compagnie de Fred et marquées par la singulière visite de cet homme sans nom, je me suis mis à voir des choses qui n'étaient pas là. Ou plutôt à voir une chose. Je ne me souviens plus très bien des débuts, mais je sais que, dans le courant de l'automne, il m'arrivait souvent, pendant que je m'occupais à une tâche anodine — trancher du pain, par exemple —, d'apercevoir soudain, dans le couloir, un personnage en pardessus. Quand je me retournais, il avait disparu.

Au bout d'un certain temps, j'ai commencé à tomber sur lui ailleurs que chez moi. En me rendant à pied à mon studio, je le voyais assis sur l'une des balançoires du parc. Il prenait place sur le siège passager de la voiture que l'orchestre symphonique avait louée en mon nom pour me permettre de me rendre plus rapidement aux répétitions. Quand je me rendais chez *O'Toole* pour ma séance hebdomadaire d'anéantissement dans le whisky, je le trouvais appuyé au zinc.

Il me coûte de l'avouer, mais j'ai fini par m'habituer à ces hallucinations en me disant que c'était sans doute le moyen que ma conscience avait trouvé de s'apaiser à la suite du traitement cavalier que j'avais fait subir à ma femme et à mes amis. J'étais décidé à laisser ma conscience se débrouiller toute seule. J'avais mieux à faire.

Plus tard, j'ai commencé à avoir peur. Après tout, il n'est pas normal — n'ayons pas peur des mots — de voir les gens uniquement quand on ne les regarde pas. La peur, fidèle à elle-même, s'est transformée en fascination, surtout lorsque j'ai vu ce personnage me faire signe, chercher à me dire quelque chose, même s'il s'interrompait toujours au milieu d'une phrase et disparaissait à l'instant où je me tournais vers lui.

Voici comment les choses se sont passées : j'ai appris à ne pas le regarder directement. Or il est très difficile de prêter attention à un objet que vous voyez du coin de l'œil, dont vous n'avez qu'une image floue.

La première fois que j'y suis arrivé, je me trouvais dans le spa de l'hôtel *Delta*, où j'allais tous les dimanches après-midi, après une dure demi-journée de notations musicales. Il était assis contre le mur, derrière le bain à remous. De façon délibérée, j'ai fixé les bulles et la mousse qui encerclaient ma poitrine, et je l'ai laissé investir le coin de mon œil gauche. Au bout d'un moment, il m'a souri et a tiré de la poche de son pardessus un mouchoir dont il s'est servi pour s'éponger le front, rendu poisseux par la vapeur dense qui montait de l'eau bouillonnante.

— Il fait un peu chaud ici, non ? a-t-il dit.

— Tout dépend de l'endroit où on se trouve, ai-je répondu d'un ton faussement désinvolte pour cacher ma stupéfaction.

— Je vous attends à la porte, a-t-il dit en se levant.

Quand je me suis retourné, il avait disparu, évidemment.

Je l'ai trouvé dans le hall en train de déguster un expresso, installé sur un canapé. Je me suis laissé tomber dans le fauteuil qui jouxtait le canapé, à angle droit.

— Ça va, Jeff ? a-t-il demandé.

— Aucune importance, ai-je répondu. Qui diable êtes-vous ?

— J'ai un boulot à vous proposer.

— J'ai déjà un emploi.

— Pas comme celui que j'ai à vous offrir.

— Évidemment, ai-je rétorqué, tremblant.

— Je pense que vous auriez intérêt à vous distancier de la musique pendant un certain temps. De toute façon, elle ne vous mène nulle part.

— Merci, ai-je fait en me levant à mon tour. Merci mille fois.

— Si vous vous défilez devant la vérité, a-t-il répondu, vous n'irez jamais plus loin comme artiste.

On aurait dit Lucinda. Convaincu d'avoir du génie, croyait-elle fermement, je déplorais que le reste du monde commette une grave injustice envers moi en ne me reconnaissant pas à la hauteur de mon mérite. À trente-sept ans, cependant, j'avais connu suffisamment de revers — d'abord, la deuxième audition à laquelle j'avais dû me prêter pour simplement faire partie de l'orchestre de l'école, puis deux décennies de concours d'où je sortais bredouille, de critiques tièdes ou mauvaises, de demandes de subvention refusées, sans parler des insultes de Bolez — pour savoir que j'allais être compositeur, même si absolument rien ne justifiait une telle conviction. J'avais le droit d'espérer, nom de Dieu, même si quatre-vingt-dix pour cent de mes semblables me considéraient comme un raté.

D'ailleurs, pour qui se prenait-il, ce Bolez? Où allait donc son allégeance? À quelque vague idée de la valeur esthétique ou à son ami? Après tout, le grand art continuerait d'exister — et les Beethoven de ce monde ne cesseraient pas de produire — s'il tolérait ma lubie et me disait que mes œuvres étaient formidables. Pourquoi ne pas laisser au temps le soin de séparer le bon grain de l'ivraie? Le moment venu, je serai mort depuis longtemps. On aura beau jeter jusqu'à la dernière note que j'ai écrite, je m'en moquerai superbement.

Pour ma part, j'ai toujours dit à Bolez que ses compositions étaient bonnes, même quand il faisait de la merde, de la même façon que j'ai juré à Katie et à Evelyn que leur vie avait un sens même quand elle n'en avait pas. C'est pour cette raison que mes amis m'aimaient; c'est aussi pour cette raison qu'ils semblaient blessés, déçus et surpris quand ils me téléphonaient pour se plaindre de mon silence. Ayant toujours accepté leurs lubies, je comprenais mal pourquoi ils s'accommodaient si mal des miennes.

Lucinda avait raison : Bolez m'avait ouvert des portes et fait des faveurs. Si seulement il avait évité de me taquiner à propos de la « banalité » de mes compositions, nous nous serions bien entendus.

J'allais me lancer dans cette diatribe — surpris d'avoir envie de déballer mes misérables griefs, comme si, maintenant que j'avais fait le vide autour de moi, je risquais à tout moment d'exploser — quand je me suis rendu compte que c'étaient ma femme et mes amis qui devraient l'entendre, et non ce cinglé en pardessus.

— Au revoir, me suis-je contenté de dire avant de sortir de l'hôtel.

Plus tard, ce soir-là, je me demandais si j'avais faim ou non quand il est entré, a regardé autour de lui et s'est appuyé sur le mur le plus proche.

— Il vous faut plus de chaises, a-t-il déclaré.
— Pour quoi faire ?
— Et vos invités ?
— Je suis tout seul.

Pour faire taire les grommellements de mon estomac, j'ai avalé une bouffée d'air et je me suis dit que j'avais assez mangé.

— Voici donc ma proposition. Je suis associé à une petite entreprise, et je crois que vous êtes l'homme qu'il me faut.
— De quoi parlez-vous, merde ?
— J'ai décidé de créer une nouvelle entreprise spécialisée dans la destruction des amitiés. Je pense que vous avez beaucoup à m'apprendre. Ce que vous avez fait à Katie McIntyre… c'est proprement stupéfiant.

Il a sifflé en secouant la tête, en proie à une sincère admiration. Il faisait bien entendu allusion à mon

modus operandi habituel, ce que j'appelle la « méthode
du retrait progressif ». Elle suppose un lent relâchement des liens amicaux : vous utilisez le répondeur
pour filtrer les coups de fil, puis, avant de rappeler,
vous attendez trois ou quatre jours, une semaine, dix
jours et, bientôt, un mois tout entier. Pour vous
justifier, vous invoquez de vagues occupations. Dans
le cas des lettres et des messages électroniques, je
laisse encore plus de temps s'écouler, six semaines la
première fois, puis huit, douze et ainsi de suite. Mes
réponses sont de plus en plus froides, raides et for-
melles, truffées d'anecdotes d'un ennui mortel à
propos du temps qu'il fait, de l'état de mes chaussures, du régime fédéral de pensions de vieillesse que
l'inflation a vidé, un cent à la fois, et ainsi de suite.
À ce rythme, j'ai malgré tout mis trois ans à me
débarrasser de Katie.

Telle est la force de l'amitié.

— Vous êtes un professionnel, a dit l'homme en
secouant de nouveau la tête. Un professionnel accompli.
Ensemble, nous allons faire fortune.

Il m'a exposé son projet, à commencer par le type
de clients qui faisaient appel à ses services, tous
hagards et nerveux, manifestement assiégés par des
importuns, à la recherche d'un moyen de se sortir
du guêpier de l'amitié sans recourir à la violence.

— Ces jours-ci, vous manquez d'entraînement,
mais je suis convaincu que vous retrouverez bien vite
la forme olympique, a-t-il dit. Votre palmarès est
éloquent. Pendant des années, vous avez traité vos
amis comme de la merde. Des années. Eux, ils ont
toléré que vous leur battiez froid, encore et toujours !
Vous avez un don, mon vieux. Vous êtes attirant. On
s'attache à vous. Vous voulez mon avis ? a-t-il poursuivi. Je crois que c'est parce que vous êtes un faible.

Vous ne vous défendez jamais. Vous évitez la confrontation, vous ne dites jamais rien quand vous êtes blessé. Il est plus facile de cesser de les voir. C'est ce qui vous rend parfait.

Là, j'ai dû lui donner raison. J'étais veule, incapable de franchise. Je fuyais la confrontation comme la peste. J'avais essayé de changer, de riposter, mais Bolez — plus vif et plus futé que moi, comme Lucinda me le rappelait sans cesse — l'emportait toujours. Sinon, je cédais à mon penchant naturel : donner sans rien attendre en retour, soutenir sans être soutenu. À la longue, la situation devenait intenable. La petite voix lancinante de l'orgueil me rappelait qu'on profitait de moi. J'étais, l'homme au pardessus l'avait dit, parfait.

Il avait l'intention de me prendre dans sa société à titre d'associé à part entière. Il rencontrerait les clients, déterminerait leurs besoins, puis il viendrait me consulter. Mon boulot consisterait à visiter le foyer du client, à rencontrer l'ami collant, à gagner son affection, puis, dès que l'indésirable ne pourrait plus se passer de moi, dès qu'il aurait cessé de voir le client pour passer du temps avec moi, je deviendrais froid et distant. Au bout du compte, je le larguerais comme moi seul en avais le secret. En contrepartie, nous exigerions plus de cinquante dollars l'heure, plus les taxes. La plupart de nos dépenses seraient vraisemblablement déductibles du revenu. C'était, comme l'a dit l'homme sorti du coin de mon œil, une proposition « qui ne faisait que des gagnants ».

J'ai avalé une autre bouffée d'air.

— Je peux vous poser une question ?

Il a fait oui de la tête.

— Vous êtes drogué ?

— Autrefois, oui, mais, depuis, j'ai trouvé Jésus.

— Bon, ça suffit. Sortez de chez moi, tout de suite.

En me tournant vers lui pour le forcer à disparaître, j'ai vu un dernier éclat chatoyant dans son œil, un attachement si froid, si impitoyable et si intense que j'ai eu l'impression qu'il était entré dans mon corps en rampant et qu'il y avait élu domicile. J'en ai eu la chair de poule, tellement que je me suis juré de ne plus jamais le regarder en face.

Évidemment, il a bientôt été de retour.

Dès le lendemain matin, pendant que je me brossais les dents, je l'ai trouvé assis au bord de ma baignoire. Il regardait par la fenêtre, ses jambes, ceintes d'un pantalon rayé repassé avec le plus grand soin, ballant dans le vide.

— Vous voulez que je vous dise ? J'ai pris une décision. Si je renonce à me droguer, autant renoncer à toutes les drogues. Mon médecin me prescrit des antidépresseurs. Il prétend qu'ils ont pour effet de mettre un terme au cycle obsessionnel compulsif qui me ramène toujours aux stupéfiants. Quelle différence ? Cocaïne, antidépresseurs, même combat. Dans les deux cas, ce sont des produits chimiques qui m'embrouillent le cerveau, bref des drogues. Mieux vaut ne pas faire les choses à moitié, vous ne trouvez pas ?

— Il y a tout de même une différence entre les médicaments et les stupéfiants, ai-je dit. Vous devriez peut-être faire l'essai de nouveaux antidépresseurs.

— Je ne vois pas la différence. Des substances chimiques, toutes.

— Vous devriez éviter les généralisations à outrance. Les drogues sont toutes différentes.

Il a cessé de balancer ses jambes et s'est redressé au bord de la baignoire.

— Je n'ai pas été à la hauteur, Jeff. Je m'en rends bien compte.

— Mais non, c'est faux.

J'ai posé ma brosse à dents. De quoi parlions-nous, au juste ?

— Si, si, je vous assure. Je vous ai laissé tomber. Voici donc ce que je propose. En gage de mon amitié, j'arrête de me droguer pendant un an. Jusque-là, nous n'aurons plus aucun contact…

Cette fois, la coupe était pleine. Je ne sais pas ce qui m'a pris, mais, au lieu de recourir aux formules apaisantes de la diplomatie, j'ai explosé :

— Je vous interdis de m'associer à votre projet tordu !

— Mais…

— Vos problèmes de toxicomanie ne me concernent pas, vous m'entendez ? Je refuse de devenir votre drogue de substitution.

— Vous ne comprenez pas.

— Au contraire, je comprends parfaitement.

— Vous n'êtes pas mon ami, Jeff.

— Non ?

— Non. Et vous ne méritez pas que je m'abstienne pour vous.

Dans la cuisine, je l'ai trouvé une spatule à la main et un œillet à la boutonnière. Le petit déjeuner était servi. Il m'a souhaité bon appétit, puis il m'a demandé si j'avais eu le temps de réfléchir à sa proposition. Je lui ai dit que non, pas vraiment, mais ma voix était déjà moins catégorique que la veille. À contrecœur, j'ai pris une bouchée — une seule. C'étaient les meilleurs œufs brouillés que j'avais mangés depuis le départ de Lucinda.

Ce jour-là, je l'ai revu à de nombreuses reprises. À la salle de concert, dans un des balcons du côté ouest, les pieds ballant au-dessus de la balustrade, il fouillait dans son portefeuille. Je l'ai aussi vu au restaurant en compagnie d'une femme plus âgée qui s'était fait faire un très vilain lifting. Ils ont renvoyé je ne sais plus combien de plats à la cuisine. À la fin, l'homme s'est tourné vers moi (ils avaient choisi, sa compagne et lui, une table voisine de celle que je partageais avec mon agent) :

— Comment faites-vous pour manger dans un endroit pareil ? a-t-il demandé.

Je l'ai ignoré de mon mieux.

— S'il mange ici, a dit l'homme sorti du coin de mon œil à mon agent, Ed Morton, c'est parce que vous vous y plaisez, vous.

Dans un premier temps, Ed a semblé ne pas lui prêter attention. Mais quand il s'est mis à entendre des choses comme : « Ne trouvez-vous pas Jeff un peu trop accommodant ? En échange d'une soirée au Met, il vous polirait votre voiture », Ed n'a plus été en mesure de feindre l'indifférence. Pour ma part, je n'y comprenais rien. Ce type n'était-il pas qu'un produit de ma conscience ? En principe, les fantômes ne se font voir que de ceux qu'ils hantent, non ? Apparaissent-ils quand bon leur semble, devant qui bon leur semble ?

En constatant que la salière que j'avais à la main était vide, l'homme s'est approché et m'a tendu celle de sa table. Je temporisais, jouais avec ma nourriture dans l'intention de ne rien manger. La nouvelle salière a fait d'une pierre deux coups : le bouchon, en effet, était dévissé, et une montagne de sel s'est répandue dans mon assiette.

— Les compositeurs, a dit en riant l'homme sorti du coin de mon œil, sont tous des savants fous. Du genre à mordre cent fois au même hameçon.

Flatté d'être associé à l'humiliation de quelqu'un d'autre (habituellement, c'était lui qu'on faisait tourner en bourrique), mon agent, un type douteux qui ne représentait que des seconds violons dans mon genre, a rigolé lui aussi. Il a donc invité l'homme sorti du coin de mon œil et son amie entre deux âges à venir nous rejoindre. Chaque fois qu'une blague était faite à mes dépens, ils me poussaient du coude, m'invitaient à être beau joueur et à rire avec eux. Le manège s'est poursuivi pendant quarante minutes. À la fin, n'y tenant plus, j'ai regardé fixement l'homme sorti du coin de mon œil. Pendant la fraction de seconde qui a précédé son départ, j'ai eu encore une fois l'horrible sensation d'être violé dans mon intimité.

À la maison, j'ai trouvé la lessive faite et la cuisinière nettoyée. Aussitôt au lit, j'ai senti que quelqu'un me caressait les cheveux en me chantant une berceuse. J'ai crié, crié encore, pour que tout s'arrête, mais la voix a continué de chanter jusqu'à ce que, entre deux hurlements, je finisse par sombrer dans un sommeil agité.

Le lendemain matin, il était de retour, seul. Le journal à la main, il m'a lu un passage du premier cahier :

— « Cassandra Davis et Marlene Holden se disent prêtes à aller jusqu'en Cour suprême pour faire reconnaître le droit des couples gay à l'adoption. » Mon Dieu, a-t-il commenté, vous vous imaginez grandir avec ces deux-là comme père et mère, comme mère et mère ou, plutôt, comme père et père ?

Après avoir ri de sa propre plaisanterie, il a secoué la tête tristement.

— Vous savez, il arrive que l'Esprit saint mette du temps à descendre sur ces pauvres pécheurs. Dieu doit avoir ses raisons de les garder dans le noir. Dieu a toujours ses raisons.

Il a bruyamment replié le journal et est venu se planter derrière moi, tandis que je prenais place devant les crêpes aux bleuets qu'il m'avait préparées. Et il s'est mis à me masser les épaules.

— Pour l'Esprit saint, tout est possible, vous savez. C'est la Bible qui le dit.

Tu as complètement perdu la tête, ai-je pensé.

Il a poursuivi en affirmant que la Bible était la parole de Dieu. Si tel est le cas, lui ai-je répondu, Dieu doit bégayer horriblement puisqu'il y a autant de Bibles que de sectes chrétiennes.

— À ce sujet, a-t-il répondu, j'ai lu une version préparée à Lyon, en France, en 1969, par un groupe de savants chrétiens issus de multiples confessions.

Il a cessé de me masser et, de son sac, a tiré la Bible rédigée en langue courante. Puis il m'a lu des extraits de l'introduction.

— Ils ont omis des livres jugés redondants qu'on retrouve dans les autres versions.

— Ah bon ? ai-je fait en hennissant. La parole de Dieu serait donc devenue redondante ? Ce qu'a écrit l'Esprit saint l'année dernière est aujourd'hui redondant. Cette année, ce sont des livres de l'Ancien Testament. L'année prochaine, on s'attaquera peut-être aux Évangiles. Ne se répètent-ils pas, eux aussi ? La parole de Dieu serait-elle donc si instable ?

— Je vous ai acheté un cadeau, a-t-il dit pour changer de sujet.

— Pas de cadeau, je vous en prie, ai-je supplié.

Déjà qu'il me préparait mon petit déjeuner. Je n'y touchais pas, remarquez.

— Vous voulez que je vous dépose au travail ? C'est sur mon chemin.

— Non !

— Nous formerions une équipe du tonnerre, vous et moi.

— Allez-vous-en !

— Je vois. Vous voulez bien de moi, à condition que je me contente de vous faire la cuisine, de vous masser et de chanter pour vous endormir.

— Tout cela m'est parfaitement indifférent.

— C'est faux. Seulement, vous refusez d'accepter le mal qui va avec le bien.

— Je ne veux rien du tout.

— J'essaie juste d'être honnête, a-t-il dit en haussant les épaules. Pourquoi refusez-vous de m'aimer ?

Furieux, je l'ai regardé en plein visage. Cette fois, il a semblé disparaître de mon champ de vision, détaler vers le côté, grimper sur ma joue, jusqu'au coin de mon œil gauche, où j'ai senti ses petites mains se cramponner, comme s'il cherchait à entrer. Le seul moyen de l'arrêter, c'était de tourner la tête dans cette direction ; aussitôt, cependant, il réapparaissait de l'autre côté. La sensation s'arrêtait pendant une minute ou deux, puis elle reprenait de plus belle.

— Pardon, monsieur ?

C'était la conseillère en placements. J'ai de nouveau tourné la tête vers elle. Puis, au bout d'une minute, j'ai regardé ailleurs. L'homme qui est sorti du coin de mon œil surgissait à gauche et à droite et je m'efforçais de le faire disparaître.

— Pardon, monsieur ? Vous vous sentez bien ?

J'ai fait oui de la tête avant de regarder derrière moi.

— Signez ici, s'il vous plaît.

Chaque fois que je baissais les yeux sur les documents hypothécaires, je mettais une éternité à parcourir les colonnes de chiffres et les petits caractères, les actifs et les passifs, les catégories et les fourchettes relatives à l'état de ma maison, les paiements effectués à ce jour. Dans ma vision périphérique, j'apercevais l'homme et il me bombardait de questions :

— Dure journée ? À quoi consacrez-vous tout votre argent ? Vous ne croyez pas que vous exagérez un peu avec l'herbe ? Vous avez vu les lolos de la caissière ?

Dès que je me tournais vers lui, il prenait la poudre d'escampette. À la fin, j'ai agrippé le stylo, puis, incapable de signer mon nom sans qu'il s'interpose, je suis sorti de la banque en courant. Derrière moi, la conseillère criait en agitant des papiers.

Il est difficile de courir en regardant autour de soi. C'est pourtant ce que je faisais pour l'empêcher de revenir. Je ne fixais rien et je fixais tout en même temps. J'aurais voulu avoir des yeux de mouche, voir dans toutes les directions, avoir une vision sans limites. Après avoir couru pendant un certain temps, après avoir trébuché, être tombé et avoir repoussé les mains d'étrangers serviables, j'ai dépassé un cheval tirant une calèche — attraction touristique sur laquelle on peut toujours compter dans le centre-ville historique. Je me suis arrêté et j'ai examiné le cheval, qui restait là sans bouger. Des mouches bleues bourdonnaient autour de sa tête sans qu'il les voie. Les œillères fermement pressées contre les joues, il affichait un calme souverain, perdu dans la solitude béate de sa vision télescopique. Pris d'une inspiration soudaine, j'ai placé mes mains en œillères, et l'homme qui est sorti du coin de mon œil a enfin disparu pour de bon.

À trois pâtés de maisons de chez moi, je marchais de cette façon quand des gamins — ceux-là mêmes qui avaient refoulé l'autiste jusque dans mon jardin — m'ont vu et, en se poussant du coude, ont commencé à me suivre en chuchotant et en me montrant du doigt. Puis ils ont desserré les lèvres pour m'insulter et rire de moi. Après, j'ai senti l'impact d'une pierre dans mon dos, et on a marché sur mes talons, puis sur mes mains. Je n'avais qu'une seule envie : être chez moi, loin d'eux et de tous les autres.

Dernières notes

Par un lundi glacial de l'hiver 1995, une infirmière a déroulé le bandage qui entourait la tête de Felix Frankenbauer, et le compositeur, marchant sans aide pour la première fois depuis l'accident, s'est avancé en titubant jusqu'au piano, où il a constaté qu'il avait complètement oublié la notation musicale. En me remémorant la scène, je vois Frankenbauer penché sur la feuille de musique vierge, le stylo à la main, infiniment perplexe, comme si l'infirmière, au lieu d'un bandage, lui avait enlevé sa mémoire, une pleine bobine de mémoire, l'avait arrachée sans ménagement, exaspérée par sa longueur, l'avait déchirée, roulée en boule et laissée tomber dans une corbeille sale. À vrai dire, l'image m'est venue plus tard, avec le recul, par suite d'une sorte de révision de mes souvenirs. Ce que j'ai vu, à l'époque, c'est Frankenbauer penché au-dessus de la feuille, interdit. Je n'en ai conçu aucune inquiétude. Pendant six mois, il nous a d'ailleurs bernés — il faisait semblant d'écrire de la musique, tandis que, en réalité, il couvrait des pages et des pages de pattes de mouche sans queue ni tête —, même s'il se doutait forcément que nous allions finir par découvrir le pot aux roses.

À supposer que la perte se soit révélée aussi irrévocable qu'elle l'avait semblé à première vue,

Frankenbauer n'aurait eu aucun sujet de se plaindre. Pendant près de trente ans, en effet, il avait été un compositeur de premier plan, acclamé par la critique internationale, et ses nombreux enregistrements garnissaient les rayons de musique classique. On lui consacrait des colloques ; des labels prestigieux s'arrachaient ses prestations. Sans parler des hordes d'admirateurs — jeunes et vieux, organisateurs de souscriptions, étudiants, collègues — que je refoulais à la porte en ma qualité de « second assistant de Felix Frankenbauer ». Je leur donnais raison en admettant qu'il n'était pas déraisonnable d'espérer passer « seulement deux ou trois minutes » avec Frankenbauer. Mais qu'arriverait-il s'il donnait suite à toutes les demandes ? Il n'aurait plus une minute pour la musique. Ce qui me rendait fou chez ces gens-là, c'est qu'ils comprenaient parfaitement la validité de l'argument, mais refusaient de l'accepter. Ils revendiquaient « une seconde seulement », comme si, au bout du compte, ils se fichaient éperdument de la musique que ferait Frankenbauer par la suite. Celle qu'il avait déjà écrite lui conférait l'autorité nécessaire pour cautionner leurs projets à eux. À la fin, je leur disais que Frankenbauer n'avait pas de temps et qu'il n'en aurait jamais. Pour me débarrasser des plus persistants, je devais même menacer d'appeler la police.

Frankenbauer était au faîte de sa réputation. À ce titre, il était à mes yeux moins à plaindre que les autres hommes qui, à la fin de leur vie, perdent de grands pans de leur mémoire après avoir été frappés à la tête à répétition par le toit de leur voiture qui capote dans un fossé.

On aurait dit un homme assoiffé de vivre, peu à peu acculé au suicide. Il n'a jamais rien dit, ne s'est jamais plaint. Il ne s'en est pas non plus pris aux membres de son personnel en les invectivant ou en procédant à des licenciements massifs. Il passait beaucoup de temps au piano dans l'espoir de concilier les exigences contradictoires d'un monde qui le considérait comme un génie et d'un génie qu'une telle notoriété accablait. Je l'ai vu se cloîtrer pendant des mois dans une solitude qu'il détestait. Témoin des difficultés de Frankenbauer, je me suis révolté contre un monde qui, mis au courant de son accident et certain de sa mort imminente, est devenu encore plus exigeant.

Il a fini par craquer. Si seulement ses admirateurs s'étaient contentés des quelques heures qu'il réservait chaque jour aux rendez-vous. Mais dès qu'une heure se libérait dans son emploi du temps, sa porte était prise d'assaut par des gens qui avaient entendu dire qu'il recevait des visiteurs. Frankenbauer était déjà trop malade pour faire face à de si nombreux interlocuteurs, mais il les voyait quand même, obnubilé par les idées que Tomlinson lui avait fourrées dans la tête (dans le cadre, j'en suis sûr, de la campagne orchestrée par ce dernier pour saboter la carrière du vieil homme). Frankenbauer devait veiller tard le soir et dilapider inutilement ses forces s'il tenait à assouvir ses pulsions créatrices. Il jouait jusqu'au matin. Nous, ses aides, veillions aussi, l'oreille collée au mur. La musique qu'il interprétait était si différente de celle qu'il avait écrite jusque-là que nous en sommes venus à croire que l'accident avait provoqué quelque chose en lui — une éclosion tardive de génie qui éclipsait tous ses chefs-d'œuvre passés.

Je n'avais jamais rien entendu de pareil. Les notes partaient dans toutes les directions. Elles donnaient l'impression de se repousser les unes les autres et de refuser catégoriquement l'harmonie. Pourtant, c'était indubitablement de la musique : un curieux appel agonisant, comme si la persécution (à supposer que cela soit possible) avait ses propres gammes, ses propres accords, sa propre plainte, avant l'aboutissement. Peu après l'enlèvement du bandage, Frankenbauer jouait pendant des heures. Ses mains couraient sur les touches, en mouvements saccadés, et l'expression du visage du maître montrait clairement qu'il était aussi surpris que nous par les rythmes cassants, les notes discordantes — on aurait dit un talent s'efforçant d'effacer sa signature. Au bout de quelques jours, cependant, son visage affichait un air détendu, satisfait, et il ne regardait plus ses mains comme si elles avaient été prises à quelqu'un d'autre et greffées à ses poignets. Avant le début des maux de tête — avant son déclin et sa mort —, il a donc brièvement, peut-être pour la première fois, joué la musique qu'il voulait.

Il faisait aussi des annotations. Si nous avions vu ses feuilles, nous nous serions tous rués sur les magnétophones. Les pièces interprétées par Frankenbauer étaient chaque jour différentes. Notre erreur a été de croire qu'il s'agissait de la même œuvre, qu'il s'efforçait de perfectionner. Il y a donc, je suppose, un fond de vérité dans les accusations lancées par Horace Grober dans le *Magazine de musique classique contemporaine* : nous, c'est-à-dire les assistants de Frankenbauer qui avons entendu ses dernières compositions, sommes d'une certaine manière responsables de la disparition de ces pages. Si Grober a raison de vouloir faire porter le chapeau à quelqu'un, il a tort de chercher un autre coupable que moi.

Je me demande comment Henry George Tomlinson se sent aujourd'hui, lui qui a légalement en sa possession mille pages d'annotations si cryptiques que Grober, dans ses chroniques, ne cesse de déplorer l'incapacité des musicologues à les déchiffrer. Et Grober n'est pas le seul critique à avoir l'impression d'être un naufragé sur une île déserte où il n'y rien à manger, sinon des caisses remplies de lingots d'or. Ils sont nombreux à songer avec nostalgie à l'époque où, à force de cuisiner Frankenbauer, ils auraient peut-être réussi à faire sortir des clés de sa tête.

La vérité, c'est que je n'ai jamais fait vraiment attention à Tomlinson. Pas au début, en tout cas. Au moment de l'accident, il fallait au moins cinq employés pour s'occuper de la maison et de la carrière de Frankenbauer : les repas, le ménage (plus tard les soins infirmiers), les redevances, les tournées, les interviews, les articles et les engagements institutionnels. Le personnel se constituait pour l'essentiel d'étudiants en musique et de compositeurs mineurs, Frankenbauer étant foncièrement incapable de dire non à quiconque avait besoin d'un abri temporaire et d'un peu d'argent vite gagné.

Dans un tel contexte, certains s'épanouissaient : en échange de leur labeur, ils avaient droit à des conseils (que le vieil homme dispensait de façon trop libérale) et recueillaient dans leurs mains en coupe les étincelles que son génie incandescent faisait pleuvoir sur eux. Habituellement, ils restaient pendant quelques années, puis partaient amorcer leur propre carrière.

D'autres détestaient le vieil homme. Ayant pris conscience trop tard de leur absence de talent, ils n'arrivaient pas à imaginer une vie autre que celle qu'ils consacraient à Frankenbauer, qui devenait pour eux une intarissable source de désespoir. (Impression sans aucun fondement, bien sûr, puisqu'ils auraient pu à tout moment partir pour voler de leurs propres ailes. Pendant les années que j'ai passées au service de Frankenbauer, je n'ai été témoin que d'une seule chose plus triste que les artistes qui perdent l'espoir, mais pas la passion : le musicien qui, au sommet de son art, se rend compte que personne ne l'écoute vraiment.)

Détail curieux, je ne rangerais Tomlinson dans aucune de ces catégories. Pour ma part, je m'étais un peu trop approché du génie de Frankenbauer. Cet éclairage ayant mis en lumière mes propres lacunes, j'avais décidé, au lieu de céder à l'amertume, de m'imprégner de sa gloire, de l'aider de mon mieux et peut-être, ce faisant, de m'assurer une note de bas de page bien méritée dans les biographies (c'est déjà beaucoup plus que ce que reçoivent la plupart des gens).

Tomlinson a été au service de Frankenbauer pendant plus longtemps que quiconque. En dépit de son ineptie musicale maintes fois confirmée, il n'avait pas perdu foi dans son génie et continuait de remplir des pages et des pages de ses compositions médiocres. D'autres que lui auraient plutôt choisi de détester Frankenbauer à temps plein.

Vous auriez dû voir l'air condescendant qu'il prenait pour saluer Frankenbauer dans les couloirs, le sourire paternaliste avec lequel il accueillait les nouvelles compositions du vieil homme. Vous auriez dû l'entendre parler de Frankenbauer dans son dos.

— Felix produit effectivement de la bien jolie musique, disait-il aux journalistes, aux chercheurs et aux invités.

Vous auriez dû voir les soins que Tomlinson prodiguait au vieil homme, qu'il traitait comme une coquille d'œuf, tout en veillant à ne pas exaspérer Frankenbauer, à ne pas lui donner l'occasion de se tourner vers lui et de crier :

— Je ne suis pas fait en porcelaine, espèce d'idiot !

(Frankenbauer, évidemment, n'aurait jamais adressé de tels reproches à qui que ce soit.)

Quant à ses propres compositions, Tomlinson n'en parlait jamais. Et c'est pour cette raison, en fin de compte, que je le crois complètement fou : même l'artiste raté le plus sûr de lui, celui qui crache sur la célébrité, a besoin de faire valoir son travail. Chez Tomlinson, rien. Que dalle. Les seuls indices que nous avions de son travail de compositeur, c'étaient ses apparitions dans des salles si minuscules que les concerts ne figuraient même pas dans les dernières pages du calendrier culturel de la ville et (ainsi que je m'en suis rendu compte le jour où j'ai enfin osé entrouvrir la porte) les piles de partitions qui encombraient sa chambre, dont certaines montaient jusqu'au plafond. L'homme qui s'obstine à produire des œuvres d'art en l'absence d'un public — et même de la possibilité d'en parler — correspond trait pour trait à ceux qui sont représentés par des mannequins dans les catalogues d'équipement psychiatrique.

L'image que j'ai — un beau jour, Tomlinson se lève, va chercher une cisaille à l'atelier et se glisse sous la Saab de Frankenbauer pour couper les conduites de frein — relève bien entendu de la spéculation. Personne n'a été témoin de l'accident, même si c'est Tomlinson qui a découvert la voiture. Cet après-midi-là, il avait, pour une raison ou pour une autre, décidé d'aller « se dégourdir les jambes ». Par le plus grand des hasards, il était allé courir sur la seule crête à des kilomètres à la ronde. Cette route étroite, lui seul savait que Frankenbauer l'emprunterait ce jour-là. Il a fait venir l'ambulance. Il a extirpé de la carcasse le corps brisé du compositeur. Il a fait avec Frankenbauer le trajet jusqu'à l'hôpital et est resté à son chevet pendant au moins deux journées d'affilée. Il s'est enfin résigné à partir sur l'avis des médecins, qui le soupçonnait de souffrir de déshydratation. Et vous auriez dû voir Tomlinson au premier anniversaire de la mort de Frankenbauer. Imbu de lui-même, il a marché d'un air solennel jusqu'à l'estrade, où il a joué son affreuse *Oraison pour Felix Frankenbauer*. Grand et mince, les yeux clos, le menton retroussé, la mâchoire raide. Comme depuis le jour de l'accident, sa main droite donnait l'impression de tenir une cisaille.

Mais je brûle les étapes.

À sa sortie de l'hôpital, Frankenbauer, qui avait perdu la maîtrise de quelques-unes des parties de son cerveau, était désorienté, déboussolé. C'est surtout Tomlinson, plus attentif que jamais aux besoins du compositeur, qui veillait sur lui (Frankenbauer, dont l'orientation sexuelle était contraire, n'avait pas de femme).

Tout a débuté peu de temps après. J'ignore comment Tomlinson s'y est pris, mais il a réussi à persuader le vieil homme que, avant son accident, il était un salaud de la pire espèce. Frankenbauer descendait à la cuisine et, en m'apercevant, tenait des propos parfaitement ridicules :

— Il est temps, Erno, de communiquer avec les femmes dont, pendant des années, j'ai refusé de reconnaître les enfants.

— Nous devrions cesser, Erno, d'éconduire mes enfants illégitimes.

— Le moment n'est-il pas venu, Erno, de révéler aux critiques qui m'adorent le nom du compositeur dont j'ai plagié les œuvres pendant des années ?

— Il me semble, Erno, que les conseils d'administration, les œuvres de bienfaisance et les organismes du domaine des arts devraient profiter davantage de mon argent et surtout de mon temps.

— Je vous demande pardon, à vous, Erno, et aux autres employés, de toutes les années où vous avez dû subir ma mauvaise humeur. Les chaussures polies et repolies, les chemises repassées et reprises, les partitions copiées et recopiées. Bref, mon perfectionnisme.

Je répondais chaque fois la même chose :

— Pardon, monsieur Frankenbauer, mais je ne comprends rien à ce que vous racontez. Vous avez toujours été un employeur modèle.

Il me regardait de l'air d'un homme témoin d'une scène de torture, secouait la tête, me tapotait l'épaule et tournait les talons, ce qui m'obligeait à me retourner à mon tour pour ne pas voir les plaques molles à l'arrière de son crâne, là où le toit de la voiture l'avait défoncé.

Dès lors, Frankenbauer s'est mis à attirer des parasites en tous genres : des femmes — qu'il n'avait jamais vues, je l'aurais parié — réclamant le soutien pour des enfants inexistants, des hommes et des femmes ne lui ressemblant pas le moins du monde soutenant que lui, leur père, les avait abandonnés à la naissance, des musiciens archinuls venant lui fourrer sous le nez les passages qu'il leur avait piqués, un flot ininterrompu d'administrateurs exigeant sa signature sur telle ou telle pétition, sa présence à telle ou telle soirée mondaine, les autres employés demandant toutes sortes de congés de maladie en raison du stress, revendiquant des primes et lui racontant toutes sortes de bobards mélodramatiques pour lui soutirer une majoration de leur taux horaire. Frankenbauer se mettait à plat ventre devant tous ces gens, comme s'il était effectivement en faute. Il se faisait du souci pour la dignité d'hommes et de femmes qui non seulement n'en méritaient pas tant, mais qui, en plus, auraient apporté une contribution autrement plus importante à la civilisation et justifié tant soit peu leur existence en allant mourir en masse devant chez lui pour que leurs cadavres forment une barricade.

Même à l'époque, je sentais que mes mots — tels qu'ils apparaissent sur la page — semblent l'œuvre d'un «narrateur peu crédible» que son admiration béate empêche de voir la réalité en face : le compositeur était effectivement un monstre, Tomlinson et lui étaient amants, c'est Tomlinson qui a écrit les œuvres auxquelles Frankenbauer a par la suite assuré une renommée internationale et, enfin, l'histoire racontée ici porte sur l'art — celui de Tomlinson, en l'occurrence — dans son expression la plus pure, celui que ne motivent ni la gloire, ni l'argent, ni l'espoir d'un monde meilleur, celui, en un mot, qui naît d'un amour désintéressé.

Si la conclusion de cette version révisée de la biographie de Frankenbauer ne m'est pas étrangère, sachez que c'est Anton Fischer (ennemi juré de ce bon vieux Horace Grober), et non votre humble serviteur, qui en est l'auteur. Écrivant dans le magazine *Avant-garde*, au plus fort de la polémique ayant entouré le décès de Frankenbauer, ce critique a en effet laissé entendre que le seul digne héritier de Frankenbauer était Tomlinson, que celui-ci était le véritable génie à l'origine des œuvres du vieil homme, comme le montraient éloquemment les interprétations récentes d'œuvres « qu'il jouait pour la première fois sous son propre nom ». La relation amoureuse de Frankenbauer et de Tomlinson, soutenait Fischer, était si étouffante et si oppressante que personne n'avait le droit de mettre en doute la sincérité de ce dernier. Tout au long de la polémique, Fischer a soutenu que Tomlinson avait donné l'ultime preuve d'amour en se sacrifiant corps et âme à la gloire de Frankenbauer. Ce faisant, il avait écrit une musique « si empreinte de la beauté de ce sacrifice » que les notes « avaient peine à la contenir ».

À ce jour, nombreux sont ceux qui demeurent convaincus par la thèse de Fischer au point d'exiger le rappel de tous les enregistrements de Frankenbauer et la réédition de tout le catalogue sous le nom de Henry George Tomlinson.

Sauf que, ce soir-là, j'étais là, à côté du piano, et que je sais.

De son lit, Frankenbauer m'a fait signe. J'ai déposé le plateau sur lequel se trouvaient le thé et les six analgésiques qu'il prenait pour combattre les maux de tête dont il souffrait depuis l'accident. Je me suis approché. Sur l'oreiller, ses mèches grises faisaient penser à des cours d'eau sur une carte.

— Aidez Frankenbauer à se lever, a-t-il murmuré.

J'ai obéi, puis nous sommes restés là, à côté du lit, sa tête vacillant sur son cou, mes pieds hésitants, incertains de ce qu'il fallait faire. Le compositeur avait une seule destination en tête, mais le simple fait de demander de l'aide avait siphonné toutes ses forces. À tout hasard, je l'ai guidé vers le piano. C'était en plein ce qu'il voulait.

— Mettez ses mains sur les touches, a-t-il dit d'une voix cassante et pourtant si douce que j'ai songé à un tesson poli par le temps. Ouvrez le cahier. Donnez-lui des feuilles. Un stylo.

J'ai ouvert le cahier posé sur le piano. J'ai sorti quelques feuilles de papier non ligné qui, à ma grande surprise, étaient recouvertes d'un enchevêtrement chaotique de carrés, de triangles et de vagues. J'ai aussi sorti un stylo, que j'ai posé sur le côté, là où Frankenbauer l'atteindrait facilement. Puis j'ai installé sur le lutrin les feuilles de musique qu'il y avait en dessous. Je me suis tout de suite rendu compte que l'écriture n'était pas la sienne.

Il a assoupli ses poignets et s'est mis à jouer. C'était la première fois que je l'entendais depuis l'accident, et j'ai été surpris de voir ses doigts courir sur le clavier. Il s'arrêtait pour griffonner des formes géométriques sur le papier dans un ordre qui me semblait arbitraire, comme s'il avait la force de soulever le stylo, mais pas celle de déterminer où la pointe se poserait. Il avait la tête si penchée qu'on aurait dit les tendons de son cou inopérants. Une fois de plus, j'ai eu l'impression que les mains posées sur les touches n'étaient pas les siennes : leur vitalité démente contredisait les bras sans vie auxquels elles étaient rattachées.

— Ne veut plus jouer sa musique, murmura Frankenbauer en tapant sur les notes ivoire. Ne veut pas qu'on pense que ce sont ses notes à lui.

Je n'ai pas compris où il voulait en venir : la musique qu'il jouait, en effet, ne correspondait pas à la partition qu'il avait devant lui — les pattes de mouche de Tomlinson —, que Frankenbauer n'avait même pas gratifiée d'un regard.

C'est là, dans cette pièce, à l'écoute d'une musique qui, dans sa lente dégénérescence, juste avant de se muer en bruit, se faisait beauté pure, que, pour la première fois, j'ai cru comprendre où voulait en venir Frankenbauer, même si je suis resté planté là, jusqu'à ce que le compositeur exténué s'affale sur le tabouret. Levant la tête, il a alors confié au bois noir poli :

— Il y a forcément un moyen de défaire ce qu'il a fait.

J'aurais voulu lui saisir la tête, l'entraîner loin des touches, car son regard donnait l'impression de vouloir non pas se reposer sur le piano, mais au contraire le traverser avec violence, le percer du genre de trous que le toit de la voiture avait forés dans son crâne. Lentement, je l'ai pris dans mes bras et ramené dans son lit. Il n'avait plus que la peau et les os.

Il n'a opposé aucune résistance. Il a semblé s'endormir tout de suite. Quand j'ai fait mine de partir, il a poussé un grognement et a levé les yeux sur moi.

— S'il vous plaît ? a-t-il chuchoté.

Je me suis penché vers lui et il a passé les bras autour de mon cou.

— Frankenbauer tout seul, a-t-il murmuré.

Ce geste était, je suppose, une ultime réfutation de sa faiblesse et de sa défaite, des ténèbres qu'il savait m'être invisibles, et j'ai dû m'agenouiller sur le lit. Sinon, j'aurais perdu l'équilibre et je serais tombé contre lui. Frankenbauer n'a pas lâché mon cou et j'ai continué de lutter, moins pour me dégager que pour trouver une position qui lui donnerait satisfaction. Je résistais comme si j'étais une vague, de l'eau sur laquelle il réussirait à flotter en demeurant parfaitement immobile. Puis je me suis mis à chuchoter, ses côtes et ses bras décharnés plaqués le long de mon corps, sa tête tanguant contre ma poitrine. Avant de fermer les yeux, il a murmuré des mots difficiles à saisir :

— Merci, merci. Vous serez récompensé. Frankenbauer vous remercie. Votre argent arrive.

C'était une promesse ou un au revoir, adressé moins à moi qu'à un ange lointain, une réplique paisible formulée à la fin de quelque autre épisode.

— Je vous en prie, monsieur Frankenbauer, ai-je répondu.

Allongé là, dans le noir, j'ai posé la main sur sa tête.

Je suis resté là pendant presque une heure, arrachant mon corps au sien un centimètre à la fois, au prix de contorsions qui m'obligeaient parfois à garder une position pendant plusieurs minutes, les muscles tendus, et même à retenir mon souffle pour éviter de le réveiller. Il a cependant continué à dormir, ce qui m'a permis, dès que j'ai été dégagé, de prendre la partition et les feuilles qu'il avait annotées et de les photocopier dans le bureau voisin avant de les remettre à leur place.

Dans ma chambre, j'ai parcouru la partition de Tomlinson. Dix minutes plus tard, j'avais confirmé que Frankenbauer, loin de la jouer à l'envers ou de la déconstruire, résistait aux tentatives peu originales de Tomlinson de faire du Frankenbauer. Au passage, Frankenbauer réussissait, malgré des lésions au cerveau et un corps à demi paralysé, à créer de l'art. Ensuite, j'ai examiné les feuilles que Frankenbauer avait annotées en me demandant si le vieil homme savait que ses exercices de résistance étaient eux-mêmes des compositions d'une originalité absolue, d'où son acharnement à les noter malgré tout. À tort, j'ai cru qu'il éprouvait un terrible désespoir à la pensée que ses plus belles œuvres pour piano ne seraient jamais jouées.

J'ai passé les jours suivants dans ma chambre à étudier les photocopies. (Dans le bureau de Frankenbauer, j'ai fouillé le banc du piano, le classeur, la table de nuit et la commode, puis j'ai photocopié tout ce que j'ai trouvé.) Si je croyais avoir réussi à rapprocher la partition de Tomlinson de la partition codée que Frankenbauer avait écrite ce soir-là dans sa chambre, je ne pourrais en avoir la certitude qu'après avoir appliqué ma méthode à deux autres œuvres des compositeurs. Dans le bureau du vieil homme, je n'ai toutefois trouvé que des compositions de Frankenbauer. Pour mettre la main sur des partitions de Tomlinson, j'allais donc devoir les voler directement dans sa chambre.

C'était la première fois que j'y entrais et je n'y ai plus jamais remis les pieds. Je l'ai déjà dit, Tomlinson était un homme tranquille menant une vie extrêmement secrète. J'ai donc été surpris par la gravité de sa compulsion : des piles et des piles de compositions s'élevaient jusqu'au plafond (certaines, aussi solides que des piliers, étaient si rapprochées l'une de l'autre que seul un homme aussi mince que Tomlinson pouvait circuler entre elles) ; la collection de disques (où, détail curieux, ne figurait pas un seul enregistrement de Frankenbauer) méticuleusement organisée ; le bloc de papier buvard posé près de l'ordinateur portatif, si taché d'encre de Chine qu'on aurait dit du goudron (lorsque je l'ai effleuré, mes empreintes digitales se sont profilées à la surface).

J'étais si fasciné par la pièce et si emballé par la perspective de percer à jour le code de Frankenbauer que j'ai commencé à feuilleter les manuscrits de Tomlinson sans d'abord vérifier si j'avais bien fermé la porte.

Quand ce dernier est entré, j'ai été déçu. C'était si prévisible. J'aurais dû savoir qu'il allait me prendre en flagrant délit. Ce qui m'a surpris, en revanche, c'est que Tomlinson n'a pas crié, ne m'a pas mis à la porte et n'a pas non plus couru me dénoncer à la sécurité. Il m'a dévisagé pendant quelques minutes, le manteau à la main, puis il s'est avancé vers son bureau et s'est laissé choir sur sa chaise.

— C'est peine perdue, a-t-il dit en affectant la pitié. Même si vous réussissiez à faire passer une de mes œuvres pour une des vôtres, vous ne trouveriez pas un seul orchestre disposé à la jouer. Je suis, a-t-il ajouté en désignant la pièce d'un geste, trop en avance sur mon temps.

— Mais… mais je ne veux pas…

Il a repoussé des mèches à plusieurs reprises, à la manière d'un homme qui se serait pris la tête dans une toile d'araignée.

— Vous n'êtes pas le premier membre du personnel que je surprends, a-t-il ajouté en faisant la moue. Il y a tant de désespoir dans cette maison. Sauf le vieux, évidemment, qui semble parfaitement satisfait de ses illusions de grandeur.

Tomlinson s'est interrompu un moment.

— Du moins avant l'accident, a-t-il ajouté. Vous avez entendu ce qu'il joue ces jours-ci ?

Il a secoué la tête.

— Il est passé de médiocre à pitoyable. Et je suis impuissant à l'aider.

— L'aider ? Vous ?

J'ai vite baissé les yeux sur les partitions que je tenais. J'ai eu beau reconnaître l'écriture de Tomlinson, elles m'ont semblé entièrement différentes de celle que j'avais trouvée dans les affaires de Frankenbauer. La partition était mauvaise — c'était une copie honteuse de la manière de Frankenbauer —, mais bien moins que celles qui ne devaient rien au vieux maître. Et c'est alors que j'ai compris le manège de Tomlinson.

Il s'est malgré tout confessé.

— Oui, je l'oblige à s'asseoir tous les jours et je lui fais voir le genre d'œuvres qu'il composait autrefois. Son style, vous savez… est ridiculement facile à imiter. Je reproduis les notes dans l'espoir qu'il réussira à suivre, qu'il rapprendra à écrire de la musique. Le pauvre vieux fou, a fait Tomlinson en secouant la tête. Il examine les partitions que j'ai écrites, puis il se lance dans une de ses interprétations bouffonnes. Il est désormais incapable de jouer autre chose.

Tomlinson a fait tourner ses pouces.

— En un sens, c'est peut-être la vie qui prend sa revanche. Quand on pense à tout le mal qu'il a fait autour de lui…

J'ai réussi à me calmer, le temps de bien aligner les feuilles et de les déposer sur la pile où je les avais prises. J'avais peine à imaginer l'endurance angélique, la patience absolue dont Frankenbauer — qui se mourait et manquait de temps, compte tenu de tout ce qu'il lui restait à faire — devait faire preuve pour supporter les interminables heures qu'il passait en compagnie de Tomlinson, pour rester assis pendant que cet hurluberlu lui faisait la leçon. Avant qu'elle ne devienne trop pénible, j'ai effacé l'image en posant une question rapide :

— Je peux voir les exercices que vous préparez pour lui, Tomlinson ?

— Pourquoi ? a-t-il demandé en se redressant, les yeux plissés.

— Eh bien, ai-je répondu, j'en ai vu un sur le piano, l'autre jour, et j'ai été très impressionné. Vous avez porté le style de Frankenbauer à des hauteurs inégalées.

Il m'a examiné pendant une seconde, puis il s'est esclaffé.

— Vous venez de confirmer ce dont je me doutais depuis le début.

— C'est-à-dire ?

— Vous êtes aussi nul que les autres. Vous ne feriez pas la différence entre une œuvre de musique et une chanson rock.

Sur ces mots, il m'a lancé un cahier rempli de partitions.

Deux jours plus tard, Frankenbauer est mort d'une hémorragie cérébrale massive. À peine si je m'en suis rendu compte, tellement j'étais obsédé par mon incapacité à déchiffrer le code de Frankenbauer en l'appliquant aux parodies de Tomlinson. Ils ne se recoupaient tout simplement pas. Rien, cependant, pour m'empêcher d'y chercher des réponses.

Tandis que des journalistes s'agglutinaient à la porte, que des policiers et des médecins allaient et venaient dans le couloir, que les chaînes de radio syntonisées par les employés interrompaient leur programmation pour faire jouer des œuvres de Frankenbauer, que des caméras de télévision surgissaient, que des éminences pleuraient en racontant pour la énième fois des anecdotes aux journalistes, je parcourais les partitions de Frankenbauer, en plein cœur de l'énigme, et j'appuyais au hasard sur les touches de mon piano dans l'espoir de ressusciter cette musique irremplaçable. Entre-temps — j'en étais à la clé de *sol* —, la maison avait commencé à se vider, les adjoints et les domestiques, peu disposés à attendre des directives, ayant commencé à faire leurs bagages et à accepter du travail ailleurs. Quand les avocats nous ont réunis pour le partage de la succession, nous n'étions plus que deux, Bernard Coates et moi. Nous étions l'un et l'autre si bouleversés et si attristés par le décès du compositeur que nous avions continué à travailler — faire du classement, répondre au téléphone, épousseter, prélever les redevances (décuplées par les commémorations) et réagir aux poursuites judiciaires —, comme s'il s'agissait d'autant de rites nous mettant à l'abri du chagrin.

Je n'avais encore jamais vu l'avocat que nous avons rencontré ce jour-là, mais il connaissait manifestement son affaire : passant en vitesse sur les formalités, il nous a dit qu'il avait réussi à éloigner la plupart des «faux prétendants» à l'héritage de Frankenbauer (les «mères», les «fils» et les compositeurs que le vieil homme avait fait vivre au cours de ses derniers mois de faiblesse mentale), puis il a mis une cassette dans un magnétoscope.

À l'écran, on voit Frankenbauer assis dans son lit et Tomlinson qui tient un oreiller de chaque côté de sa tête. Pendant un moment, le compositeur ne dit rien et se contente de regarder l'objectif, comme si c'était lui qui filmait. Finalement, en clignant des yeux en direction de Tomlinson, il dit tranquillement :

— Frankenbauer lègue tout...

Ses mots n'ont pas été captés par le micro ou encore il a bougé les lèvres sans parler à voix haute (même si, à en juger par le mouvement de ses lèvres, je jurerais qu'il a dit : «Frankenbauer lègue tout à

Frankenbauer »). Puis, au moment où le son se réta-
blit, le compositeur conclut :

— Il lègue tout à lui.

Tomlinson et Frankenbauer échangent un regard,
comme si, en plus de ne pas comprendre ce qui
venait d'être dit, ils n'avaient aucune idée de ce qu'ils
faisaient en présence l'un de l'autre. Puis Frankenbauer se retourne vers la caméra et, avec force, dit :

— *Il lègue tout à lui ! Lui !*

Je n'ai pas pu m'empêcher d'éprouver un peu de
tristesse à la pensée de ces deux arriérés mentaux
dilapidant un héritage dont la somme se chiffrait en
centaines de milliers de dollars.

— Il est clair, a dit l'avocat, que Henry George
Tomlinson est l'unique bénéficiaire de la succession
de Felix Frankenbauer.

Nous nous sommes regardés, Coates et moi, mais
Tomlinson semblait encore plus atterré que nous par
la nouvelle. Malgré le choc, il a réussi à bredouiller
quelques mots. Il avait l'intention de refuser l'héritage, a-t-il marmonné. Pas question pour lui de
« vivre des fruits de la médiocrité ». Son rôle était
« de crever de faim, comme le font tous les artistes
dignes de ce nom » (de toute évidence, il avait oublié
que, depuis vingt ans, il vivait confortablement aux
crochets de Frankenbauer). L'avocat, cependant,
était formel. Au cas où nous souhaiterions contester
le contenu de la vidéocassette, nous disposions de
quelques jours pour communiquer avec notre propre
conseiller juridique.

Après la rencontre — tandis que j'observais
Tomlinson en grande discussion avec l'avocat —,
Bernard Coates s'est approché et m'a entraîné au
bout du couloir.

— Qu'en pensez-vous ? m'a-t-il demandé.

Déconcerté, je l'ai regardé en agitant les mains.

— C'est moi qui ai filmé ces images, vous savez. À la demande de M. Frankenbauer.

— Tomlinson n'y est pour rien ?

Coates a poursuivi sans me laisser le temps de répondre.

— Comme si on aurait pu l'empêcher !

Visiblement troublé, il tirait sans arrêt sur les poignets de sa chemise.

— Mais cet avocat véreux n'a rien compris. Si, si, je vous jure. M. Frankenbauer n'avait pas toute sa tête !

— Allons donc, Coates, ai-je répondu sans grande conviction. Il était affaibli et il n'arrivait plus à lire la musique, d'accord. Mais il s'est détérioré seulement à la fin.

Coates a poursuivi sa diatribe :

— Foutu avocat marron ! Il ignore ce que nous savons, vous et moi : après l'accident, M. Frankenbauer a toujours parlé de lui-même comme s'il n'était pas dans la pièce. Vous vous en souvenez très bien. Quand il dit « lui », je ne crois pas qu'il a Tomlinson en tête. Il veut plutôt parler de lui-même.

— Vous voulez rire ? Comment un homme pourrait-il toucher son propre héritage après sa...

Je me suis arrêté au milieu de ma phrase. J'ai regardé Coates. Il avait raison. Après l'accident, Frankenbauer avait toujours parlé de lui-même à la troisième personne. C'est à ce moment que la lumière s'est faite dans mon esprit. J'ai tourné le dos à Coates (qui m'a emboîté le pas en criant), puis j'ai couru à ma chambre, où, d'un geste, j'ai balayé toutes les parodies de Tomlinson avant de m'emparer des feuilles cryptiques de Frankenbauer, qui traînaient sur le piano. Ensuite, j'ai tiré de mon étagère *Les œuvres complètes pour piano* du compositeur. Mes mains tremblaient tellement que j'avais du mal à tourner les pages. Je m'étais enfin rendu compte que le « il » dont Frankenbauer avait parlé ce soir-là, au piano, le « il » à la musique duquel il s'efforçait de résister, désignait non pas Tomlinson, mais lui-même. Contrairement à ce que j'avais pensé, il ne regardait pas à travers le piano. Il regardait le piano lui-même ou plutôt son propre reflet sur la surface polie. Ce soir-là, c'était sa propre musique qu'il s'était efforcé de désapprendre.

Au bout de quatre semaines — au cours desquelles je suis resté cloîtré dans ma chambre, d'où je ne sortais que très tôt le matin par mon entrée privée pour aller manger un morceau dans un resto ouvert toute la nuit, à quatre ou cinq pâtés de maisons —, les rectangles et les ellipses du code de Frankenbauer ont commencé à se métamorphoser en notes compréhensibles. Ce n'est qu'après une semaine de plus que le plaisir que je prenais à jouer les pièces en question a fait place aux souvenirs de Bernard Coates, de Tomlinson et de l'héritage de Frankenbauer.

À ce moment-là, il était déjà trop tard. Je n'aurais rien pu faire, remarquez. Mis en branle, l'appareil judiciaire est intraitable. En sortant enfin de ma chambre, j'ai trouvé la maison complètement déserte. Les meubles et les membres du personnel avaient disparu. Seul Bernard Coates était là pour veiller sur les lieux jusqu'à la vente. Sans doute ma présence était-elle passée inaperçue au milieu de la cohue, les notes venant de mon piano enterrées par la lecture des avis de congédiement (le mien se trouvait au milieu des lettres que je ne m'étais pas donné la peine d'ouvrir), le raclement des meubles, des boîtes et des pieds.

Coates a été la première personne sur qui je suis tombé. Mon absence l'avait tellement blessé qu'il n'a pas voulu m'adresser la parole. Il a fini par me dire que Tomlinson avait hérité du gros des biens du compositeur. Une petite partie avait été versée à la Fondation Frankenbauer — fiducie à laquelle un testament antérieur faisait allusion —, que le maître avait eu le projet de créer pour le perfectionnement des jeunes compositeurs. Coates, pour sa part, était certain que c'était à cette fondation que Franken-bauer faisait référence sur la cassette.

— M. Frankenbauer aimait la musique. Je suis sûr qu'il aurait voulu que son argent y soit consacré.

Je n'en étais pas aussi certain. En regardant autour de moi, en parcourant les pièces vides et en voyant, depuis le bureau de Frankenbauer, le grand panneau « À vendre » fiché dans la pelouse, je me suis demandé comment j'avais pu m'absenter — du monde et de moi — au point de ne pas me rendre compte qu'on était en train de vider les lieux. Mais je n'avais qu'à revenir à ma chambre, à mon piano et aux œuvres de Frankenbauer pour comprendre. C'était le but des compositions : le moi perdu dans la musique, la logique de la partition dépassant et oblitérant l'intelligence du musicien. Si j'ai déjà ressenti une telle liberté en jouant des œuvres de Bach, de Chopin et d'autres, leurs pièces m'obligeaient à réfléchir à la manière dont j'allais, moi, les interpréter, sans parler du style qui y était déjà inscrit, tandis que les compositions tardives de Frankenbauer semblaient nier la signature de l'interprète et, plus encore, celle du compositeur.

Quant à Tomlinson, je ne l'ai revu qu'une seule fois. Pendant un certain temps, après la mort de Frankenbauer, il a été de toutes les tribunes. À la télévision et à la radio, il parlait de Frankenbauer d'un air de condescendance tout à fait conforme, j'en suis certain, à ses véritables sentiments, sans que cette attitude contredise l'affection qu'il portait au vieil homme et l'amour dont il avait fait étalage pendant sa vigile à l'hôpital. S'il n'a plus jamais dit qu'il refusait de « vivre des fruits de la médiocrité » (sans doute les avocats lui ont-ils fait voir les avantages — pour toutes les parties concernées — de sa nouvelle situation), il a éprouvé encore plus que d'habitude le besoin de vanter sa propre grandeur.

Pendant la brève polémique ayant entouré la question de savoir si Frankenbauer avait ou non du génie — je veux parler des chamailleries des Grober, Fischer et de leurs acolytes respectifs —, Tomlinson a été très en demande, même s'il a refusé de prendre parti, jusqu'au jour où les tenants des deux camps, lassés de voir Tomlinson orienter le débat vers ses propres compositions, ont décidé de poursuivre la discussion sans lui. La controverse a d'ailleurs fini par s'éteindre, Fischer ne disposant d'aucun témoin pour étayer ses affirmations, tandis que Grober aurait eu besoin d'un enregistrement, d'une prestation ou d'une partition compréhensible des dernières œuvres pour piano de Frankenbauer pour blinder son argumentation et prouver que le génie du compositeur était sans précédent et que, par conséquent, les accusations de plagiat étaient sans fondement.

Je n'étais pas disposé à lui donner des munitions. La perte est énorme, je le sais bien, mais, au bout du compte, ma loyauté envers Frankenbauer l'a emporté sur celle que j'ai envers le public (à qui, après tout, j'impute la responsabilité de sa mort). En jouant les dernières œuvres de Frankenbauer à seule fin d'assouvir une vengeance personnelle vis-à-vis de Tomlinson et des critiques, voyez-vous, j'aurais exploité le grand homme aussi sûrement qu'eux. Je n'avais pas non plus envie d'enregistrer ces pièces ni surtout d'en faire publier les partitions. Ce faisant, je n'aurais fait qu'enrichir la succession, pour l'essentiel aux mains de Tomlinson. Frankenbauer, qu'aurait enchanté l'idée de ravir ou de soulager un de ses semblables, n'aurait pas voulu que son nom soit associé à ces prestations. Après tout, il avait écrit ces pièces dans l'intention non pas d'étendre sa renommée, mais bien d'égayer la maison durant ces mois terribles, de nous distraire de sa mort lente en la mettant en scène dans la plus consolatrice des musiques.

Telle était la compréhension de l'art à laquelle il en était arrivé : créer non pas pour l'exaltation de l'artiste, mais plutôt pour le bien des autres.

Ce constat, je ne l'ai fait qu'à l'occasion du premier anniversaire de la mort de Frankenbauer. Obnubilé par le déchiffrement de la musique, j'avais raté les premières — et très courues — funérailles officielles. Après moins d'un an, Grober et Fischer avaient cependant enterré la hache de guerre, non sans avoir causé à la réputation du compositeur un préjudice si grand que sa popularité avait fondu comme neige au soleil. (Je suis pour ma part persuadé qu'elle reviendra.) Le monde de la musique classique contemporaine est capricieux. En fait, les cinq ou six personnes qui se sont pointées en ce jour pluvieux d'octobre n'étaient pas là pour Frankenbauer. Elles étaient plutôt venues entendre Tomlinson interpréter son *Oraison*, impressionnées qu'elles (et les critiques) étaient par un homme qui, après avoir enfin mis la main sur un petit pécule, organisait des spectacles à grand déploiement pour mettre en valeur ses compositions. Comme il invitait toujours les bonnes personnes, la plupart des gens étaient désormais convaincus qu'il était quelqu'un, après tout.

J'écoutais le prêtre parler, debout à côté de Tomlinson. Les mains jointes, la tête penchée, nous attendions. Après, une fois que tout a été dit, que les fleurs ont été déposées sur la pierre commémorative et que les invités assez braves pour affronter la pluie ont tourné leur attention vers le piano installé dans le petit pavillon attenant, Tomlinson s'est approché de moi :

— Vous voulez jouer quelque chose ?

J'ai levé les yeux sur lui. Il a soutenu mon regard et j'ai compris que sa proposition n'était ni un défi ni une gageure. En fait, il était si convaincu de son propre génie qu'il ne se sentait pas menacé par moi, peu importe ce que je jouerais. Pendant un moment, j'ai envisagé la possibilité de me lever, d'assouplir mes doigts et mes poignets et de proclamer à la face du monde la grandeur de Frankenbauer. Sa réputation rétablie. Grâce à moi.

Et, dans un geste qui était à la fois une affirmation des croyances artistiques de Frankenbauer et leur négation totale, je me suis tourné vers Tomlinson en disant :

— Mais non. Allez-y plutôt, vous. Il aurait voulu que ce soit vous.

Table

LES ALLUSIFS

MISE EN PAGES : FOLIO INFOGRAPHIE

ACHEVÉ D'IMPRIMER EN JUIN 2006
SUR LES PRESSES DE L'IMPRIMERIE GAUVIN
À GATINEAU (QUÉBEC)

IMPRIMÉ AU CANADA